聚福妻

5

完

文創風
886

踏枝 著

目錄

第九十一章

太監認識的人多，消息不脛而走，不出兩天，滿京城的讀書人都知道應弈然看著清風朗月，卻是個甘心為岳家奔走的人。

而且，他岳家立不立世子，跟他有什麼關係？別是看中了岳家的家業，他這當女婿的，也想分一杯羹吧？

讀書人都是清流，生怕染上貴族的驕奢之氣。應弈然娶勛貴之女，本就讓不少人看不慣，如今還想摻和岳家立世子的事，一下子便成了讀書人調笑貶損的對象。

讀書人貶起人來最是刁鑽，什麼打油詩、小賦、文章都作了出來。

點應弈然進宮的上峰自覺做錯事，把應弈然調去和年過半百的老翰林入庫修書。

應弈然臊得沒臉出門，乾脆請了長假在家休息。

他待在家，對著姜萱的時候多了，本就不睦的兩人互相埋怨，姜萱怪他辦事不力，應弈然則怪她不將前情說清楚，連累了他。

爭吵變成家常便飯，姜萱又哭著跑回娘家。

寧北侯和容氏正焦頭爛額，挨了申斥和世子的事且不提，寧北侯謀的差事也成了空。

還有，容氏嫁妝鋪子的生意，本是做得還算不錯，一年進項有數萬兩銀子，經年累月，總算填上寧北侯弄出來的窟窿。

但最近不知怎的，常有流氓地痞到鋪子裡搗亂。京城地頭蛇多，但從前怎麼也不敢到勛貴家的地盤上作怪，而且一出動就是一大群人，因此容氏嫁妝裡所有鋪子的生意一落千丈。

更氣人的是，即便掌櫃跟夥計當場報官，官差抓走那些人，隔天卻又莫名被放出來。事關家裡的進項，寧北侯拉下老臉，去順天府問。

順天府尹長袖善舞，加上在京城沒什麼根基，從前慣是不會得罪人，如今不知抽哪門子風，擋了寧北侯四、五次，連見都不見，遑論出手幫忙。

寧北侯府雞飛狗跳，容氏察覺出不對勁了。

家裡的不幸，好像始於姜萱在宮宴上對姜桃的挑釁。

她生怕引出更大的禍端，在姜萱哭著跑回去第二天，便押著她去沈家，向姜桃請罪。

不同於寧北侯府的噩耗連連，姜桃正是高興的時候。

日前，她收到蘇如是和姜楊的信，他們已經在黃氏的陪同下，結伴上京。

信送到京城要一段時日，他們在寫信隔天出發，算著日子，再一句就到了。

她把消息告訴家裡人，蕭世南和姜霖都很高興。

蕭世南還道：「阿楊來得正好，十月小玨要去圍場秋獮，是一年中最好玩的時候。到時候我們兄弟齊齊出手，肯定把其他人家的子弟比下去！」

幾天前，蕭玨已經批了英國公府請封世子的摺子，雖然蕭世南早知道有這天，但還是為此消沉了兩日。

見他終於高興起來，姜桃放心一些，答應到時候讓他們好好鬆散鬆散。

然而，在姜楊他們到達之前，容氏帶著姜萱上門請罪。

彼時，姜桃正派人幫蘇如是和姜楊收拾屋子，聽下人說她們母女過來，就說不見。

沒多久，下人又進來，說容氏不肯走，姜桃不肯見她們，她就在沈家門口跪著，跪到姜桃肯見她的那一日。

姜桃這才停下手，想了想，轉頭吩咐幾句，命人把容氏母女請進來。

隔了一陣子，再見到她們倆，姜桃差點認不出來。

太皇太后壽宴那日，容氏和姜萱精心打扮，衣裳首飾華美自不用提，人也看著有精神。如今離壽宴不過一旬，兩人消瘦一大圈不說，還眼底發青、面色慘白，用脂粉也提不起半分氣色，渾像兩具行屍走肉。

容氏進屋就跪，還拉著姜萱一起，口中懇切地道：「日前在夫人面前失禮，我回去後，越想越是愧疚，寢食難安，今天特地上門請罪。」

姜桃捧著茶盞，看也不看她。

「侯夫人客氣，不過一點小事，如何也不值得您親自跑一趟。請罪就更別提了，我也沒放在心上。」

她是真沒放在心上，換了個新環境，沈家有許多事要她處理，她師傅和弟弟也要過來一家團聚，她還真騰不出手來為難容氏。

容氏聽了她的話，頓覺姜桃心機深沈。他們家的日子完全亂了套，這還叫不放在心上？難不成真要看寧北侯府家破人亡嗎？

「都是妳惹出來的好事！」容氏怒瞪姜萱一眼，逼著姜萱向姜桃磕頭。

姜萱快被最近的事逼瘋，又不甘、又屈辱，但還是聽她娘的話，真給姜桃磕了個響頭。

姜桃覺得這對母女的態度好得不像話，便問起來，是不是出了什麼事？

容氏總算有了吐苦水的機會，當即說了過去幾天的雞飛狗跳。

姜桃聽完，忍不住笑，大概猜到是誰在背後推波助瀾了。

但她不準備插手，把寧北侯府的事當笑話聽完，就喚人送客。

容氏和姜萱一直跪著，被下人趕出去時，腳步都是踉蹌的。

姜萱知道這跟死鬼姊姊同名同姓的農家女不好惹了，到了門外就問：「娘，怎麼辦？我們歉也道了，罪也請了，方才她也沒給個準話，到底算不算完了啊？」

容氏心裡也沒譜，只覺得完全看不透姜桃。

「她沒給咱們準話，咱們就不走，繼續在門前跪著！但凡她還想要自己的名聲，自然不敢再為難咱們。」

姜萱拉不下這個臉，但容氏拉得下。

兒子的前程且不提，眼下最要緊的是家裡真金白銀的進項！

她知道自己幾斤幾兩，這些年能坐穩侯夫人的位置，全是因為她嫁妝豐厚，靠著鋪子裡的進項，讓寧北侯高看她一眼。要是斷了進項，家裡亂了套，寧北侯什麼事都做得出來！

容氏直接跪下。

她一跪，立刻有數個家丁從沈家出來。

容氏心下一驚，以為是來趕她們的，沒想到家丁壓根兒沒上前，反而變戲法似的掏出響鑼、腰鼓等物，在旁邊敲鑼打鼓，好不熱鬧。

街上行人聽到這熱鬧的動靜，以為出了什麼事，立刻駐足觀看。

容氏再放得下身段，也是要臉面的，像耍猴戲似的被人看了半刻鐘，實在臊得不得了，灰溜溜地拉著姜萱離開沈家門前。

姜桃在府裡聽下人繪聲繪色描述外頭的情況，笑得肚子都痛了。

容氏不是愛跪著逼人給她面子嗎？她把排場弄大些，讓她跪個夠本！

此時，沈時恩下衙回來，看到自家門口的鑼鼓隊，頗為納悶，問了下人才知道，是姜桃想的促狹主意。

「妳啊。」沈時恩進了屋，跟著姜桃一道笑。「也不怕把人逼急了，做出什麼狗急跳牆的事來。」

「可惜工夫匆忙，只來得及讓人拿些鑼鼓，不然再雇舞龍舞獅隊，熱鬧個夠！」姜桃一邊笑、一邊斜眼看他。「你還說我？真當我猜不出是誰喊人去她家鋪子搗亂的？」

沈時恩收起笑，一本正經地問：「什麼鋪子？什麼搗亂？」

「你再裝吧。容氏的生意在京城做了好多年，早已打通黑白兩路。而且，她的鋪子雖然多，卻不算什麼打眼的大生意，會是誰特地派人去為難她？」

沈時恩聞言，也不裝了，點頭道：「好吧，是我幹的。我讓人先查清楚她名下的鋪子，然後找了地痞流氓，還跟順天府尹打了聲招呼。」

姜桃捂著嘴笑起來。「怎麼這樣記仇？宮宴的事，太皇太后都幫我討回公道了。」

沈時恩點頭。「對，我就小心眼，全都記上了。這才剛開始呢。」

姜桃被他這孩子氣的一面逗樂了，道：「那我可得提前讓家丁排練鑼鼓和舞龍舞獅，下回容氏再來，就讓他們去表演。」

兩人邊笑邊說，姜桃知道沈時恩替她出氣，心裡無比熨貼，很快把寧北侯府的煩心事拋到腦後。

十月初，蘇如是和姜楊到了京城。
因為姜桃他們身分已然不同，出門惹眼，遂在家裡等著，讓沈時恩派人過去接。從早上等到快中午，接他們的馬車停到沈家門口。
姜桃迎出去，看著蘇如是先下了馬車。
「您總算來了。」姜桃趕緊賣乖，笑著伸手扶她。「身子好了沒有？路上辛不辛苦？」
蘇如是見姜桃這格外殷勤的樣子，就知道她心虛。
姜桃當然心虛，離開縣城時，她怕蘇如是擔心，什麼都沒說，只說要搬去沈家住。直到和姜楊、黃氏碰面，蘇如是才知道沈家的真正身分。
蘇如是擔心得不得了，上京時一直打聽京城的事情，就怕姜桃再被捲入禍端。不過，對上姜桃的笑臉，蘇如是生不了氣，回答道：「過了夏天，天氣沒那麼熱，身子也就好了。一路上，秦夫人照顧得十分妥當，很是順利。」
她們說著話，黃氏和姜楊也下了馬車。
黃氏讚嘆連連。「好氣派！瞧瞧這石獅子，這大門……我這輩子沒見過這麼氣派的。」
姜桃笑道：「路上麻煩妳了。」
黃氏連連擺手。「一道上路罷了，哪有什麼麻煩。」
姜桃轉頭看姜楊，他還是穿著過去姜桃替他做的書生袍，沒什麼變化，只是看著好像又長高了些，本該長到手背的衣袖，眼下只能遮住手腕。

他身後，跟著一個個子挺高的書僮，提著書箱和包袱。

姊弟倆不急在這一時說話，姜桃和他相視一笑，就算是打過招呼了。

姜桃引著他們進府，問黃氏。「怎麼不見你家子玉，他沒和你們一道上京嗎？」

黃氏正是瞧什麼都稀奇的時候，沈家的亭臺樓閣，讓她看花了眼，聞言一愣，真以為自己把兒子給漏了，隨即指著身後笑道：「阿桃慣會嚇我，我家子玉不是在這兒嘛！」

姜桃順著她指的方向看去，見到的正是跟在姜楊後頭的「書僮」。

他穿著普通的細布短打，腰間繫玄色布帶，頭上紮兩個小啾啾，手裡提著書箱和包袱，抬頭對姜桃苦笑一下。

「姨，我在這裡呢。」

姜桃憋住了笑，點頭道：「不好意思，沒認出你。」

秦子玉蔫蔫地說了聲沒事。

姜桃轉過臉，忍不住笑起來，邊笑邊瞟黃氏。

黃氏還在讚嘆著沈家的氣派，看得挪不開眼，完全沒發現姜桃在看她。

一行人到了正院，姜桃讓黃氏他們先坐著用茶，而後帶蘇如是去看替她準備的院子。

蘇如是的院子就在正院旁邊，地方不大，但跟正院離得近，而且是按著蘇如是的喜好布置的，清幽雅致。

在院子裡看過一圈，回屋坐下後，蘇如是指著姜桃，出聲笑罵了。

「妳主意大了，沈家的事，半點也不讓我知道。要不是秦夫人上門拜訪，和我商量上京時說漏了嘴，我還被蒙在鼓裡。怎麼，連秦夫人都能說，偏偏不肯告訴我？」

姜桃乖乖地站在一旁聽訓，小聲辯解。「不是特地瞞著您，當初上京時，我也不清楚其中情況，要是讓您知道，肯定得和我一道回京。我想著，先把麻煩事都處理了，再……」

蘇如是並不是真的怪她，聽到這裡，收起了佯裝的怒意，問她。「遇到什麼麻煩了？可是寧北侯府那邊的事？」

「也不算麻煩。」姜桃正有一肚子話要和她說，被蘇如是拉著一道坐下，把最近發生的事都說了。

待她說完，蘇如是臉上鬆快了些，道：「如今妳身分不同，容氏在妳面前說話，也得陪著千百個小心。妳和妳夫君說開了也好，夫妻間不該有秘密，他果然是個好的，沒把妳當成異類。有他幫襯著，寧北侯府作不了怪。」

聽到師傅誇自家男人，姜桃甜蜜地笑了。「他完全沒有見怪，只心疼我罷了，還因為從前的事，暗中幫我出氣，把容氏的生意全掐住。進項被人拿捏，那家子暫時不會出來惹是生非了。」

蘇如是笑著點點頭，姜桃又說起宮裡的事。「那次進宮給太皇太后賀壽，起初因為我被人為難，受了委屈，所以太皇太后待我比旁人親厚。後頭則是沾了您的光，她老人家不止提了一次，說等您上京後，讓我和您一道進宮去看她。」

姜桃心想，蘇如是和太皇太后身分有別，可愛好相同，太皇太后也格外喜歡她的繡品。正是因為太皇太后的賞識，蘇如是才被世家豪門奉為上賓，兩人應該能稱得上是知音。

但聽她提到太皇太后，蘇如是面上的笑容淡了不少，只道：「有機會再說吧。」

姜桃聽出她話裡的敷衍，覺得有些不對勁，但蘇如是趕了許多天的路，說一會兒話便露出疲態，便沒在這個時候追問，扶著她上床歇息。

安頓好蘇如是後，姜桃回到正院。

姜楊已經被蕭世南和姜霖拉走，秦子玉也不在，只有黃氏坐在桌前，一邊喝茶、一邊跟小丫鬟說話。

「怠慢了。」姜桃出聲致歉。「當時和義母分開得匆忙，許多事沒來得及提前說，剛剛跟她解釋，耽擱了一會兒工夫。」

黃氏很自得其樂，聽到她這麼說，頓時不自在了，連忙道：「妳這麼客氣，我反倒不好意思。按著身分品級，我連進妳家的資格都沒有呢。」

姜桃也不同她客氣了，挨著她坐下後，笑道：「來京城一段時日，不覺規矩就多了起來。快和我說說，妳家子玉怎麼那副打扮？還給我們阿楊提書箱、包裹，乖順得不得了。」

黃氏驕傲地揚了揚下巴。「乖吧？這還是我好不容易幫他爭取來的機會。」

這事得退回到八月去說。

八月鄉試放榜，姜楊和賀志清、秦子玉參加完鹿鳴宴，便收拾包袱回鄉。回到縣城，姜楊的風光就別提了，秦知縣親自相迎，看見他比看見考了第一百名的親兒子還激動。

秦子玉吃味了，不過他也知道，自己能僥倖考中，全靠臨考前姜楊推他一把，所以沒有表現出來。

而且，他這鄉試一百名都考得很吃力，想往上考幾乎不可能。姜楊名次那麼好，不出意外，自能考中進士。如今兩人同為舉人，但往後過的，定是截然不同的人生。

姜楊聲名大噪，回槐樹村辦了三天流水席，而後把姜老太爺和孫氏接到縣城去住，然後依舊待在家看書。

但少年中舉，哪裡是他想清靜，就能清靜得了的？

從前那些被姜老太爺輩分壓著的親戚躁動起來，什麼說親作媒的、想把自家田地掛在姜楊名下免賦稅的，成天往茶壺巷去，惹得姜楊不勝其煩。

後來，秦子玉被姜楊指點才考中舉人的事，也不知怎的傳出去，這下更不得了了，傳得神乎其神，都說姜楊是文曲星下凡，自己會讀書不算，教人的本事也是一絕。

這下，可不只是姜家的親戚了，縣城裡但凡想讓孩子走讀書路子的，都一股腦兒把孩子往姜楊面前送。

姜楊說，他這年紀還不到能收學生的時候，但那些人不聽，以為他是謙虛，遂把自家孩子打扮成書僮，不當學生也成，當小廝、書僮跟著他就行，耳濡目染，肯定也有效果嘛！

姜楊不知推拒多少人，又不能鬧得太難看，簡直快愁死了。

黃氏知道後，將秦子玉打扮一下，塞到姜楊跟前。

旁人一看，喝！好傢伙！知縣家中了舉人的公子都來當書僮，誰有膽子，誰有資格同他競爭？這才歇了心思。

姜楊便覺得，考完回來待一個月，一天安靜的書都沒讀到，乾脆早些上京吧。

黃氏早想來京城，生怕姜桃進了高門大戶受委屈，兩人一拍即合，再去跟蘇如是說一聲，一行人就一道出發。

姜桃聽完黃氏說的前因後果，肚子都笑痛了，抹著淚花。

「之前讓子玉扮書僮只是權宜之計，路上就該讓他換回來。怎麼到現在還那副打扮，他好歹是知縣家的公子啊。」

「我也是有私心的嘛，明年二月的會試，以他本事，是考不上的。下一次會試在三年後，可我不能陪他一直待在京城，又怕他被繁華迷了眼，讓他給阿楊當書僮正好，我也省心，就是不知道妳會不會覺得麻煩，畢竟往後三年，他要住在妳家。」

姜桃把黃氏當姊妹，從前秦子玉雖然惹人生厭，但後來在黃氏的棍棒教育下，變得老老實實。現在家裡寬敞，也有餘裕，多一個人只是多雙筷子的事。

但留下秦子玉，不是讓他吃飽穿暖就行，主要是得讓他讀書、走正路。

姜楊讀書都是自己管自己，姜桃沒有信心能督導秦子玉，也不能像黃氏，看他不乖就掄起板子抽，還是得問問姜楊的意思。

第九十二章

兩人說著話，姜楊和蕭世南、姜霖有說有笑地過來了。

秦子玉寸步不離地跟著姜楊，待他坐定，接了丫鬟手裡的茶奉給他。

姜楊心安理得地讓他伺候，喝完茶，才開口道：「有件事想和姊姊商量，我那院子需要再布置一間臥房，給我的小書僮住。」

秦子玉十七、八歲，個子少說有一百八十公分。姜桃已經很努力地不去看紮著兩個小啾啾的他，聽到姜楊這一句「小書僮」，終是忍不住，噗哧一聲笑了出來。

「小書僮」的臉臊得通紅。

當時，他一定是鬼迷心竅，才肯聽他娘的話，給姜楊當書僮！

他娘怎麼說的來著，說是因為在鄉試裡指點他，所以姜楊才惹來後頭的麻煩。他們家不是知恩不報的人，幫著姜楊擋下那些麻煩，也算是還了一份人情。

秦子玉不想欠姜楊的人情，而且覺得這兩年聽他娘的話，也沒吃虧，反而得了不少益處，便答應下來。

但他沒想到，當書僮還得打扮成這樣?!不過他娘根本不給他反悔的機會啊！

他去之後，確實再沒人想著往姜楊身邊塞學生了。

但這件事一傳十、十傳百，大家都知道他堂堂知縣公子、少年舉人的身分了。以前的同窗打著拜訪姜楊的名義，來看他的笑話。

他覺得丟臉，想撂挑子不幹，姜楊便說：「路是自己選的，旁人笑話你，又怎麼樣呢？他們到現在，最多中個秀才，你同他們計較，圖什麼呢？」

秦子玉說：「我什麼都不圖。人要臉，樹要皮，我拉下臉幫你擋了那些人，就算還你的人情。」

「臉面值什麼呢？」姜楊看著他，慢悠悠地說：「你要前程，還是臉面？越王勾踐為雪國恥，甘願臥薪嘗膽；韓信胯下受辱後，也能成為一代名將。他們哪個不比你丟臉？可比起往後的作為，前頭有失臉面的事，也不失為一段佳話。等你有所作為，人們就算說起現在的事，也只是為你的生平增光罷了。」

「我往後的作為？」

秦子玉真心動了，他心性不低，不然當初不會非要跟姜楊爭個短長。

讓他這輩子只當個舉人，和他爹一樣，靠著家裡謀個高不成、低不就的外放小官，他是不願意的。

因為姜楊那番話，他留下來當姜楊的書僮，連進京的時候都沒說要改換裝束。

黃氏很高興，來京路上激動得幾宿沒睡好，一直偷偷和他念叨，說他要有大造化了。

不過，秦子玉還是對姜楊的話存疑，就算來年姜楊中了進士，不還得去翰林院熬資歷？

又沒啥實權，至多是指點他科考。現下姜楊自己還沒考中呢，八字沒一撇，他娘會不會高興得太早了？

到了沈家，秦子玉看到榮國公府的牌匾，才知道他娘為何那麼激動了。

說句難聽的，他引以為傲的知縣公子、少年舉人的身分，連進國公府大門的資格都沒有！

姜楊的前程如何，傻子都能預見。能被他帶在身邊，受他提攜，可不是大造化嘛！

所以，直到姜桃笑完，他也沒惱羞成怒，只是紅著臉垂下眼。

反而是姜桃怪不好意思的，連忙忍住笑。「子玉這裝扮其實怪可愛的，就是不怎麼適合你。到了這裡，就穿回自己衣裳吧。」

秦子玉沒一口應下，而是看向姜楊，見姜楊點頭，才笑起來，高高興興地換衣裳去了。

隨後，姜桃吩咐人去姜楊的院子裡多布置一間臥房，再送黃氏去客房休息。

把他們都安頓好了，屋裡只剩自己人，姜桃才笑了個夠，指著姜楊笑罵起來。

「秦夫人素來想一齣是一齣，子玉那麼大了，還讓他扮書僮。可你不是那樣的人啊，怎麼也跟著一起胡鬧？我來猜猜，秦子玉會那麼乖順，是不是你對他說了什麼？」

黃氏的棍棒教育固然威懾力驚人，到底作用有限，就算秦子玉被他逼著給姜楊當書僮，但替姜楊拿東西、遞茶水的作派，可不是武力能逼出來，更像是他心甘情願的。

屋裡沒有旁人，姜楊也不瞞她，把他當時跟秦子玉講的話說給姜桃聽。

姜桃聽完，驚訝道：「你還能讓他成為第二個勾踐或韓信？」

姜楊聳聳肩。「我沒許諾那些，就是舉例罷了。學業上我會指點他，再磨一磨他的性子，往後的出路如何，要看他自己。」

姜桃聽出來，他這是真的準備督導秦子玉讀書向善了，道：「秦夫人幫了咱們家不少忙，她又只有秦子玉一個孩子，咱們能幫一些是一些，但你沒必要為了我做那些，知道嗎？」

姜楊不算熱心腸的人，之前和秦子玉有過節，能既往不咎，已算是大度大量。按他的性子，並不會攬下這樣的活計，姜桃才想著，他多半還是為了自家姊姊。

姜桃想得沒錯，姜楊確實是為了她。

不過，不是為了全她和黃氏的情誼，而是想著自家姊弟在京城沒有根基，即便來年他中了進士，在普通百姓裡叫鯉魚躍龍門，在世家豪門裡卻不算罕見，最多得一、兩句讚嘆，依然不會改變什麼。

他要熬資歷等升官，需要幫手，秦子玉是個不錯的人選。

秦子玉有才，但越不過他，人不算蠢笨，只是器量狹小。

這不算致命的缺點，也能糾正過來。起碼當了這麼久的書僮，秦子玉並未惱羞成怒跟他翻臉，可見為了前程，仍是分得清輕重緩急。

而且，秦子玉和他一起從縣城出來，若是得了他的指點走上仕途，就是他半個門生。不然以他的資歷，想招收得用的門生，不知道得等到哪一年，總不能真像縣城人想的那樣，從毛孩子教起，那還不如等姜霖長成，兄弟兩個一道支撐門庭。

他想得長遠，但還沒有具體計劃，只能走一步看一步，怕姜桃要勸他安心讀書就好，不用想那麼多，乾脆一個字都沒提。

「我都曉得。其實秦子玉學問不算太差，指點他，等於溫故知新。」

自打姜楊下場參加科舉後，越來越有自己的主意，姜桃也慢慢把他當大人看，見他自己有數，便沒多說什麼了。

剛過正午，灶房準備好午飯，黃氏和蘇如是趕路過來都累了，姜桃就派人把午飯送到她們住的院子。

午後，姜桃拿出之前替姜楊準備好的新衣裳，讓他挨件試穿。

因為姜楊長高了些，除了她親手做的寬鬆寢衣外，其他的都得放出來一些。

下午，蕭珏過來了，輕車簡從穿著常服，明面上只帶了王德勝一個人。

自打進京後，姜桃和蕭世南就沒見過他了，知道他忙，聽說每天只能睡上兩、三個時辰，連最貪玩的蕭世南都不忍心打擾他。

蕭珏帶了一匣子宮裡的糕點和幾罈好酒，說是來替姜楊接風洗塵。

他素來給姜桃這舅母面子，先是親自迎接她，又說動太皇太后下旨封誥命。這次姜楊來京，他雖沒弄什麼陣仗，但日理萬機的人能親自來一趟，已經是誠意十足。

出了自家的門，姜桃見到蕭玨，或許得顧忌他的皇帝身分，但他穿著便裝，看著就還是個半大孩子，可親得很。

姜桃笑呵呵請他坐，一邊打量他、一邊道：「都說秋冬要進補，怎麼看你反而瘦了？」

蕭玨摸了摸臉，吶吶地道：「瘦了嗎？朕……我最近明明吃得還比從前多。」

「就是瘦了！難得出宮，我得幫你補補。」姜桃說著，離開了正屋。

蕭世南忍不住笑出來，拐蕭玨一下。「你聽我嫂子瞎說呢，沒瘦，還胖了點，看著比從前俊朗。她就是一段時日見不到人，就說人瘦，剛剛吃午飯時，一直說阿楊瘦了瘦了，拚命幫他挾菜。」

姜楊同蕭玨的關係說近不近，說遠不遠，他日還要成為同朝君臣，關係比較微妙。

但因為蕭世南這話，姜楊也忍不住彎了彎唇，接話道：「我姊姊就是這樣，怕我們不在她眼前時，沒有吃好睡好。不只咱們，阿霖一頓半頓地少吃兩口，她也能說他瘦了。」

姜霖一直是圓滾滾的，現下雖然長大了些，但還是和福娃娃似的，白白胖胖。能真心覺得他瘦的，也只有姜桃了。

蕭玨笑起來，眉眼舒展開，伸起懶腰。「不出宮還不覺得，出來了就覺得，這段時日確實累了。唯有舅母這裡鬆快，擔心的只是吃飯睡覺這些小事。」

他和蕭世南聊起這段時日各自忙的事，姜楊坐在一旁靜靜聽著，並不插嘴。

姜霖和雪團兒在院子裡玩，偶爾聽到他歡快的笑，和雪團兒嗚哇嗚哇的叫聲。

過了好半晌，姜桃撩起簾子探進半邊臉來，笑著問他們。「吃不吃炸丸子？」

幾人都不挑嘴，她特地來問，自然都說要吃。

姜桃笑著點點頭，放下簾子出去。

蕭玨繼續和蕭世南閒聊，聊著聊著，發現不對勁了，猶疑著蹙起眉。

「為何舅母一直沒回來？該不會是她要親自……」

這話一說，蕭世南和姜楊立刻站起身，三個少年風風火火去了灶房。

姜桃正圍著圍裙站在灶臺邊，眼前突然出現三個人，被嚇了一跳。

「幹麼呀？」姜桃捂著被嚇得跳快幾拍的心臟。「灶房裡油煙大，別燻壞了你們的衣裳，在屋裡等著吃就行。」

她說著話，鍋裡的熱油也嗞嗞作響，姜桃一手用勺子挖起調好的肉泥、一手拿著筷子，把球形的肉丸子撥進鍋裡。

做完這套動作，她再抬頭，三個少年還是站著沒動。

他們敢動嗎？姜桃可是做個醋溜白菜都能把灶房醋溜的人，這熱油炸丸子……一個弄不好，豈不把沈家炸了?!

「舅母……」蕭玨張了張嘴，想了好一會兒措辭，才道：「我初初登基，也不富裕。沈家這老宅修葺花了十萬兩，已經掏空了我的私庫。」

起初姜桃沒聽明白，以為當皇帝的來向她哭窮，該不會要她家把修葺的銀子還他吧？

沈時恩同她說過，修葺老宅的銀子，本來是可以從蕭玨歸還的沈家舊產裡出，是蕭玨執意由他督造，由他出錢。

又下了兩個丸子，姜桃想明白他話裡的意思了，扠著腰，好笑道：「小玨，沒想到你和他們一樣，只看過我出一次醜，就覺得我做不好了？促狹鬼！」

蕭玨被她說得彎了彎唇，他在人前也稱得上老成持重，但可能是被這府裡的氣氛感染，總覺得到了這兒，便沒必要端著架子。

姜桃見他們真不放心，乾脆不趕人了，一人發一個碗，讓他們排隊在旁邊等著，又讓人去喊姜霖。

正好，秦子玉午睡起來，到正院尋姜楊，也被喊進了灶房。

等人到齊，姜桃讓他們按著個子高低站成一排。

秦子玉排在最前面，然後是蕭世南、姜楊，最後是蕭玨。

姜霖個子小，但他會耍無賴，端著小碗溜出隊伍，也沒人說他。

秦子玉有分寸，知道蕭世南和姜楊今非昔比，個子雖高，卻不敢占著最前面的位置，讓了蕭世南，又讓了姜楊，最後站到蕭玨跟前。

他打量蕭玨，見蕭玨穿著一身藏藍色貢緞袍子，上頭一點花紋也無，頭上只插根黃楊木木簪，沒佩戴任何配飾。

秦子玉哪裡認得貢緞，見他穿得簡簡單單，還不如換回原本裝束、穿金戴銀的他，便心安理得地站到蕭玨前面。

蕭世南光顧著不錯眼地看著姜桃炸丸子，根本沒注意到秦子玉的小動作。

姜楊一直注意他，憋笑憋得身子發抖，轉身拍了拍秦子玉的肩膀。

姜楊在人前也是個持重的人，秦子玉還真沒見他笑成這樣過。

「怎麼了啊？」他被姜楊笑得背後發寒。

姜楊笑著搖頭說沒什麼，又說了一句。「你很好。」

就在秦子玉丈二金剛摸不著頭腦的時候，姜桃的第一鍋丸子炸好了。

她用笊籬把丸子撈出來，然後依次分給幾個小子。

肉泥裡摻了麵粉和雞蛋，因為有廚娘在旁提醒，所以姜桃的火候掌握得不錯。剛炸出來的肉丸子表皮酥脆焦黃，呼著熱氣咬開，肉汁四溢，香氣撲鼻。

「味道怎麼樣？」姜桃緊張地問他們。

肉泥是廚娘幫著剁的，但味道卻是姜桃自己調的，因此不太有自信。

蕭世南呼著熱氣，連吃了兩個，咂吧著嘴說：「好像有點鹹了。」

姜楊也點頭附和。

「我就覺得鹽好像放多了。」姜桃喚來廚娘，讓她再剁些瘦肉攙進來。

沒多久，第二鍋肉丸子下鍋。

等待的工夫，秦子玉殷勤地把自己碗裡的丸子分給姜楊，問出心中的疑問。「你剛剛笑什麼啊？」

他不提還好，提了姜楊又想笑，蕭世南吃完自己碗裡的，一邊把筷子伸到姜楊碗裡、一邊問：「你們說什麼悄悄話？」

姜楊搖搖頭說沒什麼，要是解釋，秦子玉怕是會嚇得摔了手裡的碗。好歹是自己的「小書僮」，還是別嚇壞他。

蕭世南挾光了姜楊的肉丸子，端著碗走到蕭玨身邊，把自己碗裡的分給他。

蕭玨長這麼大，還沒試過端著碗在灶臺旁，一出鍋就吃。宮裡用膳規矩繁瑣，從做好到出鍋，再送到他面前，中間要過好幾道手，也要驗好幾次毒，再好吃的東西，放到半溫不溫，味道也就那樣了。

因此，這炸肉丸雖然普通，蕭玨卻覺得味道不錯。

很快地，第二鍋出來，姜桃分給他們，又問味道如何？

蕭世南剛要張嘴，姜桃便擺擺手。「你別說話，就你意見多。」

蕭世南只好閉嘴，姜桃看向蕭玨，蕭玨老實道：「有些淡，但還是好吃的。」

姜桃難得下廚，而且是一點意外也沒出的正經下廚，自然要求盡善盡美，所以又去加了調料。

到了第三鍋，不等她再問，姜霖受不了，吐著舌頭說：「好鹹好鹹，我要喝水！」

姜桃讓人端水給他喝，又要廚娘剁瘦肉加回去。

傍晚時，沈時恩提前下衙回來，循著炸肉的香氣，進了灶房。

看著姜桃手邊那一大盆肉泥，他挑眉笑道：「看來我回來得正是時候，這是剛開始？」

姜霖打著飽嗝，摸著滾圓的肚皮，連話都說不出了，只是連連擺手。

蕭世南哈哈大笑。「不是啊，這都不知道第幾鍋了，是嫂子她……」

見姜桃的眼刀子刮過來，蕭世南連忙憋住笑，閉上嘴。

蕭玨忍不住笑道：「就是淡了加鹽，鹹了加肉。這是一盆永遠吃不完的肉丸子。」

姜桃被他說得自己都笑起來，準備解下圍裙。「算了算了，我知道我是真的沒天賦，怎麼就掌握不好呢？調來調去，味道都不對。」

旁邊的廚娘勸道：「這活計本不是夫人該做的，下回還是奴婢來吧。」

其實調味也可以交給廚娘，但是如果自己什麼都不參與，就沒有下廚的意義了。

沈時恩去拿碗，說道：「別算了啊，我這不是回來了？再炸幾個給我嚐嚐。」

他素來捧場，姜桃笑著應好，又炸了一鍋出來。

之前，沈時恩能面不改色地吃姜桃的炒黑蛋，這炸肉丸到他嘴裡，當然只有誇的。

「味道挺好的，可能是他們小孩子口味不一，所以才一會兒說鹹，一會兒說淡。」

姜桃想想也對，平常這幾個小子不在一起吃飯，有人喜淡，有人喜鹹，的確很正常。

「看來，我這次下廚還是很成功的嘛！」姜桃笑起來，總算不糾結為什麼調不好味了。

她在熱滾滾的油鍋前站了快一個時辰，只為給孩子們做點吃食，蕭世南他們當然不會掃她的興致，不然也不會個個都吃飽了，還守在灶臺邊，也跟著附和沈時恩說的話。

炸完肉丸子，姜桃臉上、手上都是油，脫掉圍裙，回屋梳洗了。

姜桃洗好臉，換好衣裳，聽到院子裡熱鬧的說話聲。

出屋一看，原來沈時恩沒讓他們去梳洗，而是喊他們一道幹活。

沈家宅子是新修葺的，院子有新栽過來的花樹，還有葡萄架、秋千之類的。

姜桃看到散在地上的青磚和泥料，沒反應過來這是要做什麼。

「縣城家裡的麵包窯沒移過來，我就想著，幫妳重新砌一個。」沈時恩解釋著，把衣袖捲到手腕處，掀起袍角塞進腰帶，轉頭道：「剛剛都吃飽了吧？不許偷懶！」

蕭玨覺得很新鮮，問蕭世南什麼是麵包窯？

蕭世南解釋了，還笑道：「當時嫂子只是隨口一提，我二哥一宿沒睡，跑到城外去弄材料，想一個人邀功。可惜，他忙活了一宿，都沒做成功。」

在蕭玨心裡，他舅舅是做什麼都很厲害的，連他都做不好的東西，自然是很困難的。

「真有那麼難？」

「不難不難，是我當時沒說清楚。後來畫出草圖，你舅舅很快就做好了。」

在人前，姜桃很維護自家男人的臉面，說著話，也捲起了袖子。

蕭玨挺好奇這沒聽過的麵包窯，想起之前在茶壺巷見過，但當時並不知道，那是沈時恩他們親手做的。

他幫著沈時恩打下手，仔細聽他說明。

舅甥倆研究得認真，蕭世南在旁邊無聊，和姜霖一起蹲著捏泥巴玩。

姜桃正笑咪咪看著沈時恩和蕭玨默契十足地砌窯，冷不防的一坨泥巴甩到她裙襬上。

她轉頭一瞧，蕭世南和姜霖齊齊指著對方，異口同聲道：「是他！」

兩個皮小子都不無辜，姜桃蹲下身，捏了兩坨泥巴扔回去。

可惜的是，她的準頭實在太差，不知怎的，竟扔到姜楊身上。

姜楊跟著下場，他當然不會去扔他姊姊，而是幫著姜桃一起打蕭世南和姜霖。

姜霖邊叫邊笑，蕭世南挖起一大坨泥巴，開始四處攻擊。

最後，沈時恩和蕭玨兩個正經做活的人也被波及了，本是一家子一起動手做活的溫馨場面，變成了熱鬧的打泥巴仗。

第九十三章

天黑下來時，院子裡的泥料都被他們玩光了，每個人身上或多或少沾了泥點子。

蕭玨身上最少，因為他離沈時恩最近，發現蕭世南使壞要扔他，就往沈時恩身後躲。

蕭世南玩得最瘋，身上和頭髮裡全是泥，說是泥裡撈出來的也不為過。

姜桃看時辰不早了，讓他們各自洗漱更衣，她也回屋又換了一身衣裳。

等他們都洗漱好，晚飯也端上桌了。

因為下午吃了一大堆炸肉丸，所以晚飯是清淡的小菜。

一家子熱熱鬧鬧地圍著飯桌坐下，蕭世南他們玩了一陣子，早就餓了，不再說話，只大口扒飯。

有人搶著吃就是香！姜桃聞了半下午的油煙，本是沒什麼胃口，被他們感染，也吃完了一碗飯。

飯後，王德勝提醒道：「主子，天色不早，再不回去，宮裡該下鑰了。」

蕭玨嗯了一聲，站起來。「下回再來拜訪舅舅和舅母。」

姜桃跟著他站起來，把他送到屋外，發現外頭起風，讓人去蕭世南那裡拿他的披風來。

她親自幫蕭玨披上披風，繫好帶子。「下午吃多了炸物，不好消化，回去了別貪涼。也別累著，國事不是一天兩天能忙完的，還是自己的身子重要。要是累了，隨時過來，舅母給你做好吃的。」

蕭珏垂眼看著她在自己脖子前繫的蝴蝶結，忍不住笑起來。「下回還是吃舅母那永遠吃不完的丸子嗎？」

姜桃笑著拍他一下。「好的不學，就跟小南學貧嘴。」

又一陣冷風颳過，姜桃不覺打了個寒顫，蕭珏便收起玩笑神色，讓她進屋，別送了。

「不要緊。」姜桃從丫鬟手裡接過燈籠，送他到府外，又是忍不住一陣叮囑和嘮叨。

蕭珏沒有不耐煩，一直笑著應好。

看著蕭珏上了馬車，姜桃才縮著脖子回正院。

「唉，小珏怎麼就回宮去了呢？」見姜桃送走蕭珏回來，蕭世南撐著下巴，不太開心地道：「這皇帝也當得太累了。」

姜桃正要答話，就聽旁邊傳來咚一聲巨響——

一直沒吭聲的秦子玉突然暈過去了！

黑暗靜謐的街道上，華美堂皇的馬車平穩地駛向皇宮。

暗衛副統領奚雲在夜色中悄無聲息地進了馬車。

蕭珏靠在引枕上，見他進來，便收起臉上的笑。

奚雲報了幾個官員的名字，道：「這些人已經被屬下抓起來，是殺了還是……」
這些人是當年參與過沈家舊案的重要人物，只要殺了他們，先帝幕後操縱、誣陷沈家謀反的事，便再也無從查起。
蕭玨沈默半晌，開口道：「放了吧。」
奚雲神色複雜，但仍應了聲是。
蕭玨摩挲著身上的披風，再次陷入沈默……

與此同時，姜桃被秦子玉突如其來的暈倒嚇一跳，和蕭世南他們七手八腳把人扶起來。所幸府裡有大夫，下人飛快地去請，姜桃則讓丫鬟去尋黃氏。
上午黃氏到的時候，還很有精神，下午歇了才覺得累，吃過午飯接著睡，用晚飯的時候，姜桃的丫鬟過去，都沒能叫醒她。
聽說兒子出事，黃氏一下子從床上爬起來，綰了頭髮，就跟著丫鬟過來了。
府裡的大夫已經在幫秦子玉把脈，黃氏瞧見臉色慘白、雙眼緊閉的兒子紅了眼，自責道：「路上我光想著讓他好好伺候阿楊，沒想過他素來身強體壯的，還會生病。」
姜楊也慚愧。「他一直同我在一起，我也沒看出他身子不舒服。」
半晌後，大夫把完脈，道：「沒事，秦公子只是心情太過起伏，才驚厥過去。歇一會兒就能醒，喝些安神定驚的茶便好。」

黃氏納悶。「驚厥不是小孩子才會有的嗎？怎麼這麼大的人了，還犯這種毛病？」

姜桃和蕭世南、姜楊你看我，我看你的，大概猜到是什麼嚇到了秦子玉。

說著話的工夫，秦子玉悠悠轉醒。

剛剛黃氏還急得跟什麼似的，現在知道他沒事，就說他。「多大的人了，說暈就暈，我都要被你嚇死了。」

秦子玉也是赧然，下午他看姜楊憋笑，覺得不太對勁，後來聽蕭玨喊沈時恩舅舅，心裡就有了猜想。雖然他進京之後才知道姜桃的苦役夫君是榮國公、國舅爺，但路上可沒少聽人說沈家的事，只是一時對不起來罷了。

可是猜想歸猜想，先不說蕭玨的打扮如何普通，秦子玉覺得，皇帝日理萬機，哪會跑到沈家來同他們渾玩？

而且，姜桃他們對蕭玨的態度，是很親熱卻不怎麼恭敬，便覺得是自己多想了，以為蕭玨應該是沈家的旁支親戚。

直到聽了蕭世南的話，才知道那少年真是小皇帝，他一個激動，就暈過去了。

「怪我怪我。」姜桃歉然道：「是我沒和子玉說清楚。」

姜楊摸了摸鼻子，沒吱聲，其實最該和秦子玉解釋的是他啊。

一會兒後，丫鬟端上定驚茶。

黃氏接了，坐到榻沿，準備餵秦子玉喝，問他。「到底什麼事嚇到你了？和娘說說。」

秦子玉看著她眼裡藏不住的關心，有些不好意思地說了下午的事。

黃氏聽完也愣了，吶吶地道：「你插了皇帝的隊，還和皇帝同桌吃飯了？」

秦子玉嗯了聲，張嘴等黃氏接著餵定驚茶，但黃氏愣了半晌，直接把手裡的定驚茶一飲而盡。

「天啊！」她摸著心口直喘氣。「那不怪你，換作是我，我也暈。」

姜桃看黃氏臉色都白了，又是一通抱歉。

黃氏連連擺手。「不怪妳，是我們小地方來的，經不住事兒。」

「不是的，當初我在縣城看到皇上打架，嚇得站都站不穩的樣子，妳也見過，咱們都是一樣的。」

聽到她這麼說，黃氏想想也對，都是被嚇過來的嘛！

皇帝不拘小節，自家兒子只是插了個隊，也沒做大逆不道的事，沒什麼好大驚小怪的。而且，她兒子不過是個小小舉人，便能在皇帝面前露臉，還同桌吃飯，說出去不知得羨慕死多少人！

「都是託妳的福啊！」黃氏想通以後，激動地拉著姜桃的手，又是一番感謝。

秦子玉沒喝到一口定驚茶，就被他娘晾在一邊。

好吧，他娘的思路素來和常人不同，他已經習慣了。

確認秦子玉沒事後，一家子便各自去休息不提。

沈時恩和姜桃沐浴之後，躺上了床。

姜桃打著哈欠，正準備合眼，就聽沈時恩問道：「是不是待在家怪無聊的？」

沈家人口簡單，挑選下人都是沈時恩一手把關，不求多，只求每個進府的人都是背景清白、心地純良。

上京以後，姜桃看過家裡的帳冊，再認一認府裡的下人，就沒什麼活計了。

接著，誥命下來，便接待上門拜訪的客人，替太皇太后準備壽禮。

然後，姜楊和蘇如是他們提前上京，她收拾院子，安排下人。

等這些都忙完了，姜桃才發覺自己真的閒下來。正是因為閒得過頭，今天才來了炸丸子那一齣。

沒想到，沈時恩立刻就察覺到了。

姜桃又嘀咕一句他是她肚裡的蛔蟲，道：「說出來別笑我，我確實是有些閒不住。雖然還是在做繡品，但和從前不同，不用為了進項奔波，成了興趣。家裡的日常起居，更是不用我插手，每天起床好像除了吃就是睡，真是挺無聊的。」

她說完，有些不好意思，知道這麼說有些身在福中不知福。多少人夢想的，就是這種衣來伸手、飯來張口，鞍前馬後有人服侍的日子。

可她就是閒不住。

沈時恩捏著她的手指把玩，不說她什麼，想了半晌，問道：「不然，妳還繼續開繡坊？或者跟人合夥做點生意？左右家裡不缺銀錢，想做什麼就放手去做，天塌下來……」

姜桃笑著捂住他的嘴。「知道知道，天塌下來，有你兜著嘛！不過開繡坊、做生意什麼的，不急在這一時。」

沈家舊產盡數歸到沈時恩名下，幾代人積累的財富相當可觀。

不過，沈家沒出過會做生意的人，產業多是田地、莊子之類的，租給佃戶耕種，每年光收租金便有數萬兩。名下也有不少鋪子，不過都是對外租賃，簽了長契的。

如果姜桃想做生意，提上一句，多的是人搶著替她辦。

但眼下初初入京，她還沒摸清狀況，京城的生意場和官場似的，幾個商賈豪門分庭抗禮，涇渭分明。她的身分又極為惹眼，不是弄個門面，請兩個夥計就算了。

「行，反正還是像從前在縣城時同妳說的一般，想做什麼就去做，好的壞的，我都幫妳擔著。如今日子比從前好了，更沒道理讓妳委屈了自己。」

姜桃依戀地把臉窩在他的脖頸處，笑著應好。

嚴格來說，沈時恩是個粗人，不會說甜蜜的情話，也不會為妻子描眉點唇。可姜桃再小的變化，他都能發現，讓她時刻感覺自己是被愛著、關懷著的。這種甜蜜不刻骨銘心，但細水長流，尤為可貴。

姜桃忙了一下午，聞著他身上的草木氣味，很快便睡意濃重。

她口齒不清，如夢囈般呢喃著。「你一定很喜歡很喜歡我吧？」

沈時恩正輕輕捋著她的後背，哄她入睡，聞言彎了彎唇，探過臉想親親她。

但兩人的唇還沒碰到一處，姜桃已經打起了很輕微的呼。

沈時恩失笑，幫她掖好被子之後，開始算著日子。

眼下是十月，再幾個月，姜桃就出孝期了。

等出了孝期，他一定好好讓姜桃感受一下，他對她的「喜歡」！

十月初十，天子秋獮，邀請文武百官攜家眷同樂。

蕭世南早盼著這一天了，起了個大早，而後依次去拍家裡人的門，大家很快便起來。

他們的騎裝都是姜桃做的，仿現代的騎馬裝扮，上身是收腰箭袖的款式，下身是筆挺褲裝，褲腿紮進過膝皮靴中。

家裡從沈時恩到蕭世南、姜楊，都是寬肩窄腰長腿的好身形，穿著這樣的裝束，越發顯得玉樹臨風、身姿挺拔。

可惜姜霖還是個小胖子，這樣的騎裝穿在他身上，反而顯得身形圓潤。

不過小傢伙還不懂這些，在鏡子前臭美好一陣子，不覺得自己比姊夫或兩個哥哥遜色。

姜桃第一次參加秋獮，坐上馬車出城時，不忘再三向沈時恩確認要注意的事。

沈時恩道：「不用想那麼多，就是熱熱鬧鬧去玩。到時候看妳想跟著我一道去狩獵，還是坐在看臺上喝茶閒聊，都無所謂。」

圍場就在郊外，出城走上半個多時辰，也就到了。

姜桃跟著沈時恩下車，進了圍場之後，遊覽起來。

圍場裡的布置和她以前在清宮劇裡看的幾乎一樣，有座四四方方的大看臺，看臺上用帷帳隔出一個個空間，中間是一大塊空地，空地上架著高高的木柴堆，晚間可以點起篝火。看臺後面搭了許多大帳篷，留給各家晚上休息用。

「咱們家的位置在哪兒？」

沈時恩指給她看。「是小玨旁邊的帷帳。還有，後頭挨著明黃色御用營帳的帳篷，也是咱們的。」

姜桃忍不住笑了笑，這下不用特地去記，反正位置僅次於皇帝的，就是自家的地方。

秋獮午後開始，上午是各家安頓的時間。

蕭世南已經急不可待地準備熱身騎馬，自己騎不算，知道姜楊和姜霖都不會，還要教他們騎。

雪團兒也被帶出來，圍著沈家的馬搖頭擺尾地晃悠，顯然急著要出去撒歡。

難得出來玩，姜桃也不拘著他們，只派人跟著，隨他們活動。

沈時恩也讓人牽了一匹溫馴的母馬來，說先帶著姜桃在附近遛遛。

姜桃是第一次騎，但因為沈時恩在，遂大著膽子上了馬。

沈時恩見她緊緊揪著韁繩不放，忍著笑從她手裡接過韁繩。「放輕鬆，手可以扶著馬鞍或轡頭，雙腿輕輕夾住馬肚。咱們走得慢，肯定摔不著妳。」

沒多久，英國公府一行人也過來了。

曹氏瞧見替姜桃牽馬的沈時恩就笑。「國舅爺怎麼還當起馬夫了？」

她的調笑並不帶惡意，但姜桃還是紅了臉，催著沈時恩去旁邊。

沈時恩卻不走開，理所當然道：「阿桃第一次騎馬，我當馬夫，總比她被嚇到或摔到好。」說著，和姜桃對視一眼。

兩人不再說話，一起笑了。

曹氏已經年過四十，但看著他們甜蜜有默契的相處，仍覺得一陣耳熱。

於是，英國公過來時，也讓英國公陪她騎馬。

她沒指望英國公會像沈時恩對姜桃那樣無微不至，放低身分幫她牽馬，但到底還是存了一分幻想。

孰料，老驥伏櫪的英國公上了馬，便一鞭子抽在馬屁股上，衝了出去。

「騎馬這事輸了妳半輩子，這次肯定贏！」

曹氏看著一馬當先的英國公，很是尷尬。

姜桃想笑，又怕傷了曹氏的顏面，忍住笑，道：「今日天暖，又沒什麼風，正是賽馬的好時候。」

沈時恩也翻身上馬，把姜桃攬在懷裡坐定。「好久沒和姨母賽馬了，這次我也想試試，看能不能贏姨母。」

他說著話，勒住韁繩掉轉馬頭，策馬走到曹氏身邊。

見他們特地幫自己圓場，曹氏也笑了。「好！咱們還是按著從前的規矩，繞圍場一圈就算贏。」

蕭世南在旁邊教姜楊和姜霖騎馬，雖然姜桃讓他們隨意去玩，但幾個小子都很有分寸，沒有走遠。

聽說要賽馬，蕭世南讓隨從看好姜楊他們，也翻身上馬過來。

三人齊頭並進，馬鞭齊齊響動之後，便往英國公的方向疾馳而去。

姜桃和沈時恩共乘一騎，跑出去沒一刻鐘，就被曹氏和蕭世南撇遠了。

微涼的風拂面，姜桃被沈時恩擁在懷裡，見周圍只有他們，總算能笑出來了。

「英國公也太不解風情，方才英國公夫人的臉色可不好看。」

沈時恩也跟著笑。「英國公府幾代人都是武將，心思魯直。」

姜桃心道，要不說人比人得死，貨比貨得扔呢？沈時恩也是武將家族出身，卻不知比英國公貼心多少倍。幸虧曹氏和英國公做了大半輩子夫妻，不然今天這一遭，夠曹氏難受了。

兩人方才說要賽馬，本就是為了給曹氏臺階，現下說著話，便乾脆慢下來。

姜桃看什麼都新鮮，一路上問這問那的。

沈時恩很耐心地替她介紹道：「這邊是林場，午後狩獵就在這片林子裡舉行。自太祖以來，就有秋獮犒賞群臣的習俗，不知今日小玨會拿出什麼東西來，但狩獵的頭幾名，肯定能得到封賞。這是個揚名立萬的好機會，之後宮中要挑御前帶刀侍衛，就會從秋獮中嶄露頭角的人裡選拔。」

姜桃邊看風景邊點頭，又聽沈時恩道：「林場後頭是一片深山老林，屬於圍場邊緣，獵物多，危險也多。早些年秋獮的日子比較早，天氣也比現在暖和，老林的洞穴裡還有熊。當年我少不更事，跑去那邊遇上熊，幸虧大哥打死牠，不然如今我未必能好好地站在這裡。」

「難怪小南老說小時候是你帶著他們渾玩。」姜桃好笑地轉頭看他。「敢情你小時候是真的皮得無法無天了。」

兩人信馬游韁地邊走邊聊，算著時辰差不多，才沿原路返回。

曹氏和英國公、蕭世南早他們一刻多鐘回營地。

英國公出了一頭的汗，看著反而更加精神矍鑠，聲音洪亮地笑罵道：「妳這婆娘素來以我為先，偏偏關乎騎術的事不肯退讓分毫。當了大半輩子的夫妻，讓我贏一次又怎樣？」

方才曹氏還怪他讓她下不來臺，眼下痛快地跑一場，也不氣了，昂著下巴道：「讓你先跑了快半刻鐘，還不能贏，這也怪我？」

蕭世南接過下人遞來的帕子分給他倆，哈哈大笑。「爹還是一樣喜歡偷跑，可就是贏不過娘。」

曹氏接了帕子擦汗，笑道：「好孩子，可不能跟你爹學，使那些小伎倆還贏不了人，多丟人！」

英國公氣哼哼。「我對著自家婆娘使些小伎倆，丟什麼人？」然後看向蕭世南。「倒是你，你爹娘都多大了，你年少力壯的還跑不過我倆，丟不丟人？」

蕭世南理直氣壯道：「娘出身河東曹氏，外祖家祖上率領太祖皇帝的鐵衛精騎，騎術是家傳本事。爹的弓馬騎射，更是曾祖父親自教導的，我丟什麼人啊？」

第九十四章

三人說著話，沈時恩和姜桃回來了。

蕭世南朝沈時恩呶呶嘴，接著說：「我是輸了，但我很認真的。爹娘看二哥，兩人同乘一匹馬，一看就沒想贏，而且這會兒才回來，分明是放棄，不知道和嫂子去哪裡甜蜜了。」

姜桃被沈時恩扶著下了馬，聽了他這話，作勢要打他。

蕭世南誇張地跳開，連忙求饒。「我說二哥呢！嫂子護他護得這麼緊做什麼？」

「多大的人了，還這樣亂說話。」姜桃紅著臉啐他。「你爹說得沒錯，你年少力壯，怎麼也不該跑最末，看來還是平時的訓練不夠。」

沈時恩幫腔。「夫人說得不錯，可見平日裡還是太縱著他，回去後，每天得多鍛鍊一個時辰。」

騎馬，講究騎術是一方面，另一方面則考驗人的腰力。

自打回京之後，蕭世南就跟著沈時恩學刀法，每天花在基本功上的工夫最多，馬步一蹲就是一、兩個時辰，再加一個時辰，他的腰和腿還要不要了？

蕭世南連忙道：「剛剛是沒熱身，再跑一趟，我肯定好好表現！」

既然他這麼說了，沈時恩和英國公又上了馬。

英國公笑道：「那再比一次。要是你墊底，就算時恩不說什麼，我也得提著你的耳朵去操練。」

蕭世南應好，飛快上馬，不等他們說開始，便使出家傳的偷跑招數，一馬當先跑出去。

「臭小子！」英國公笑罵他，也跟著出發。

沈時恩看向姜桃，溫聲道：「妳先去看臺坐坐，我一會兒就回來。」

曹氏見他不放心姜桃，挽住姜桃的胳膊。「這趟我不跟著你們跑了。時恩放心，我定把你家這寶貝看顧好。」

姜桃又是一陣臉紅，沈時恩倒不覺得曹氏有哪裡說錯，抱拳道了聲謝，也抖了韁繩，如箭矢般衝了出去。

曹氏心情很不錯，一趟賽馬讓她明顯感覺到，夫妻倆和大兒子拉近了距離。

她挽著姜桃往看臺走去，忍不住笑道：「小南這孩子，我還當他去外頭後，要荒廢了早些年會的東西，沒想到還是有進步。第一趟時，要不是他爹偷跑，我算著，他應該和他爹差不多時候回來，真多虧妳家時恩操練得好。」

姜桃道：「這個我可不敢居功，是小南自己有本事。而且，他雖去了外頭，但操練卻是沒有斷過的。」

曹氏驚訝。「沒有斷過？」

姜桃點頭。「我也是聽時恩說的，當年他們剛到白山時，小南跟著他一道服役。儘管他年紀小，但監工可不會顧念那些，派下去的活計和其他人是一樣的。他每天要挑幾百斤的碎石，肩膀不知磨破多少次。雖然時恩打了獵物去給監工送禮，把小南的活計分到他頭上，但小南多少還是得做一些。這麼經年累月地做力氣活兒，可不是沒落下操練嗎？」

曹氏的眼眶立時紅了。「這孩子怎麼不說呢？」

姜桃見她不似作戲，便知道蕭世南在父母面前肯定是報喜不報憂。俗話說，會哭的孩子有糖吃，她不能讓蕭世南白白為家裡犧牲，該為他邀的功勞，肯定得邀回來！

「他就是這樣，自己吃了再多的苦，都不捨得讓大人操心，乖巧得令人心疼。」

姜桃又說起旁的。她剛和沈時恩成親時，蕭世南在姜家吃第一頓飯，不過是稠粥，都不敢多吃，她再幫他添了一碗，他接過吃完，就說飽了。後來搬到縣城，她才知道，蕭世南是真的胃口大，才替他和沈時恩換了湯盆一樣的大碗，每餐都要吃兩大碗才算飽。

她們說著話，回到看臺上的帷帳裡，曹氏已經小聲抽噎起來。

之前在沈家看到蕭世南熟練地洗衣服，曹氏就知道他在外頭肯定沒少吃苦，但聽到了細節，才知道蕭世南受過的苦，根本不是她能設想的。

整日裡跟成年男人做苦力，還吃不飽。這日子，蕭世南一過就是四年。

姜桃並沒有杜撰或誇大事實，毫不心虛，接著道：「小玨登基後來接我們，小南是最高興的人，但小玨卻帶來你們想另立世子的消息。您和英國公……該多心疼小南一些的。」

曹氏把臉埋在帕子裡，哭了起來。

沒多久，蕭世南他們跑完第二趟回來，曹氏才停住抽噎。

蕭世南神采飛揚地衝過來，沒注意到曹氏泛紅的眼睛，得意地對她們道：「嫂子，娘，妳們看到沒有？我不是最末的！二哥比我快些，但我比我爹快！」

曹氏忍著淚意笑了笑，誇讚道：「好孩子。」

蕭世南發現不對勁了，斂住笑意，奇怪道：「娘，您哭什麼？雖然我贏過爹很值得高興，但也沒必要哭吧？」

曹氏又笑了笑，只是那笑實在勉強，說是比哭難看也不為過。

蕭世南有些慌亂地望向姜桃，姜桃道：「你先換身衣裳擦擦汗，別著涼了。」下人奉上乾淨的衣裳，但蕭世南不太想換，這騎裝是姜桃特地做的，穿別的衣裳，不就和姜楊他們不一樣了？

「不用不用，我解開衣襟擦汗就好。」蕭世南說著話，解了扣子。

姜桃看出他對她準備的騎裝的愛惜，也沒勉強他，讓他脫掉外衣擦擦汗。

帳裡只有姜桃和曹氏，且蕭世南還穿著中衣跟內衣，也沒什麼不好意思的，聽話地把外衣脫下來。

他的中衣也是姜桃準備的，知道他們這次出遊，肯定會出許多汗，就沒做成日常的立領款式，而是類似後代的圓領長袖。

是以，蕭世南一脫外袍，脖頸和肩膀就露出來了。兩肩連著脖子的地方，全是斑駁的傷痕，不知道疊了多少層，和身上其他光潔的肌膚形成鮮明的對比。

曹氏的眼淚再次湧出，抱著蕭世南嚎啕大哭。

蕭世南被他娘的眼淚嚇到，身體僵硬，一動也不敢動，只能求助地看向姜桃。

恰好，英國公和沈時恩一邊說話、一邊進來了。

英國公對蕭世南的表現挺自豪，雖然偏疼懂事聰明的小兒子，但到底是武將出身，最樂意見到的，還是有乃祖之風的子孫。

是以，此時猛然看到嚎啕大哭的曹氏，他沒發怒，而是冷靜地詢問發生何事？

蕭世南丈二金剛摸不著頭腦，曹氏哭得氣都喘不上來，更別提開口說話。

姜桃正要說話，卻見一個身高瘦弱的少年快步進來。

蕭世雲臉上寫滿擔憂，站定就道歉。「怪我來的路上覺得辛苦，一直在旁邊歇著，沒看顧好娘。剛剛不知大哥說了什麼，娘就哭成這樣了。」

英國公聽了這話，立時沈下臉，看向蕭世南的目光變得不善。

姜桃看在眼裡，突然笑了，隱約猜到為什麼英國公夫婦放著蕭世南這麼好的孩子不疼，只偏疼蕭世雲了。

聽聽這話說的，雖然像在道歉，意思卻很明顯，直指是蕭世南做錯了事、說錯了話，惹來曹氏的大哭。而且，就算誤會解開，也說不上蕭世雲哪裡不對，畢竟他只是在自責道歉。

難怪心思磊落、大大咧咧的蕭世南在爭寵上，不是他這弟弟的對手。

這種招數姜桃還真沒少見，不然早些年那些宮鬥、宅鬥的小說和電視劇都白看了。

「你到底怎麼惹你娘了？說話啊！」英國公見蕭世南沒吭聲，聲音不覺就大了。

蕭世南並不能言善辯，而且很怕他爹，被這大嗓門一吼，不由張口道：「我錯……」

「是我的錯。」姜桃截了他的話頭，把曹氏扶到椅子上坐定，蹙起眉，佯裝自責。「方才你們出去賽馬，我和姨母閒話家常。是我話多，說到過去幾年小南在外頭過的日子。後來小南回來，我見他出汗，讓他脫下外袍擦一擦，姨母見到他肩胛處的傷痕，才大哭起來。」

曹氏也緩過來了，哽咽著埋怨英國公。「誰都沒有錯，你凶什麼？」

「我沒凶啊。」了解事情經過的英國公有些心虛。「妳又不是不知道我的性子，我急了，嗓門就大。」

曹氏起身去拉蕭世南。「別跟你爹一般見識，他就是愛吼人。」

英國公覺得有些丟臉，這也是曹氏第一次在外人面前不給他面子，遂接著道：「小南是我們蕭家的孩子，老祖宗是吃了大苦，才從泥腿子一越成為被賜國姓的開國國公。如今他吃點皮肉苦算什麼？」

「就是。」姜桃忍著想罵英國公的衝動，笑著看向蕭世南。「咱們小南才不怕苦，對不對？」

蕭世南跟著挺了挺胸膛，自豪道：「對！」

姜桃從下人手裡接了他的騎裝外袍，說：「汗也散得差不多了，還是把袍子穿上，仔細別著涼了。」

蕭世南也好大的人了，自然是不好意思讓他嫂子幫著穿衣，就說自己來。

姜桃笑著把外袍遞給他，然後眼神落到他肩頸處，背過臉擦了擦眼睛，重重地嘆息一聲。

帳子裡只他們幾人，她這聲故意的嘆息聲自然也落到了英國公耳朵裡。

想到姜桃方才說的什麼傷痕，英國公的眼神不自覺地落在蕭世南的肩膀處。

正好蕭世南在穿外袍，活動間中衣的圓領領口就露出了更大一片……

到底是自己親兒子，英國公看清之後呼吸一滯，再也說不出「吃點皮肉苦算什麼」這樣的混帳話。

他聲音澀澀地問蕭世南。「你肩膀上這些……怎麼來的？」

蕭世南笑著答道：「就是早些年在採石場做苦役的時候弄的，那時候力氣小，一挑上百斤的石頭把肩膀磨破了。然後沒好全再接著挑，新傷加舊傷的就爛得厲害了。」

說著話他聽到他娘又嗚嗚哭噎起來了，又連忙描補道：「娘，真沒什麼，早就不疼了。」

曹氏也覺得一直哭不好，她的小南已經那樣苦了，沒必要還讓他來哄自己。她強忍住眼淚，點頭道：「好，好孩子！」

他們說著話，沈時恩看向姜桃，姜桃也迎上他的眼神。

沈時恩彎了彎唇，明白過來，方才是姜桃故意為之，轉頭對蕭世南道：「現在知道說沒什麼了？當時疼得齜牙咧嘴，飯也吃不下，覺也不肯睡的，不是你？」

蕭世南神情一窘。「那時還小嘛！而且也不怪我啊，採石場的吃食都是乾餅子配湯水似的稀飯，睡覺則是幾十個人擠一張大通鋪，那味道比我去軍營那次還熏人。」

沈時恩點點頭，接著道：「那之後腳磨出十幾個大血疱，腳底板爛了又哭一回的，是不是你？」

「二哥！」蕭世南臊得滿臉通紅。「幹麼說那些啊？」

隨後，沈時恩又以調笑的口吻，說起蕭世南旁的「糗事」。

許多事是姜桃不知道的，英國公和曹氏更別提了，夫婦倆聽得無比認真。

「真不愧是我們英國公府出去的好孩子！」這時，英國公是真的為大兒子感到自豪了。

說來慚愧，他們祖輩吃過不少苦，家訓也是要後人不怕辛苦，可到英國公這一代，已經是含著金湯匙出生，雖不至於像京城紈袴那樣驕奢淫逸，但日子也是過得很舒坦。

說到吃苦，英國公還真不如蕭世南，之前甚至想著，蕭世南練過拳腳，當苦役不過是做點體力活，雖然會辛苦一些，但對習武之人來說，應該不算什麼。

聽沈時恩說了才知道，原來苦役的日子竟那般困難，不僅是幹體力活，衣食住行也極為刻苦。

蕭世南很少得到他爹的誇讚，有些羞赧地垂下眼。「真不算什麼，爹別誇了，我都不好意思了。」

若蕭世南為了過去受到的苦楚而埋怨哭訴、怨天尤人，英國公或許不會這樣，可他並不覺得過去的苦難需要大肆宣揚或褒獎，越發顯得難能可貴。

曹氏親熱拉著蕭世南的手，笑道：「你這孩子也傻，你爹嘴裡難得有好話，讓他多誇誇你才是。」

英國公被曹氏說得一臊。「我哪有？」

蕭世南看著氣氛好，膽子也大了，調笑道：「有的有的。」

英國公蹙眉想了想，好像還真是這樣。

是從什麼時候開始的呢？大概是蕭世南小時候帶著蕭世雲玩，蕭世雲落水，醒來後說：「別怪哥哥，他不是有心的。是我們玩鬧起來，他才沒注意分寸。」

當時蕭世雲不過五歲，瘦瘦小小的人兒慘白著臉，卻知道替哥哥求情。

而七歲的蕭世南卻一問三不知，連弟弟怎麼落水都說不清楚。

英國公知道大兒子不會做出故意傷害弟弟的事，卻覺得這孩子莽撞過頭，還不如小兩歲的弟弟懂事，不能再那麼慣著，得對他更嚴厲些，督促他成材。

如今想來，那真是小得不能再小的一件事，而且蕭世雲的身子也沒受到影響。

英國公失笑地搖搖頭，有些內疚地道：「爹對你期望大，所以對你比對你弟弟嚴厲，你知道嗎？」

蕭世南茫然一瞬，他當然不知道啊！世子的位置都給弟弟了，還對他期望更大？

不過，他已經不糾結立世子的事情，遂沒反駁，只是笑了笑。

一家三口其樂融融地說起話來，沈時恩和姜桃功成身退，起身告辭。

坐在一旁的蕭世雲，臉上神情陰晴不定，寬袖下的拳頭緊緊握著。

早些時候，他和他爹娘一道過來，但他身子比常人弱，坐了半個多時辰的馬車，已經讓他腰疼背痛，只能眼睜睜看著他爹娘和哥哥笑逐顏開地賽馬，連騎馬都不怎麼會的他，只能遠遠地當個局外人。

等他娘跑完一趟，他趕緊跟過來，在外頭聽到姜桃幫著蕭世南邀功、訴苦。

怒火中燒之際，他哥哥回來了，他娘心疼地嚎啕大哭。

他覺得不能再坐以待斃，等到他爹回來，趕緊說那些話引他發怒，偏偏姜桃和沈時恩你一言、我一句，解釋清楚來龍去脈不說，還把他哥在外頭經歷的那些事全說了出來。

他爹娘聽完，反應和上輩子一樣，好像眼裡只有他哥哥似的。

蕭世雲忍了又忍，還是壓不住心底的惶恐和憤怒，唯恐自己表現出來，等沈時恩和姜桃出去後，也跟著起身，笑著說想去透透氣。

曹氏正是聽不夠蕭世南說話的時候，沒多說什麼，只讓人拿了披風跟著他，讓他別在外頭吹了涼風。

蕭世雲僵著臉笑笑，出去了。

姜桃和沈時恩早蕭世雲兩步出來，沈時恩見四下無人，戳著姜桃的腰說：「就妳皮，我看姨母的眼睛得腫成核桃了。」

姜桃一邊躲、一邊笑。「咱們小南那麼好，受了那麼多苦，她做娘的本就該心疼。可惜沒事前說好，你說得一點都不動人，換我來說，肯定讓他爹也跟著一道哭。」

沈時恩想到英國公那張英偉黝黑的臉，又想了他如曹氏一樣嚎啕大哭的模樣，笑得越發厲害。

「我能懂妳的意思，順著妳的話說就不容易了，怎麼還挑剔我說得不夠動人？」

「這種默契不是應該的嗎？不然這麼久的夫妻，不是白做了？」

兩人小聲笑鬧著，蕭世雲出來了，沒想到門口還有人，臉上的陰鷙神情落在姜桃眼裡。

方才姜桃還心情很好的，見他這樣，氣不打一處來。

為了家族出去受苦的是蕭世南，蕭世雲反而占了他的世子之位，得了便宜，多少該對蕭世南這當哥哥的有些愧疚吧？怎麼看起來反倒像是他成了被虧待的那個？

加上他剛才故意引起爭端的話，姜桃臉上的笑也淡了，對著蕭世雲道：「小畜生！」

蕭世雲猛地見到他們，也有些慌，正要端起假笑，聽到這聲喝罵，又驚又怒，正要發作，卻發現姜桃邊說邊越過他，走到雪虎面前，拍著牠的腦袋罵。

「一下子沒盯著你，就這麼沒分寸！」

雪團兒確實皮得很，姜楊和姜霖在看臺旁的空地上學騎馬，牠就故意撲上去嚇馬。那馬雖是精挑細選出來的，但哪裡禁得住老虎的驚嚇，嘶鳴著胡亂踢馬蹄。

不過，因為有經驗豐富的馬夫在，姜楊和姜霖沒從馬上摔下來，姜霖還覺得挺有趣的，咯咯笑個不停。

「畜生嘛，就是這樣的。」沈時恩深深地看了蕭世雲一眼，抬腳跟過去。

蕭世雲知道眼下並不是和沈時恩他們翻臉的好時機，如今沈時恩還是深得帝心的國舅，儘管他現在已經是國公府世子，但到底不能跟沈時恩比，真要起衝突，無異於以卵擊石。

來日方長，等沈時恩被皇帝厭棄，有的是機會報復回去！

蕭世雲這麼想著，生生忍住了即將沖上頭頂的怒氣。

沈時恩和姜桃也影響不了他什麼，至多羞辱他一番。這種羞辱之詞，他上輩子沒少聽。

蕭世雲撇過臉看看帷帳，裡頭的蕭世南才是他的首要敵人。

此番秋獮，他一定要把這個大麻煩解決掉！

空地上，姜桃還在教訓雪團兒，但她的眼角餘光一直沒離開蕭世雲，見他從憤怒到強忍，最後臉上露出陰沈的笑，突然有些不好的預感。

沈時恩走到她身邊，見她凝眉，便問怎麼了？

姜桃搖搖頭。「就是覺得蕭世雲有些不對勁。」

沈時恩聞言，也扭頭看蕭世雲一眼，他既不惱怒，也沒說要回去向英國公夫婦告狀，反而若無其事地散步去了，臉上還帶著笑。

蕭世雲要是真的動怒，沈時恩或許還會覺得他有幾分真性情，這樣假裝沒事，反而讓人看不清他的心性。

「我看他那笑容，覺得陰惻惻的，會不會是還有其他盤算？若是別的時候也罷了，咱們家不怕他，但你不是跟我說過，圍場裡其實也有危險嗎？要是他在這裡……」

沈時恩點點頭。「我安排人盯著他。」

他辦事，姜桃自然放心，不再糾結，轉頭問姜楊和姜霖騎馬學得怎麼樣？

姜楊對騎馬興趣不大，騎了快一個時辰，覺得初步掌握技巧，就下了馬。

姜霖卻還沒稀罕夠，磨著沈時恩撒嬌，說要去狩獵場。

姜霖還小，但沈時恩在這個年紀時，已經開始習武，被他大哥帶在馬背上到處瘋跑。

而且，姜霖尚未定性，走文還是走武的路子不一定，沈時恩覺得帶他歷練一番也不錯，便對姜桃道：「阿霖愛騎馬，我想著，下午帶他去狩獵，也可磨磨他的心性。」

姜桃知道沈時恩是為了他好，沒有不答應的，連忙應下。

孰料，沈知恩見她應得這麼快，反而有些委屈地看向她。

「本來我還想帶妳出去遛遛的，要是帶著阿霖，怕是就不能帶妳了。」

姜桃笑著看他。「我又不是小孩子。而且秋獮一共有三日，晚些時候，咱們再一道去玩也行。」

「那妳自己小心些，要是遇上麻煩……」

姜桃拉著他的手，輕輕晃了晃。「我都知道，不用把我當成小孩照顧。」

她覺得沈時恩是瞎操心，身分比她貴重的女眷，年紀都大了，自然不方便過來。其餘的人，不是品級比她低，就是輩分比她低，真看她不順眼，她也不用顧忌，儘管回擊就是。

第九十五章

午後，帳外號角聲一響，各家官員都從自家營帳裡走出來。

蕭玨意氣風發地站在看臺最高處，身後的披風在風中獵獵作響，侍從從他身後奉上一柄鑲嵌著寶石的刀。

蕭玨朗聲道：「今日，朕與群臣同樂，斬獲最多獵物之人，當得此刀！」

姜桃站在看臺下，雖不知那刀多鋒利，但光看刀鞘上迎著日光熠熠生輝的寶石，就知道定然名貴非常。

她再扭頭去看沈時恩和蕭世南，兩人的眼神果然十分火熱。

號角聲再次響起，蕭玨在侍衛的簇擁下先出發，其他人也得到動身的信號，紛紛上馬。

姜桃替他們送行，叮囑沈時恩看顧好姜霖，又和蕭世南說起風了，在外頭出了汗，別脫袍子。

他們應了好，沈時恩還笑著同她道：「此行一定不讓夫人失望。」

蕭世南也跟著說：「等我贏了那把刀，把寶石摳下來，給嫂子鑲首飾！」

兄弟倆穿著一樣的騎裝，身姿挺拔、神采飛揚，姜桃本還覺得這種比賽無所謂輸贏，聽了便跟著笑道：「好，那我等你們的好消息。」

其他人陸續出發，空地上煙塵滾滾，姜桃送走他們，也沒多待，回了營帳。

然而，兩刻鐘後，姜桃終於知道沈時恩口中所說的「麻煩」了。

就這麼一會兒工夫，姜桃已經遇到三個扭了腳的、兩個跟家人走散的姑娘。

起初她還挺替她們擔心，後來說上話，便覺得不對勁。

受傷的姑娘不急著找大夫，迷路的姑娘也不急著尋家人，反而見她關心，便開始同她攀談起來，分明是來同她套交情的！

人越來越多，大有把她包圍的架勢，姜桃都不敢獨自待著了，和人打聽清楚其他女眷聚會的地方後，趕緊溜過去。

女眷的聚會是由昭平長公主主持，她是蕭玨的長姊，生母是先帝的貴妃，如今宮裡的貴太妃。

身分貴重如她，見了姜桃，依舊得和蕭玨一樣喚一聲「舅母」。

姜桃只在太皇太后壽宴那日見過她一次，沒什麼交情。

打過招呼，姜桃覺得自己進帳後，氣氛便有些尷尬，笑道：「夫人們不用管我，方才聊什麼就是什麼，我坐會兒就走了。」

昭平長公主尷尬地笑了笑，同樣尷尬的，還有其他幾位勛貴夫人。

姜桃心裡越發奇怪，卻聽一道年輕的嗓音道：「國舅夫人來得正好，方才長公主正商量著，要替我那苦命的姊姊修葺墳塋的事。」

說話的正是姜萱，不同於之前的形容狼狽，今日的姜萱盛裝打扮，恢復了驕矜的模樣。

姜桃覺得有些奇怪，沒管跳梁小丑般的姜萱，問昭平長公主。「我記得寧北侯府大姑娘已經修過衣冠塚，怎麼又要修葺墳塋？」

昭平長公主尷尬得不知如何是好了，只得道：「衣冠塚不寫姓名，墳塋就……就……」

「就要葬入沈家祖墳。」姜萱接話。

昭平長公主看姜萱一眼，但因為姜萱說得並沒有錯，不好責怪，而且這事還是日前沈時恩親自去拜託太皇太后，太皇太后讓她出面安排的。

「這樣啊。」姜桃想著，只有沈時恩能請動昭平長公主這樣身分尊貴的人，忍不住彎了彎唇。

把她上輩子的身分也從寧北侯府摘出來，她就真的跟那討厭的一家子沒有半點關係了。自家男人幫她想的，遠比她自己還周到。

她這甜蜜的笑落入姜萱眼中，就顯得很故意了，想到過去在姜桃手裡受到的羞辱，又想到沈時恩對她那死鬼姊姊的關心愛護遠超常人想像，膽子大了，笑著開口。

「我姊姊命苦早夭，但她閉月羞花、沈魚落雁、蕙質蘭心、秀外慧中、賢良淑德、溫柔可人……」

她絞盡腦汁誇著自己那死鬼姊姊，就是為了看姜桃能在人前裝到幾時。

但讓她奇怪的是，姜桃非但沒惱，反而笑得越發開懷，聽得高興了，還笑咪咪地鼓起掌來，鼓勵姜萱接著誇，這是怎麼回事？

姜萱越說越尷尬，開始結結巴巴。「花容月貌、風華絕代、千嬌百媚、儀態萬千、賢良淑德……」

姜桃笑咪咪道：「等等，賢良淑德說過了。」

姜萱可是存著要激怒姜桃的心思，見她居然還指出重複的字詞，臉頰漲得通紅。

姜桃還等著聽更多呢。上輩子被容氏母女欺負，現在從姜萱嘴裡聽馬屁話，那滋味可太爽了！

「應夫人說了那麼多，大概一時半會兒也想不出來了。」昭平長公主負責主持，只能出來打圓場。

「這樣啊。」姜桃可惜地嘆了口氣。「我聽說新修墳的時候，還得寫哀悼的表文，到時候可不只這麼一點吧。」

昭平長公主不明白姜桃為什麼不惱怒，反而還心情大好，但能不和姜桃結怨，便是好的，便解釋道：「是啊，方才我們就在商量，表文該由誰來寫。」

「那我能不能出個主意？」

她是沈家平頭正臉的夫人，心無芥蒂地想參與進來，昭平長公主自然歡迎。

姜桃也促狹，提議那表文由容氏來寫來唸。

容氏是繼母，算是很親近的人，由她來做這些也合適，昭平長公主便賣姜桃這個面子。

姜桃想到之後修墳時，容氏還要繼續洋洋灑灑接著拍她馬屁，心情越發好了。

昭平長公主觀察了姜桃好一會兒，見她那態度不似作假，總算放下心來。

到了這會兒，她才明白過來，為什麼當時太皇太后特地同她說：「沈家那丫頭是個好性子的，之前宮宴上，哀家算是和她結了一分善緣。這事雖然是哀家應下的，但為了那丫頭的臉面，哀家不方便親自去做，只能讓妳代為出面。」

今天相處後，昭平長公主覺得太皇太后所言不差。

這果然是個人物啊！

先不說姜桃是不是真的心胸寬廣如斯，只說這表面工夫，就夠讓人驚嘆的了。

後來，昭平長公主乾脆不避著姜桃了，連細節都會問問姜桃的意見。

其他夫人察覺到昭平長公主的轉變，也都很有眼色地轉了態度。

本來姜萱算是這場聚會的主角，長這麼大沒得到過這分榮耀，正喜不自勝，才張狂地說了那些話。如今見姜桃輕而易舉地又搶占主導地位，恨得臉色沈凝，咬牙切齒。

可她從來沒在姜桃手裡討到過什麼好，之前不過是狐假虎威，虛張聲勢罷了。

眼下沒了替她撐腰的人，她自然不敢再作怪。

姜桃和昭平長公主她們一路聊到天黑，外頭號角聲再次響起，隨後傳來馬蹄聲，各家隊伍紛紛回來，女眷們的聚會便到此為止。

姜桃出了營帳，去空地上等，沒多久就等到沈時恩和蕭世南。
兩人看著風塵僕僕的，但臉上都是難掩的笑意。
蕭世南還高興地直接跳下馬，偷偷對她笑道：「嫂子，這次肯定是我贏了！妳快想想要用寶石鑲什麼首飾吧！」
姜桃見他身後隨從滿載而歸的模樣，忍不住笑道：「雖然你獵得多，但也不一定贏啊。小心大話說在前頭，閃了舌頭。」
蕭世南不吭聲，嘿嘿直笑。
他們說著話，沈時恩也把姜霖抱過來，無奈道：「小南怕還真是第一。」
姜桃讓他把姜霖放在地上，見小傢伙眼睛亮晶晶的，半點也不顯累，反而興奮無比，知道他肯定沒事，才望向沈時恩的隨從。
隨從手裡也提著不少獵物，但和蕭世南的一比，數量大約只有他的一半。
「是不是阿霖頑皮，給你添麻煩了？」
沈時恩的打獵功夫自然是比蕭世南高強，但獵物卻少了那樣多，以為他要照顧姜霖，所以才輸了。
姜桃說著，看向姜霖，小傢伙還真心虛地不敢和她對視。
「他啊！」沈時恩無奈地笑道：「倒是沒有頑皮，一直乖乖跟著我沒亂跑，就是鬼靈精過了頭，看到好獵物便大聲招呼，獵物聽到動靜，自然往小南那邊跑……」

「噗！」姜桃忍不住笑起來，捏著姜霖軟軟的耳垂。「你怎麼這麼壞？」

姜霖討好地笑著，抱住姜桃的腰，小聲說：「小南哥說他長這麼大，沒在打獵上贏過姊夫嘛！而且他還說，贏了不要刀，寶石摳下來給姊姊打首飾，刀留給我長大了用。」

姜桃再去看蕭世南，蕭世南趕緊抬頭望天，假裝什麼都不知道。

「原來是這樣！」沈時恩佯裝生氣，一把抱起姜霖，撓著他的癢。「一把刀就讓你把我賣了？枉我平時這麼疼你！」

姜霖很怕癢，笑得眼淚都出來了，趕緊求饒。「姊夫饒命啊！我再也不敢啦！」

蕭世南也乘機上前求饒。「好二哥，咱們一家人嘛！我贏不就是你贏！」

沈時恩和姜桃並不在意名次，只是出來玩而已，見蕭世南和姜霖都玩得高興，自然不會計較別的了。

沒多久，其他人也回來了，各家獵到的獵物全被送到蕭玨面前清點。

如蕭世南說的那樣，他還真是獵物最多的那個。

就在蕭玨即將宣布秋獮第一日是蕭世南獲勝的時候，姜桃覺得不對勁了。

「阿楊呢？他沒和你們一道嗎？」

姜楊沒去打獵，但在這樣的場合，他沒什麼事做，也看不下書，就跟姜桃說，帶雪團兒在附近遛遛、放放風。

姜桃把他當大人看，想著附近守衛森嚴，十步一崗，雪團兒又這般大，等閒會武的人近不了牠的身，遂點了十來個隨從跟著他，讓他出去了。

後來，她去了其他營帳，但也留人在自家帳子裡，讓丫鬟在姜楊回來後去稟報她。

下午，一直沒人來報，姜桃以為姜楊去尋沈時恩他們。

可時辰已晚，不會武的姜楊卻還沒回來！

蕭玨站在高臺上，火把照耀下，將下頭的動靜看得一清二楚。

見姜桃忽然慌張起來，他便沒有急著宣布結果，而是走下高臺，問怎麼了？

姜桃自責道：「阿楊還沒回來。都怪我，讓他一個人出去了。」

蕭玨安慰她。「舅母莫要著急，圍場守衛森嚴，只要不往凶險的後山禁地去，想來是不會出什麼岔子的。許是阿楊第一次來，不認得路，這才晚了一些。」

他正勸著，忽見遠處有一人一馬從外頭回來了。

到了空地旁，姜楊從馬背上下來。

姜桃連忙快步上前。「下午說好遛遛就回營地的，怎麼這會兒才回來？」

姜楊臉色發白，忙擺手道：「姊姊別急著這時候說我，回頭我再同妳好好解釋。」

姊弟倆說話的時候，有道白色身影也過來了。

「這是什麼？老虎？」

「護駕！護駕！」

一些沒見過雪團兒的人緊張起來，不過沈家豢養雪虎不是秘密，很快便有人和那些不明就裡的人解釋清楚。

雪團兒到了人前，就放慢了腳步，邁著輕快的步子，小跑著到了空地中央。

眾人這才看清楚，牠身上還捆著一根粗長的藤蔓，藤蔓的另一端拖到地上，延伸到營地外頭。

「這是什麼？」姜桃看清之後，轉頭問姜楊。

沈時恩和蕭世南已經解下雪團兒身上的藤蔓，讓人拉扯著，把外頭的東西拖進營地。半晌後，一個用藤蔓紮捆的大包袱出現在眾人眼前。

這包袱裡的東西，自然不是別的，而是一堆獵物，有獐子、鹿之類的，也有兔子、錦雞之類的小獵物。

接著，後面隨從七手八腳扛著更多的藤蔓走過來，其中一團藤蔓裡，一頭熊的腦袋從中伸出來，甚是可怖。

白日姜桃才聽沈時恩說，深山老林有熊，這會兒就見到了。

「你不是說不打獵嗎？」姜桃納悶地問姜楊。

她不問還好，問了，姜楊卻是一臉無奈。

他不會武藝，自然不會去打獵，午後蕭玨發號施令後，他才不緊不慢地跟姜桃打了招呼要人，帶著雪團兒去玩。

但出營地之後，雪團兒非要往林子裡跑。隨從不敢碰牠，姜楊也喊不住牠，只能認命地陪牠去了。

本以為撒歡玩一會兒，雪團兒玩夠了，就能回去，沒想到卻應了那句話——放虎歸山，後患無窮啊！

姜楊從沒見過雪團兒玩得這麼瘋，看到什麼獵物就撲過去。

牠是在姜桃跟前養大的，捕獵本事其實不厲害，無奈聰明過頭，自己摸索一會兒，捕獵起來還真有模有樣。加上還有十來個隨從幫忙，捕獵的動作就越來越快了。

姜桃聽得抿唇笑起來。「你就縱著牠。真要虎著臉罵牠兩句，牠敢那樣？」

姜楊沒吭聲。雪團兒雖然是姜桃養的，但她把牠當孩子帶，姜楊他們受她影響，慢慢地也不把雪團兒當寵物，而是當成家人了，哪裡捨得罵。

毫無懸念，第一日狩獵的贏家自然是雪團兒。

牠在高臺之下搖頭甩尾，等著蕭玨宣布比賽結果。

「清點完畢，朕宣布，第一日獵得獵物最多的，是榮國公府姜楊！」

雪團兒懵了，睜著圓溜溜的大眼睛愣在原地，好像在問，為什麼喊的不是牠的名字？

雪團兒再聰明，至多和姜霖差不多，當然不懂狩獵比賽是人辦的，贏家自然也是人。就像其他參與狩獵的人家，有不少帶了獵犬，獵犬獵得的獵物，當然是算在主人頭上。而且，要是人和獸獵到的東西分開算，更不好清點。

蕭玨被雪團兒打量得有些心虛，卻是不好改口，不然規矩法度都成笑話了。

他接過宮人手裡的寶刀，遞到雪團兒面前。

雪團兒張嘴叼著，也不糾結方才為何喊的不是牠的名字了，小跑著到了姜桃面前，獻寶似的把刀遞給她。

「你啊！」姜桃接過沈甸甸的寶刀，好氣又好笑，但想到方才牠好像有些失望，也沒在人前罵牠，只說：「下回不許這樣了。」

蕭世南在一旁扼腕嘆氣。「好不容易贏過二哥，沒想到螳螂捕蟬、黃雀在後！怎麼就和第一名無緣呢？」

其實前幾名都能在人前露臉，得到蕭玨一、兩句誇讚，畢竟之後宮中要從這些人裡進好些侍衛，不可能只讓頭名出風頭。

但像蕭世南這樣與蕭玨關係極好的，自然不需要這樣的機會，不過是想一償宿願，拿個第一名過過癮罷了。

蕭世南說著話，和姜楊一道被蕭玨喊上去，接受了封賞。

第九十六章

英國公夫婦在臺下看著，比誰都高興。

下午他們也去狩獵，但到底年紀大了，眼力和反應不如年輕人，雖也獵了不少野物，但夫婦倆打的加起來也沒有蕭世南獵得多。

而且，雖然蕭世南居於第二，但大家都知道，第一其實是雪團兒。人怎麼可能和老虎比？輸也是正常事。

他們一左一右來到蕭世南身邊，曹氏關切道：「今天看你獵了這麼多，肯定非常辛苦。聽你方才說的，明日還要下場？小心別累壞了身子。」

蕭世南笑了笑。「娘，不礙事的，其實也不是很累。之前二哥在家日日訓練我，不比這個輕鬆。」

英國公自豪道：「不愧是咱們家的孩子，明天我和你一道去！」

不少人家為讓自家子弟出風頭，都會悄悄把自己獵到的獵物算到孩子頭上。左右都是一家人，便被默許了。

但蕭世南不同，雖小小作弊一下，卻沒求著沈時恩把獵物分給他，只讓姜霖幫忙驅趕獵物，能射中還是靠真本事。

英國公聽他說，明天還要接著下場，便也想和別家一樣，偷偷幫點忙。

經過之前的相處，蕭世南沒那麼害怕他爹了，正要應好，卻聽一旁的蕭世雲道：「爹娘年紀不小了，奔波一整日，明天身上該不舒服了，不如由我陪著大哥打獵吧。」

蕭世雲不會武藝，身子瘦弱，但騎馬走上一小段路，是無礙的。

英國公想看到蕭世南贏下明日的比賽，但更想看到的還是兩兄弟和睦齊心。蕭世南和蕭玨、姜楊十分要好，反而同蕭世雲這親兄弟疏遠，英國公很希望他們兄弟倆好好親近。

於是，他朗聲笑道：「好，明日你們兄弟攜手，便是拿不到第一也無礙。等我和你們的娘歇一天，後天再陪小南打獵，也是一樣！」

蕭世南面上陪著笑，心裡卻有些後悔。

說騎馬打獵一下午不累，絕對是騙人的，他那麼說，只是為了第二天再努力一把，贏下第一而已。

跟蕭世雲一道去，明知得不到第一，而且對方還是和他不睦的弟弟，就覺得沒勁兒。

但他才剛跟爹娘和睦相處，見他們笑得開懷，一副樂見其成的樣子，便沒掃他們的興。

一會兒後，蕭世南回到沈家的營帳，臉上掛著的笑就淡了。

彼時人已經散了，各家回自己的營帳用晚飯，姜桃便不給姜楊和雪團兒留面子，正在數落他們。

看到蕭世南垂頭喪氣地回來，姜桃止住話頭，安慰他。「小南別喪氣，這次怪我和阿楊，沒看好雪團兒。明天肯定讓牠幫著你，不給你添亂。」

蕭世南搖搖頭，說不是因為這個。

姜桃追問，他才猶豫地說：「方才下了高臺，阿楊和我商量著，明天讓雪團兒跟著我，幫我拿第一。後來我爹娘來了，說明天和我一道去，但小雲開口說爹娘今天肯定累了，不如由他陪我去。」

姜桃覺得有些不妥當，道：「你要是不想去就不去，你爹娘那邊，我去說，說你累了或身上不舒服，他們不會責怪你的。」

蕭世南笑了笑，剛想說好，但隨即又聳聳肩。「算了，他可能也是想同我修好吧，到底是親兄弟，晾著他也不好。嫂子不必理我，我就是覺得有些累，發發牢騷罷了。」

姜桃可不覺得蕭世雲是顧念著兄弟情，而且他城府頗深，兩次想激怒他都沒有得手。這樣心機深沈的人和蕭世南一道出門狩獵，她自然是不放心。

姜桃正要再勸，旁邊的沈時恩卻拍拍她的手背，對蕭世南開口道：「你是大人了，既在你爹娘那邊應承，就不好反悔。讓家人幫著撒謊，這種事情只有阿霖做得出來。」

今天姜霖跟著出去瘋玩一下午，正是饑腸轆轆、狼吞虎嚥的時候，猛地聽見自己的名字，便從小飯碗裡抬起頭。

「我幾時讓姊姊幫我撒謊啦？姊夫冤枉我！」

沈時恩挑了挑眉，笑道：「從前還在衛家上學時，是誰功課沒寫完，哭著不肯去上課，非讓阿楊和小南幫你請了半天假，讓你在家補好功課……」

「哦？」姜桃驚訝。「還有這回事？」

姜霖白白胖胖的臉蛋立時漲得通紅。「只有那麼一次！剛開始上課的時候，我還不習慣嘛！姊姊都不知道，姊夫怎麼知道的啊？」

沈時恩但笑不語。那時候姜桃忙著小繡坊的事，家裡都是他在照料，雖然白日不在家，但晚上都會特地和姜楊、蕭世南聊聊，自然也就知道了。

「調皮鬼！」姜桃笑罵姜霖。「那次就算了，再一個多月，衛家人搬到京城，到時候可不許再耍心眼，老老實實地去上課，知道嗎？」

如今自家身分不同，姜桃還挺怕姜霖恃寵而驕，所以格外鄭重地叮囑他。

姜霖連連點頭應下了。

晚飯過後，空地燃起篝火，蕭玨安排宮裡的舞姬和樂師在旁邊載歌載舞，熱鬧非常。

蕭世南一手拉著姜楊，另一手拉著姜霖，後頭還跟著格外興奮的雪團兒，幾人一道出去看熱鬧。

營帳裡只剩下姜桃和沈時恩，說話便不用顧忌什麼了。

姜桃問他。「方才怎麼攔著我，不讓我幫小南推掉明天的狩獵，還把話題扯到別的事情上頭？」

沈時恩笑了笑。「只有千日做賊的，沒有千日防賊的。白日，我的人一直盯著蕭世雲，沒發現他有什麼異樣，不如弄個破綻給他，讓他以為自己的計劃得以展開，再當場抓人。」

姜桃點點頭，又蹙起眉。「可是小南對人不設防，也藏不住話，要是提前告訴他，說他弟弟可能要害他，非但不會相信，還可能直接洩漏在表情上。」

「我不會提前和小南說。妳不用擔心他會出意外，我會隱藏蹤跡跟在後頭。圍場裡未知的危險多，但幾乎所有危險的地方都被我小時候頑皮探出來了，熟悉得很，保證把小南好好地帶回來。」

姜桃對沈時恩的本事自然有信心，聽他這麼說了，不再糾結，只叮囑他注意安全。

沈時恩把她攬到懷裡，問她下午都做什麼了？會不會覺得悶？

姜桃被他一問，就打開了話匣子，抿唇笑道：「悶是絕對沒有的。起初我只想躲起來休息，但是不知怎的，遇到好幾個扭了腳、和家人走散的姑娘。好不容易把她們打發走，回了營帳，孰料外頭居然還有人彈琴唸詩。幸虧我是女子，不然還以為是成了誰家的香餑餑，這些姑娘爭著給我當媳婦呢！」

沈時恩比她更懂這些，好笑道：「妳確實是香餑餑，不過她們的目標麼，是小玨。」

蕭玨還是太子的時候，身邊沒有伺候的人。如今登基，立后選妃已經不是他的私事，而是國事了。

但凡想往上更進一步的，誰願意放棄那個機會呢？自然是卯著勁兒想表現。能成為皇帝的第一個女人，是多大的誘惑啊，自然願意放低身段。

「為了小玨？」姜桃說著，坐起身。「那怎麼會到我眼前表現？」

「小玨的母親，也就是我長姊，早就去了。宮裡能和他說上話的，只有太皇太后，但她老人家深居簡出，手段高，旁人想撞木鐘不是那麼簡單，有沒有面子見到她，也是難說。」

「那不是還有英國公夫婦嘛？」

尤其是曹氏，那是跟蕭玨有血緣關係的長輩，怎麼也比她這和蕭玨認識沒多久、又沒有血親的舅母來得親近。

「大家都知道小玨和小南要好，姨母他們把小南的世子之位給了蕭世雲之後，小玨對他們家的態度便明顯冷淡多了。妳說，這算來算去的，她們是不是應該到妳面前好好表現？」

姜桃無奈地嘆口氣。「原來都是衝著小玨來的，難怪這般花招百出。不過，既然猜到了她們的意思，明天我反而不知道該如何了。她們都是想進宮當娘娘的，萬一真有那個造化，現在要是怠慢了她們，秋後豈不找我算帳？」

「別操那個心，這是八字沒一撇的事，而且就算真有那麼一天，不是還有我在？我倒是想看看，誰有那個膽子為難我的夫人。」

沈時恩不是個自負的人，但這種時候挑著眉、噙著笑，語氣裡帶著幾分傲慢，看著格外勾人。

饒是兩人成婚許久，姜桃看著，心跳都不由快了幾拍。

她又躺回沈時恩懷裡，笑著說：「寧北侯府那邊的事，我也知道啦，昭平長公主親自主持的，我還幫著出主意……」

說起下午姜萱吃癟，對她拍馬屁的事，姜桃就直笑。

沈時恩本是不想讓她參與，只想把她上輩子的身分徹底從寧北侯府摘出來而已。既然姜桃對上輩子的事不在意了，還能在裡頭尋到樂子，就沒多說什麼。

夫妻倆說了好一會兒的話，外頭的歌舞停了，蕭世南和姜楊兄弟聽下人說他們已經歇下，就沒進來，各自回營帳休息了。

第二天的狩獵，是從早上開始的。

一大早，蕭世南起床洗漱好，騎著馬在空地上等。

沒多久，蕭世雲過來了。

蕭世南回京已有一段時日，但兩人沒有太多的交集。

蕭世南雖知道這次不會贏了，但也沒有偷懶，見了蕭世雲，便一道商量之後的行程。

蕭世雲安靜聽著，並不插話，面上掛著和煦自信的笑容，彷彿一切成竹在胸。

辰時，在蕭玨一聲號令下，各家人馬紛紛出發。

在英國公和曹氏殷切欣慰的目光下，蕭世南和蕭世雲一道打馬離開營地。

其他人陸續出發之後，宣稱今日要休息的沈時恩變了裝，尾隨著他們離開營地。

姜桃生怕再有人上門和她套交情，戳穿沈時恩不在營地的事，便去找昭平長公主了。

這日，曹氏也在營地裡休息，卻是閒不住，順勢參加太太、夫人們的聚會。

不過，姜桃真低估了那些貴女對進宮的熱忱，尤其她還和曹氏、長公主在一道。她們雖然和蕭玨沒有那麼親近，但也是有血緣的親人。

一下子能在蕭玨的三個長輩面前露臉，不用想也知道，是個千載難逢的好機會。

之前姜桃一個人時，那些貴女獨自行動還有所收斂，這回是各家夫人、太太直接把自家女兒帶到人前，介紹給她們認識，然後挨個兒展現自己的才藝，再請她們品評一番。

曹氏和昭平長公主見慣這種交際應酬的場面，但一個是前一天打獵累到渾身痠痛、今天只想好好休息，而且對貴女們文謅謅的才藝不怎麼感興趣的，一個是得太皇太后親自吩咐，後頭出宮不容易、想趁這次出門快點把差事辦好的。兩人應付一通，慢慢便意興闌珊了。

姜桃怕她們回去後，要獨自面對那些人，遂瞅準機會提議。「難得出來秋獮，如今已經過了一天，我還沒出去瞧瞧，不知姨母和長公主能不能陪我一道在附近走走？」

兩人自是點頭，陪姜桃去了林場，那些貴婦看出端倪，沒有再跟。

姜桃初學會騎馬，只能慢慢地走，曹氏和昭平長公主陪著她，慢悠悠地打馬而行。

這日打獵的人已經比前一日少了許多，姜桃進林場沒多久，就見到角落裡有眼熟的標記——屬於宮中暗衛的獨有記號。

姜桃心中奇怪，待眾人下馬休息時，小心地摸到一邊，對著有標記的石頭仔細端詳。就在這時，她耳邊突然傳來一道熟悉的朗潤聲音。

「夫人怎麼來了此處？」

姜桃左右環顧一下，見曹氏她們在十幾步開外的地方，才小聲開口回應。「小奚，真的是你！你怎麼在這裡？」

奚雲回答道：「皇上不放心蕭公子，讓屬下等人一路尾隨。」

前一日英國公和曹氏在人前敲定蕭家兩兄弟一道出獵的事，蕭玨自然知道。和沈時恩一樣，覺得不妥，卻沒阻止，讓暗衛尾隨他們，打的也是讓蕭世雲自己露出馬腳的主意。

「小南他們去何處？」

「兩位蕭公子去了後山禁地。昨天皇上看到夫人家的雪虎獵回黑熊，覺得那處有未知的危險，已經讓人連夜再次清剿，現下應該是沒有野獸的，夫人大可放心。」

沈時恩跟著蕭世南，現下還有暗衛，姜桃還是挺放心的，沈吟半晌，問：「那若是我們過去，方便嗎？」

都知道蕭世雲此番不懷好意，碰巧曹氏她們也過來，如果可以的話，姜桃自然是想帶曹氏去揭穿她那寶貝兒子的真面目！

「沿途都有暗衛，夫人若是想去，我先去知會一聲，您沿著記號一路過去就是了。」

姜桃道了謝，回頭歇夠了，就去跟曹氏說，想去看看蕭世南他們。

曹氏正記掛著兩個兒子，不知道兄弟倆相處得如何，聞言自然應好，又問：「這林場說大不大，說小不小，咱們去哪裡找他們？」

姜桃道：「昨兒我弟弟在禁地獵到熊，我怕小南也會跑到那裡獵凶猛異獸。咱們去界碑那兒轉轉，要是他沒往那處去，咱們就不用操心了。

「小南雖是孩子心性，但他帶著弟弟出門，肯定知道輕重。既然您不放心，咱們就過去看看，也好讓您安心。」

三人說著，復又上馬，去了後山禁地。

兩刻多鐘後，姜桃和曹氏她們到了界碑處。

界碑後的後山因為人跡罕至，草木比林場裡茂盛很多。

不過，因為前一天蕭玨派人馬去清剿，界碑旁的草木多了很多踩踏的痕跡。

這下，姜桃不知道怎麼勸曹氏，但不等她開口，曹氏就變了臉，立刻下馬，上前檢查之後，憂心忡忡道：「阿桃，妳想得不錯，小南他們真往禁地去了。」

昭平長公主問道：「您是怎麼知道的？」

曹氏飛快地解釋道：「這地上的痕跡絕大多數是前一日造成的，昨晚下過雨，那些痕跡被雨水沖刷之後，很是模糊。還有一些則是新的、比較清晰，其中一匹馬的蹄印深淺不一，是小南的馬。那馬是他小時候自己選的，意外斷過腿，雖然治好了，但腿腳到底不如其他好馬矯捷。這次秋獵，小南特地讓我帶牠出來遛遛，牠的蹄印，我一眼就能分辨出來。」

曹氏說完話，立刻翻身上馬。「我跟去瞧瞧，妳們不會騎射，也不會武，就留在此處。」說完不等她們應答，曹氏已經獨自一人往裡頭去了。

姜桃完全被曹氏方才那番話驚到了，竟不知曹氏不僅擅騎馬，還擅追蹤之術。

眼看著曹氏的背影遠去，姜桃反應過來，望向昭平長公主。

「英國公夫人是練家子，尤擅騎射和追蹤之術，想來是不會出事的。」

昭平長公主說是這麼說，其實心裡很焦急，雖和曹氏談不上什麼交情，但旁人看著她和曹氏一道進林場，若曹氏出了意外，她可撇不乾淨！

她立刻分出一半侍衛，讓他們趕緊跟上。

姜桃身邊有不少沈家的下人，但她進來林場完全是臨時起意，下人裡沒有會武藝和騎馬的，別說去追曹氏，估計連昭平長公主的侍衛都比不過，所以乾脆不添亂，只和昭平長公主站在界碑這頭等消息。

因為蕭世雲身子比常人弱一些，今日出發後，蕭世南不敢像前一日那般瀟灑恣意，得時時照顧他，走走停停，自然沒打到什麼獵物。

直到快中午，蕭世南身邊的獵物，還不到前一日的四分之一。

不過他早料到這情況，因此也不在意，見蕭世雲臉上漸漸露出疲態，還問他要不要早些回去休息。

蕭世雲卻說不用，自責道：「本是想著讓爹娘好好休息，才由我來陪大哥狩獵。沒想到我這般不中用，非但沒幫上大哥的忙，反而拖了大哥的後腿。」

蕭世南笑道：「這有什麼？你身子弱，我本來就沒指望你能幫上忙，想著你平素悶在房裡，帶你出來玩玩，透透氣罷了。」

他言者無心，蕭世雲聽著有意。

蕭世南就是這樣，自以為是，高高在上，不把他放在眼裡，把他當個廢物看！可就是這樣的廢物身分，蕭世雲才有機會、才有這個膽子去算計蕭世南！

他心中憤恨，面上卻不顯露，繼續蹙著眉頭，提議道：「我知道大哥不會怪我，但我幫不上大哥的忙，心裡卻是難受。不如我們往後山的方向走走，尋找獵物，只要不越過界碑，咱們又帶了這麼多人，想來不會有什麼危險。」

蕭世南小時候沒少跟著沈時恩往後山跑，那處雖然危險，但他並不害怕，是以應道：「好，你既不怕，我們就往那裡去。」

兄弟倆說著話，往後山去了，可惜讓蕭世南失望的是，都走到界碑處了，也沒遇到厲害的獵物。

如果今天是沈時恩陪著蕭世南過來，蕭世南為了得第一，肯定會往裡面去，但現下他是和手無縛雞之力的蕭世雲一起，遂勒了韁繩，準備原路返回。

然而不等他開口喊人，蕭世雲的馬忽然驚了，嘶鳴一聲，如箭矢般，逕自往禁地衝去。

蕭世南駭然驚叫，想也不想，策馬跟上。

他們帶的人雖然多，但大多是沒有騎馬、幫著提獵物的隨從，騎馬的只有六、七人。隨從們眼見情況不對，立刻跟上，無奈他們騎的是劣馬，使盡渾身解數，跟了一刻鐘就跟丟了人，只能立刻四散去尋。

第九十七章

此時，蕭世南已經跟著蕭世雲，進了山中深處。

蕭世南的馬瘸過腿，始終跟不上蕭世雲的馬。

兩刻多鐘後，到了一處懸崖邊，蕭世雲胯下的馬才終於被他勒住。

蕭世南這才呼出一口長氣，慢慢跟到他身邊。

蕭世雲白著臉從馬上下來，蕭世南也忙跳下馬，一邊問他有沒有事、一邊走近他。

蕭世雲似乎被嚇得厲害，下馬後站立不穩，腳步蹣跚，囁嚅著嘴唇，聲音低如蚊鳴地應了一句。

蕭世南沒聽清他說什麼，眼見他要往懸崖邊摔倒，立刻過去扶他。

蕭世雲垂著眼，眼角餘光看著身旁幾步開外的懸崖。

可惜，蕭世南對危險很敏銳，一碰到蕭世雲，立即拉著他往旁邊退，慶幸道：「幸虧你及時勒住馬，不然再往前幾步，可要掉下去了。」

蕭世雲的臉上出現一絲不易察覺的失望之色，不過並不急躁，而是假意拍著胸口，心有餘悸道：「大哥說得是，現下我的腿還軟著，能不能扶我去旁邊的大樹下歇歇？」

蕭世南自然應好，扶著他過去。

就在他們距離那格外粗壯的大樹幾步開外時，蕭世雲猛地抬頭，伸手奮力將蕭世南往前一推！

蕭世南對他絲毫不設防，猛地被推，便往前一撲，而他沒想到的是，樹下竟然是一處虛鋪著草皮的坑洞！

那坑洞足有六尺多深，在後山禁地並不少見，是圍場的守衛佈置來對付野獸的陷阱。因為這邊時不時會有皇族前來狩獵，也有不少往禁地來尋刺激的，所以坑洞裡沒有什麼尖銳、會傷人的東西，只做困獸之用。

蕭世南會武藝，雖一時不察被推下來，也沒受嚴重的傷，只是腳扭了下。

「小雲，你這是做什麼？」蕭世南仰著頭，蹙眉看蕭世雲。「現在不是鬧著玩的時候，快把我拉上去。」

「鬧著玩？」蕭世雲的臉出現在坑洞上方。

他居高臨下地看著蕭世南，面上的驚恐害怕已然消失不見，陰惻惻地笑道：「都到了這個時候，你還覺得我跟你鬧著玩？」

蕭世南板起臉。「你這話是什麼意思？」

蕭世雲不緊不慢地回到馬前，拿出狩獵用的弓箭，慢悠悠地踱到坑洞前。

「方才大哥拉著我走什麼呢？讓我把你推下懸崖，大家都方便不是？你也不用承受這些痛苦。醜話說在前頭，我的箭術可不如大哥，等會兒射不準，煩勞你擔待些。所幸這次帶的箭矢足夠，一箭不成就兩箭，我儘量射準，替大哥減輕痛苦。」

他說話的語氣極為平淡，好像在說晚飯吃什麼一般。

蕭世南怎麼也沒想到親弟弟會對自己痛下殺手，愕然道：「你瘋了？為什麼？」

蕭世雲瞇了瞇眼。「為什麼？自然是為了你搶走的、那些本該屬於我的一切！」

說到此處，蕭世雲不再故作雲淡風輕，反而顯得有些癲狂。

「世子之位是你的，爹娘最疼愛的也是你……我搶了你什麼？我不是都讓給你了嗎？」

蕭世南又驚愕、又氣憤，捏著拳頭，死死地瞪著他。

蕭世雲很享受地看著蕭世南，這不就是他上輩子的模樣嗎？那麼憤恨，卻又那麼無力。

這輩子，蕭世南不過是被奪走了世子之位，爹娘到底還是對他這大兒子上心的。

可上輩子的他呢？已經不足以用被忽視來形容，簡直是被踩到泥裡去，甚至還親耳偷聽到，他爹離世前說他性子陰沈，不堪大用……

他已經經歷過那樣失敗的一輩子，這輩子苦心經營，好不容易走到今天這步，絕對不會容許蕭世南再搶走他的一切！

「沒錯，這輩子的這一切都是我的。這些是我好不容易得到的，絕對不會再讓給你！」

蕭世南仍舊不敢置信。「蕭世雲，你是不是瘋魔了？我要是死了，你能脫得了干係？」

蕭世雲輕蔑一笑。「為何不能？大家都知道我不擅騎馬，也拉不開弓，手無縛雞之力。

誰能想到我會故意驚馬狂奔到此處？誰又會想到，我早知道這處有陷阱？

「等我射殺了大哥，我會在此處放一把火，隨後弄些傷在自己身上，對外只說遇到歹人襲擊，大哥為了保護我，不知所蹤。希望在火燒光大樹之前，那些侍衛能尋到此處，不然莫說是箭傷，大哥怕是要屍骨無存。」

「永別了！」蕭世雲怕夜長夢多，下人在遍尋不著他們之後，自會回營地求援，他的工夫不算特別充裕。儘管他很想多欣賞一下蕭世南死前的窘迫之態，還是沒再浪費工夫，逕自用力拉弓，對準了蕭世南。

然而，蕭世雲手裡的弓不過剛剛拉開，一塊石子從旁邊疾射而出，打在他的手肘上。蕭世雲覺得右手一陣痠麻，竟再也使不上半分勁兒，手裡的弓箭也落地。

他惱羞成怒地瞪向石子打來的方向，卻見幾步開外的一棵大樹之後，沈時恩沈著臉，慢慢踱步而來。

更讓蕭世雲沒想到的是，沈時恩背後竟還站著滿臉驚怒的曹氏！

「蕭世子委實好計謀。」

沈時恩踱到他的馬前，掀開馬鞍，原來馬鞍之下縫製了幾根細如牛毛的銀針，當騎在馬上的人以特定角度按下後，銀針便刺入馬身，馬便會受驚發狂似的拔足狂奔。只要停止按壓，拔出銀針，馬兒自然就恢復正常。

御馬之術是曹氏的家傳功夫，裡頭的門道，她自然清楚，不等沈時恩說更多，便已經明白過來。

隨後，沈時恩又從蕭世雲馬上的隨行包袱裡搜出水囊和火摺子。火摺子是點火用，水囊裡裝著的不是水，而是火油。

如蕭世雲所說，若他在這人跡罕至之處要了蕭世南的命，再放一把火，還真是不容易尋找到他殺人害命的證據。

蕭世雲如同被點了穴一般僵在原地，沈時恩也不管他，拿了馬上捆獵物的繩索，把蕭世南拉上來。

蕭世南上了地面，怒瞪著蕭世雲，一時間竟不知作何言語。

曹氏又驚又怒，等看清楚沈時恩翻找出來的、蕭世雲備好的東西，反而平靜下來，眼神毫無波瀾地看著蕭世雲。

「你還有什麼話說？」

蕭世雲連忙撲通一聲跪下，膝行到曹氏面前，聲音乾澀地道：「娘，您聽我解釋！是他們害我！」

「他們害你什麼？」

蕭世雲的腦子飛快轉動，想著對策，這輩子占了重生的便宜，一直順風順水，猛地遇到這樣的境況，已經完全慌了，只得結結巴巴地辯解。

「娘，您看，本來是我和大哥出獵，二表哥卻忽然出現在這裡，還特地帶您過來。這都是二表哥布局害我！」

曹氏無力地笑了笑。「我不是你二表哥帶來的，是我自己提議要來林場的。你二表嫂帶我到了界碑處，我從馬蹄印發現你們進了後山禁地，不放心，單獨追過來的。」

到底是親兒子，曹氏如何不希望這一切都是旁人布的局呢？

但在兄弟倆停在懸崖邊時，她就已經趕到了。

當時，她遠遠看著兩個兒子和萬丈懸崖只有一線之隔的時候，差點驚叫出聲。沈時恩從暗處現身，跳到馬上，捂住她的嘴。

曹氏不明所以，但出於對沈時恩的信任，沒有反抗。

隨後，沈時恩把她帶下馬，兩人悄無聲息地徒步靠近，沒多久便看見蕭世雲親手把蕭世雲推進陷阱，還把他那番陰損狠毒的話盡數收入耳中。

蕭世南氣得胸口劇烈起伏，要不是他二哥及時趕到，今日他怕是不明不白地死在蕭世雲手上。

但都到這個地步了，蕭世雲居然還想著把罪責推到別人頭上？說是他二哥布局陷害！

沈時恩安撫地拍拍蕭世南的肩膀，心道幸虧曹氏陰差陽錯地過來，不然蕭世雲雖推不開罪責，但他這般巧舌如簧、顛倒黑白，曹氏可能會為他求情開脫。到時候，蕭世南才是真正的傷心。

「你不用費這麼多口舌。」沈時恩擺手示意，以奚雲為首的幾個暗衛隨即現身。「暗衛隱匿聲息的本事比我高明，自打你們出了營地，暗衛就以輕功跟在你們身旁。可要讓他們說一下，你是如何提議來後山禁地的？」

蕭世雲驚愕地看著奚雲等人，分辨出他們是蕭玨身邊的暗衛，越發駭然。此番若只有曹氏和沈時恩看到他意圖對蕭世南不軌，只要他態度懇切地認錯，他娘多半會心軟，他至多和上輩子一樣，被奪走世子之位，趕出家門。

可這些是皇帝的人，蕭玨並不是個眼睛裡能揉進沙子的，有他參與其中，怕是……

蕭世雲慌亂地去抱曹氏的腿，嘶聲道：「娘，您救救我！我不想死！我就是一時間被鬼迷了心竅，我太害怕大哥搶走我的東西，才……」

「父母的疼愛，世子的位置，你哥哥都讓給你了。他從沒想過和你爭什麼，可你怕他把那些搶走，就要他的命嗎？」曹氏哀慟地看著蕭世雲，好像從不曾認識他一般。「你真的是我的小雲嗎？」

沈時恩神色淡淡地把蕭世雲踹到一邊，似笑非笑道：「眼下求你娘還有用嗎？」

蕭世雲頹然倒在地上。曹氏那失望的眼神實在太過熟悉，畢竟他就是在這種眼神裡活過一輩子的人。

他恨，他怨，他這輩子明明占盡優勢，卻還是輸在自己的體弱上！

試想一下，若是他能習武，上輩子便不會一直活在蕭世南的陰影之下，這輩子占盡天時地利，不會這麼輕易就失手！

而且，按著上輩子的發展，秋獮第二日，山崖邊的陷阱，該困住一頭黑熊的。可恨那熊前一日被沈家的老虎給抓了，不然他不用費這些力氣，成事的機會也更高。一切都怪老天爺，讓他重活一世，竟還不肯幫人幫到底，憑空生出這許多波折來！

他癲狂地笑起來，指天罵地，罵曹氏和英國公偏心，罵蕭世南該死，罵世道不公，最後被奚雲一下打暈，扔到馬背上。

這場鬧劇就此落下帷幕，奚雲等人隱去身形回去覆命，沈時恩和曹氏、蕭世南紛紛上馬，從原路返回。

一路上，誰都沒有吭聲，直到回界碑處，看見等在原地的姜桃和昭平長公主等人，曹氏才忽然開口。

「今天的事，我希望暫時不要說出去。」

有奚雲等人在，這件事肯定是要到御前分辯的。但眼下還有昭平長公主等人在，不急於這一時說出英國公府兄弟鬩牆，到底對整個英國公府來說，都是不光彩的事，沈時恩便點頭應允。

昭平長公主上前確認曹氏安然無恙，才呼出一口長氣。「夫人沒事就好，您要有個閃失，昭平萬死難辭其咎。」看到馬背上雙眼緊閉的蕭世雲，擔憂地問：「二公子這是……」

曹氏露出比哭還難看的笑容，解釋道：「兩個小子和下人走散，掉進山上的陷阱裡。小南傷了腿，小雲暈過去。所幸時恩放心不下他們兄弟，早我一步跟去，沒出什麼大事。」

昭平長公主理解地點點頭，又勸慰曹氏幾句。

她們說著話，沈時恩和蕭世南也到了姜桃跟前。

姜桃聽了曹氏的話，看向蕭世南的腿，問他有沒有事？

蕭世南臉上的笑也很牽強。「只是扭了一下，沒什麼大礙。」

姜桃和沈時恩對視一眼，心裡已經猜到了七、八分。

回程時，姜桃和沈時恩同乘一匹馬，兩人貼在一起，方便說悄悄話。

沈時恩把蕭世雲的所作所為全告訴她，儘管姜桃早就心裡有數，但想著蕭世南和蕭世雲到底是親兄弟，就算蕭世雲見不得他好，至多是想著弄傷他，讓他往後不能習武，卻沒想到，蕭世雲竟是要蕭世南的命！

幸虧沈時恩和蕭玨都有所防備，若是真被蕭世雲以有心算無心，蕭世南豈不是真的命喪他之手？

沈時恩察覺到她的身子變得有些僵硬，伸手圈住她，讓她靠在他胸膛上。

「別害怕，已經沒事了。我和小玨不會讓他再有機會加害小南。」

回到營地，沈時恩和曹氏帶著昏迷不醒的蕭世雲去了蕭玨那兒。

蕭世南垂頭喪氣，推說自己腿疼沒去，跟著姜桃回自家營帳。

此時已經過了正午，留在營地裡的姜楊和姜霖都吃了午飯。

見到他們回來，姜楊讓人去準備吃食。

「小南哥哥這是怎麼了？」姜霖看著蕭世南走路不對勁，也不敢像往常一樣往他身上靠，而是奮力舉高雙手，想攙扶他。

姜霖還小，頭頂也就到蕭世南腰的位置，蕭世南當然不會把力氣卸到他身上，只虛虛地扶著他肉滾滾的手臂，坐到椅子上。

聽說蕭世南扭了腳，姜楊也不急著張羅他們吃飯了，去箱籠裡翻出一只小箱子，裡面都是瓶瓶罐罐，又派人去請大夫。

「我想著，出來打獵說不定會有個跌打損傷，因此備了好些傷藥。」

很快地，沈家的大夫被喚過來，姜楊和姜霖幫著蕭世南脫下鞋襪，見他腳踝處已經紅腫起來。

大夫診治過後，說沒傷到筋骨，只是扭傷，不用回去取藥，用姜楊準備的現成藥酒多揉一陣就好了。

兄弟倆一起幫他把褲腿捲到小腿處，而後仔細看著大夫的手法，等大夫手裡沒力了，姜楊接手，學著他方才的樣子繼續揉。

不過，他和大夫都是文弱的人，大概過了一刻鐘，他手上也沒力氣了。

姜霖見狀，把自己的衣袖捲到手肘，摩拳擦掌，準備當第三個按摩的人。

姜楊道：「你就算了吧，大夫說了，得使大力揉散瘀血，你這點力氣能頂用？」

姜霖氣哼哼。「哥哥別看不起人！蚊子再小也是肉，力氣再小也是力，小南哥這腳踝腫得像饅頭似的，我揉下去一點是一點嘛！」

方才姜桃心情還不怎麼好，聽著他們兄弟倆拌嘴，臉上的神情才鬆快了些，跟著蹲下身子，笑道：「別搶了，還是我來吧。」

在這個時代，腳算是私密部位，儘管蕭世南在心裡把姜桃當長輩敬重，但到底是不方便的，連忙擺手說不用，

姜楊也攔住她。「姊姊還是別插手了，小南哥這腳……味道可不好聞。」

姜霖皺著臉附和。「是啊，姊姊別沾手了。其實我……我有點想吐。」

「我的腳有這麼臭？」蕭世南不相信，抬腳往姜霖面前湊。「你吐給我看看！」

他在外頭跑了大半天，腳上不知道出了多少汗，穿的還是姜桃準備的皮靴。腳汗悶了大半天，味道別提多銷魂了。

剛吃過午飯、還沒消化完的姜霖不負眾望，哇一聲吐了出來。

一屋子的人忍俊不禁，蕭世南哈哈大笑，眼淚順著臉龐流下，不知道是因為笑得太過厲害，還是別的。

姜桃看他們是真不讓她插手了，沒再堅持，直起身喊人去泡熱茶，端熱水來。

「你怎麼還真吐呢！」蕭世南大笑過後，接了丫鬟遞來的帕子擦臉，指著姜霖笑罵。「半點面子都不給我留，平時白疼你了！」

姜霖正就著姜桃的手喝茶漱口，聞言立刻把嘴裡的茶水吐了，辯解道：「我真不是故意的，沒忍住嘛！」

「快泡泡你的腳吧，泡完後，大夫和阿楊也緩過來了，讓他們繼續幫你揉。」姜桃看蕭世南還要伸著腳亂動，連忙制止他。

蕭世南佯裝生氣地瞪姜霖。「你看吧，就因為你那一吐，連嫂子都不給我好臉色了。」

等他泡完腳，大夫和姜楊又幫他揉了一刻鐘。

等到他們收手時，蕭世南的腳踝處紅腫，已經消下去大半。

大夫簡單地用紗布幫他包紮，姜霖急著為剛才的事描補，非要拿著繃帶再多包兩圈。

結果，傍晚時沈時恩回來，被唬了一跳，驚訝地問：「小南居然傷得這般嚴重？」

蕭世南看看包得比粽子還結實的腳，委屈道：「沒有，還不是阿霖非要多包兩圈。本來大夫和阿楊幫我揉完就沒什麼了，包成這樣，我反而不好走路。」

姜霖半藏在姜桃身後，探出腦袋，吐了吐舌頭。「小南哥，你夠了喔！看你今天受傷，我才讓著你的，你再得理不饒人，我、我就……」

「你就如何？」

「我就告訴所有人，你的腳特別臭！」姜霖惡狠狠道。

蕭世南又是一陣笑，笑完想到什麼，猶豫著問沈時恩。「二哥，小玨那邊怎麼說？」

沈時恩言簡意賅道：「都解決了，你不用操心。」

蕭世南想問怎麼處置蕭世雲，但張了張嘴，話到嘴邊，又說不出口了。

姜桃見狀，揮手打發他們。「回你們營帳去吧，小南腿腳不方便，阿楊多照看一點。」

見蕭世南受傷和他方才的欲言又止，姜楊已經敏銳察覺到，蕭世南身上發生了不好的事，但很有眼力地沒有多問，只扶起蕭世南，笑道：「姊姊放心，我肯定好好照顧他，連飯都餵他吃。」

蕭世南用肩膀撞他一下。「去你的，我傷的是腳不是手，還要你餵飯？」

「不要我餵，你要誰餵？阿霖嗎？」

姜霖皺著眉，假裝為難地道：「也不是不可以，誰讓我大度呢？不介意你一直擠對我。小南哥，我對你好吧？」

蕭世南笑著說：「你算了吧，自己吃飯都像個漏勺似的到處漏米粒呢！」

看他們笑鬧著，沈時恩的神情也鬆快了許多。

第九十八章

等幾個小子出去了，姜桃便收起笑，正色地問蕭世雲的處置結果。

沈時恩道：「之前他被奚雲打暈，直到小玨面前才被弄醒。醒來後，整個人瘋瘋癲癲的，淨說些胡話。姨母和姨丈說了前因後果，沒說要幫蕭世雲脫罪，但到底還念著骨肉親情，只求小玨能饒他一命。

「小玨問我，我就說小南也沒受傷，確實不該要了蕭世雲的命，但他心腸歹毒，連親兄弟都能下手，國公府世子的位置，自是與他無緣。小玨同意，反正今天蕭世雲也是暈著回來的，等回京以後，便對外宣稱他傷重不治，往後自己討生活去。」

姜桃狐疑地看著他。「英國公夫婦也罷了，蕭世雲到底是他們的親兒子，想給他一條活路很正常。可是你和蕭世雲又沒感情，能這麼輕易放過他？」

沈時恩坐在桌前，端著冷茶慢慢喝著，聞言挑眉看她。「我是那種人？」

姜桃但笑不語。這情景早發生過，不過當時是姜桃問沈時恩罷了。

沈時恩也想起來了，忍不住揚唇。「是，咱倆護短是一樣的。」

「別賣關子，你到底怎麼想的？」

「我的想法很簡單，蕭世雲費盡心思和手段，為的不就是當世子，往後繼承家業當國公，把小南徹底比下去？那已然成了他的執念。

「現下他雖保全性命，但沒了英國公府公子的身分，他就是個庶民，文不成武不就，也不通經營商賈之道，加上還有我的特別關照。他這輩子都只能活在塵埃裡仰望小南，那滋味，豈不是比直接要了他的命還可怕？」

姜桃想了想，還真是這樣。如果是她這樣的人，自然是活著比什麼都重要，她從貴女穿成農家女，從來沒因為身分的改變而生出怨懟，只想著如何把這輩子過好。

顯然蕭世雲和她不是一類人，如同沈時恩所說，那樣於他而言，怕是比殺死他還難受。

不過，姜桃並不同情他，撇撇嘴。「幸虧我們小南福大命大，沒讓他的奸計得逞。不然小南有個好歹，才不會這麼簡單放過他！」

沈時恩微微頷首。「自然是這樣的。」隨後起身去外頭看了一眼，確定自家營帳周圍沒有人，才接著道：「在山上時，蕭世雲說了一些奇怪的話。在小玨面前我沒提，但我思來想去，還是想仔細和妳說說。」把蕭世雲在後山禁地講的那些話，一字不落的告訴姜桃。

姜桃聽到什麼這輩子、上輩子的，面色陡然一變，她從沒想過，蕭世雲可能是重生者，眼神變得熱烈起來。

「你沒讓小玨要他的命，可是做得太對了！」

重生者能預知以後的狀況，儘管兩輩子的發展可能有出入，但大方向肯定不差。只要留蕭世雲一條命，往後就能想辦法從他嘴裡套消息，那完全是開外掛啊！

沈時恩不解地看著她，等著她解釋更多。

姜桃只是笑。「反正，別讓他死就成了。眼下我還不能確定，等我確定了再和你說。」

秋獮過了兩日，因發生這些事情，次日誰也沒有心思再去狩獵，只等著聖駕回京。

第二天一早，蕭玨的儀仗率先開拔，其他人按著身分高低跟在後頭，回了京城。

都說金窩銀窩，不如自己的狗窩，姜桃回到沈家，才放鬆下來。

然而，還不等她好好休息，慈和宮裡的大太監就到了沈家。

大太監是之前幫著太皇太后傳旨給姜桃加封誥命的，也算是熟人了。

姜桃客客氣氣地接待他，不等她詢問來意，大太監就開門見山道：「上個月壽宴之後，太皇太后就覺得跟夫人十分投緣。算算日子，過了快半個月，她等著夫人進宮說話呢。」

之前壽宴時，太皇太后確實不止一次和姜桃提過，讓她等蘇如是進京後，一道進宮陪她說話。

但姜桃以為那是太皇太后特地在人前替她做臉，才特地說給旁人聽的。她跟蘇如是提過，看蘇如是態度冷淡，便沒再特地提起。

再加上秋獮，她真把那件事給忘了。

如今太皇太后特地讓人來府裡傳話，姜桃自然照辦，先請大太監幫著自己傳話致歉，又說明日肯定進宮。

大太監得了她的準話，也沒多待，坐了約一刻鐘，便起身告辭了。

等送走了人，姜桃起身去尋蘇如是。

蘇如是正在自己的院子裡曬太陽，見她來了，笑道：「我想著妳今天才從圍場回來，得好好休息，沒特地去找妳，妳怎麼還過來了？有什麼事，讓下人傳個話不成嗎？」

姜桃解釋自己的來意，又道：「方才那公公再三叮囑，說太皇太后說的，定要我帶您一道進宮。她老人家都特地讓人來府裡傳話，我不好推拒，就幫著師傅一道應下了。」

蘇如是臉上的笑淡了些，但還是道：「既然太皇太后發了話，咱們確實不好不應。明天，我隨妳一道去。」

之前姜桃還想著，自家師傅和太皇太后應該是類似於伯牙與子期的關係，但看蘇如是冷淡的反應，才知道自己猜錯了。眼下蘇如是不怎麼熱切的態度，更是印證了她的想法。

「您和太皇太后……」她和蘇如是是至親，說話自然不用顧忌什麼，就把自己心裡的疑問問出來。

蘇如是躺回搖椅，閉上眼睛。「妳看出來了？我和太皇太后確實不如外人想的那麼好。不過都是一些舊事了，妳不知道比較好。」

姜桃當然相信蘇如是的話，說是為了她好，那肯定有不能告訴她的理由。

「不如明日師傅告病，我一個人進宮？」

蘇如是卻說不用，道：「躲得過初一，躲不過十五。進宮去見一見，沒什麼不行的。妳寬寬心，明天該怎麼樣，還是怎麼樣。」

姜桃見她不想多說，便不再談論此事，而是說起秋獮這幾天發生的事。

蘇如是年紀大了，不願舟車勞頓，所以沒去圍場，此時聽到她說起其中趣事，臉上才有了笑意。

翌日一大早，姜桃梳妝打扮後，去接蘇如是，坐上進宮的馬車。

蘇如是看著她略顯疲憊的神態，一陣心疼。「昨天陪我一下午，今天又起這麼早，就是鐵打的身子也熬不住。這次從宮裡回來，妳哪裡也不許去，給我在家好好休息幾天再說。」

姜桃打了哈欠，對她笑了笑。「我還年輕嘛，而且現在身子好得很，師傅不用像從前那樣擔心我。」

蘇如是幫她抿了一下額前的碎髮，想到從前的事，又是一陣嘆息。「妳別怪師傅囉嗦，妳是師傅失而復得的寶貝，自然要緊一些。」

接著，蘇如是不和她說話了，讓她靠著引枕，再瞇一會兒。

幾刻鐘後，沈家的馬車在宮門口停穩，姜桃和蘇如是剛下車，便有大宮女迎上來。

姜桃見她有些眼熟，就聽她邊福身邊道：「奴婢是太皇太后身邊的碧姚，天不亮時，便奉命在此等候國舅夫人和蘇大家了。」

姜桃這才回想起來，眼前的是太皇太后身邊得臉的大宮女，雖名為宮女，但打小在她老人家跟前長大，壽宴時，那些女眷對她都是客客氣氣的。

能讓這樣的半個主子天不亮就在宮門口等著，那絕對是一項殊榮了。

姜桃心裡有數，她和太皇太后不過見了一面，談不上情誼，這殊榮怕是因為她師傅。

果然，碧姚行完禮後，就走到蘇如是身側，扶著她的胳膊，替她引路。

未幾，她們到了慈和宮。

太皇太后避世多年，日常宮門只開一半，是壽宴那日來的人多，宮門才大開，聽說是一年到頭見不到幾次的盛況。

如今不過辰時，宮門已經大開，顯然是鄭重迎客的態度。

姜桃挺好奇太皇太后和自家師傅之間發生的事，前一日她見蘇如是不想多說，就沒追問，回去後，越想越不對勁。

她師傅是商戶之女，和太皇太后應是八竿子打不著關係，就算不是伯牙子期那種知音，怎麼也不該像現在這樣，好像結了仇怨似的，不由回想起昨天傍晚跟沈時恩說的話……

昨天沈時恩回來，聽下人說宮裡來過人，就問姜桃發生什麼事。

姜桃說沒什麼要緊事，就是太皇太后請她和師傅一道進宮。

沈時恩不解。「那是好事啊，表示她老人家對妳上心。而且她和蘇師傅是老相識，想來只是敘舊罷了，怎麼妳看著憂心忡忡的？」

「我師傅和太皇太后……唉，不是那回事。」

沈時恩納悶。「怎麼不是了？」而後說起當年他訂親時，長姊想把他的親事辦得好看些，特地請太皇太后作媒賜婚。

那時的太皇太后，已經不理俗務很多年，雖然和沈皇后關係不錯，但不想插手沈家的事，推說有她這皇后賜婚已經很體面，沒必要畫蛇添足。

直到沈皇后拿出姜桃的繡品，還告訴太皇太后，這是蘇如是幫著送進宮的。

太皇太后這才知道，沈時恩屬意的成婚對象是蘇如是的入門弟子，才鬆了口，答應等他們寫好婚書，就替他們賜婚。

可惜，賜婚的懿旨還沒下，沈家就出事了，但沈時恩還是承了太皇太后那份情。

平時太皇太后對蘇如是多有讚賞，引得世家豪門對蘇如是的繡技推崇備至，所以他也和之前的姜桃一樣，認為兩人素有交情。

事關蘇如是的私事，姜桃不好解釋那麼多，只道：「反正不是那麼回事，不過我也不清楚，明天進宮看看吧。」

姜桃想著心事，再回神時，已經和蘇如是進了殿內。

太皇太后已經在等著，見她們進來，使笑道：「都免禮，別客氣。」

但蘇如是還是十分鄭重地行了個全禮，姜桃只好跟著福身。

太皇太后絲毫不以為意，笑容不變地說：「妳就是這樣客氣規矩，倒是我把妳的性子給忘了。」隨後又給她們看座。

儘管連姜桃都看出此番太皇太后款待的對象是自家師傅，但蘇如是坐下後，隨即眼觀鼻、鼻觀心，彷彿自己只是個陪襯一般。

太皇太后沒強迫她說話，轉頭問起姜桃。「昨兒秋獵回來累著了吧？和哀家說說，圍場那邊有沒有發生什麼趣事？」

姜桃便笑著把第一天蕭世南使詐想得頭名，卻被自家帶著老虎的弟弟截胡的事告訴她。

太皇太后年事已高，就喜歡聽小輩的熱鬧事兒，聽姜桃繪聲繪色地一說，笑得嘴都合不攏了。

「英國公府那小子，小時候同時恩、小玨就愛湊到一起，沒少惹是生非。他五、六歲時，我宮裡有棵棗樹，也不是什麼名貴品種，純粹是我一時興起讓人種的。每年到了結棗的時候，三個小子就來打棗子。

「時恩大一些，還知道避忌，站在外頭用石子打，英國公府的小子和小玨卻是初生之犢不畏虎，坐在牆頭上摘一顆吃一顆，直到吃夠了才肯走。其實他們那樣的身分，要吃什麼好東西吃不著？就是皮，貪玩！」

姜桃聽著沈時恩他們小時候的渾事，也跟著抿唇。「您也是好性子的，他們連您宮裡的東西都敢打主意，該讓人好好教訓一番。」
「怎麼沒有呢？哀家也不是心疼東西，而是那白核棗滋味本就不好，也不好消化，怕他們吃多傷脾胃，特地讓人跟阿蓉，也就是小玨他母后說了。幾個小子倒是聽阿蓉的話，不打棗子，卻去太液池裡抓先帝養的鯉魚，在湖邊就地生火烤著吃，還差點把旁邊的樹給燒了。阿蓉沒了辦法，只好跟哀家說，還是讓他們來慈和宮打棗子吧，總比做別的安全。」
之前姜桃只在蕭世南那裡聽過一些他們小時候的頑皮事，但蕭世南是主角之一，講述過程自然是美化過的。如今聽太皇太后說了才知道，這哪裡是頑皮啊，分明是皮到家了，連在皇宮裡都敢那樣，去其他地方，肯定更是無法無天。
而且，太皇太后說那會兒蕭世南才五、六歲，那沈時恩已經是十幾歲了。
姜桃怎麼也沒想到，沈時恩十來歲了還那麼皮，難怪當初訂親時跟鬧著玩似的，不過和上輩子的她打個照面，就選定她。真如他所說，他在沈家出事之前，果然和現在的蕭世南沒兩樣。
太皇太后打開話匣子，樂呵呵地和姜桃說了好久的話，總算緩和因蘇如是冷淡到顯得有些怠慢的態度而產生的尷尬。
太皇太后又問姜桃。「秋獮的時候，沒少人跟妳套交情吧？」
既然特地問起，便是已經知道了。
姜桃也不瞞她，乾脆吐苦水。「您可別取笑我了，她們哪裡是和我套交情呢？分明是想進宮。要讓我說，皇上抬舉我，才喚我一聲舅母，其實我哪裡夠格說話？您是皇上的祖母，就算要有人幫著相看，也該是您。皇上年幼不解風情，這種事還是您看得準。」

太皇太后對姜桃這自謙的態度頗為受用，點頭道：「妳既不喜歡，往後那些不相熟的求到國舅府，妳直接回絕就是。要是誰有不服，就說哀家說的，讓她們有本事來慈和宮，沒得為難妳這年輕面皮薄的。」

姜桃本就不準備在明面上參與蕭珏立后選妃的事，至多是在人後幫著出出主意。可那些貴女身分確實不低，起碼都是伯爵家的姑娘，她也怕推拒得多了，傳出不好的話來。如今得了太皇太后這話，便不用再操心了。

兩人隨意話著家常，但太皇太后特地讓姜桃帶蘇如是進宮，顯然是有話要和蘇如是說。所以，午膳前，太皇太后就讓姜桃去灶房一趟，看看她要的菜餚、羹湯準備得如何。慈和宮裡有自己的小灶，裡頭的廚子伺候了幾十年，自是盡心盡力，不敢懈怠，這分明是要故意支開姜桃了。

姜桃轉頭看蘇如是一眼，蘇如是對她微微頷首，姜桃便起身離開。

碧姚引著她去灶房，廚子已經把飯菜準備得差不多了。

姜桃在裡頭待了好半晌，想著時辰差不多，便親自端了一盅海參冬菇蝦仁羹回去。

此時，殿內眾人都被太皇太后屏退了，排成一排站在廊下。

姜桃剛走到門口，就聽見太皇太后重重地嘆息一聲，顫著聲問道：「如是，當年的事……妳還在怪我嗎？」

姜桃雖然早猜到太皇太后和自家師傅之間應該發生過不快的往事，但此時聽到太皇太后沈痛凝重的話語，心頭還是不禁一跳。

她連忙站住腳，和其他宮人一樣，站到廊下。

殿內又安靜下來，直到姜桃站得腿腳痠軟，才聽到自家師傅的嗓音打破一室的寂靜。

蘇如是像是壓抑著什麼，咬牙切齒道：「如今我該尊稱您一聲太皇太后，還是和昔日一樣，喚您一聲萍姊姊？妳害了蘇家上百條人命，讓我如何不再怪妳？」

蘇如是說完，鐵青著臉出了正殿。

姜桃印象裡的蘇如是，一直是克己守禮，與人為善，從來沒見過她這樣尖銳的一面。

更讓姜桃心驚的是，她師傅說的蘇家上百條人命……

蘇如是抬眼見到滿臉錯愕的姜桃，勉強地笑了笑。「我有些不舒服，先回去了。妳別失了禮數，晚些時候再走。」

都到了這個時候，自家師傅還在為她著想，姜桃把手裡的托盤交給碧姚，趕緊跟上。

「我真的沒事。」蘇如是拉住她的手拍了拍。「別擔心，就是想一個人待一會兒。」

蘇如是的臉色瞧著很是不好，姜桃看著她那勉強的笑，又是一陣心疼，聽她說想一個人待著，便沒有勉強，讓丫鬟趕緊跟上她。

「夫人還是把羹湯送進去吧。」碧姚跟上來，勸道：「昨兒太皇太后知道您和蘇大家要進宮，很是高興，親自擬定菜單。現在蘇大家先走了，您好歹陪太皇太后用完這頓飯。」

姜桃自是沒了陪太皇太后用飯的心思，便想著進殿內說一聲，好告辭回去。

第九十九章

姜桃和碧姚進了殿內。

太皇太后對著方才蘇如是坐的位置愣愣出神，方才還精神矍鑠的臉，彷彿一下子蒼老了數歲。

聽到她們進來，她對著姜桃無力地笑了笑。「剛剛嚇到妳了吧？」

姜桃也有些尷尬，正要福身告辭，就看太皇太后對她招招手

「如是躲了我這些年，今天卻肯陪著妳過來。我知道她是把妳當成親女兒看待的，妳想不想聽我們過去的事？」

姜桃自然是好奇的，卻是想從自家師傅嘴裡聽，但對方是太皇太后，既然她要說，也不能不聽，便在太皇太后身旁坐下。

太皇太后不等她回答，自顧自地說起來。

「我年輕時，愛女扮男裝到處走，在妳這年紀時，認識了如是的兄姊。他們雖出身商戶人家，但一個滿腹經綸，胸懷天下；一個巾幗不讓鬚眉，才幹不輸男兒。

「我們經常來往，不過如是比她兄姊小許多，他們不愛帶她玩，經常把她一個人落在家裡，每次我們從外頭回去，都能看到她的眼睛哭得像一對核桃。那時，他們的爹娘在外

經商，如是不過七、八歲大，家裡下人雖多，但到底和家人不同，她總是被落下，多可憐啊……

「於是，我每回都捎帶上她，她也嬌氣，走兩步就要人揹，還總是累了、渴了。但因為是我提議的，也沒辦法，只能把她當自家妹妹那般照顧……」

回憶起少年時的無憂無慮，太皇太后的臉上又有了光彩。

中午，太皇太后都在跟姜桃說那些趣事。

姜桃越聽越心驚，在太皇太后口中，她和蘇如是的兄姊感情極好。

可這注定不是個有著好結局的故事。

姜桃已經從蘇如是嘴裡聽到了結局，太皇太后害了蘇家滿門。

不過太皇太后並不準備說後頭的事，在她的嘴裡，故事只到她和當時還是六皇子的高祖皇帝訂親。

她出身將門，家裡管得寬鬆，可再寬鬆的父母，也不可能放訂了親的女兒出去亂跑。

於是，她被禁足於家中，和蘇家人的來往漸漸少了。

最後，太皇太后重重嘆息一聲，慈愛地撫著姜桃的手背說：「妳是個好的，就算沒有我和如是的交情，我也喜歡妳。如果妳還願意的話，有空便來宮裡坐坐吧。」

姜桃有一肚子的疑惑，但面上不敢表現出來，陪著太皇太后簡單用完了午飯。

飯後，太皇太后露出疲態，姜桃不再耽擱，就此告辭。

出宮到了自家馬車前，姜桃發現蘇如是並未提前離開，而是在馬車裡等著她。

看著蘇如是發紅的眼眶，姜桃越發自責。「早知道您在這裡等我，我後腳就跟出來了，怎麼也不該讓您等我快一個時辰。」

蘇如是笑著搖搖頭，拉著她到身邊坐下。「是我自己要出來的，而且本就是找個地方靜靜，馬車裡有吃有喝，也能躺著，妳責怪自己做什麼？」

姜桃小心翼翼打量著蘇如是的臉色，見她神情鬆快不少，才道：「您走後，我本是想立刻進去告辭，但太皇太后拉著我，說起妳們從前的事。」

蘇如是正靠在引枕上假寐，聞言便睜眼道：「她都告訴妳了？」

「這倒沒有，只說了少年時和您兄姊一起玩的趣事。」

蘇如是抿了抿唇，轉頭望向窗外，在馬車的駛動中，車簾微微晃動，大片日光照在她的臉上，但她卻感受不到半絲暖意。

過了良久，她嘆息道：「其實不該瞞著妳的，之前是怕惹妳傷懷，但如今故事聽了半截，沒說到結局，妳心裡也會記掛著。

「在前朝，蘇家是皇商，專供宮裡的布料和繡品。前朝覆滅後，我家生意一落千丈，但勉強可以餬口。爹娘從沒有怨懟什麼，只是因為家裡的事實在太多，經常外出，將我交給年長我許多歲的兄姊照顧。

「我兄長叫蘇如玉，公子如玉，那句話來形容他不為過。我姊姊叫蘇如慧，也確實是個智慧聰明的女子。我孺慕他們，但因年幼，他們不愛帶我出門，只叫奶娘跟丫鬟照看我。

「我記得，在我七歲那年，他們在外頭結識了一個姑娘。那姑娘性子爽利，英氣逼人，待我卻很和氣。我也喜歡黏著她，喚她『萍姊姊』。

「萍姊姊是將門出身，比旁人家的小姐都活潑。她帶著我們騎馬爬山，上樹下湖。這樣過了一、兩年，我大一些了，能聽懂大人說話，聽見我姊姊取笑我哥哥，道喜歡人家就直說，藏著掖著，不怕媳婦兒跑了？

「我哥哥紅著臉不吭聲，姊姊回頭瞧見我，把我招到跟前，讓我好好練練，以後改口叫萍姊姊嫂子，說是等年前爹娘回來，就去竇家提親。

「我哥哥到底底氣不足，說商人之子如何能和將門虎女匹配？還是等他考取功名再說。前朝，商人之子不能科舉，本朝才解禁。但解禁之後，未有商人之子高中，因此我哥哥沒有把握，就按著不表。

「孰料，那年過年，萍姊姊不知怎的，遇上了出宮祈福的六皇子。宮裡那些事，我們那樣的階層也不清楚，反正我們知道消息時，萍姊姊已經和六皇子訂親。

「姊姊很是惋惜，但哥哥卻說無妨，說外頭都在傳，萍姊姊本來要當太子妃，因為她堅持，才改跟六皇子訂親。但不論太子還是六皇子，終歸比咱們這樣的人家好了不知多少倍。

「青春年少，總有一段無疾而終的感情，這種事如今回憶起來，也是美好的。兄妹都是豁達的人，很快就心無芥蒂地為萍姊姊感到高興。」

蘇如是說的，和太皇太后說的幾乎一致，不同的大概就是蘇如是的兄長喜歡過太皇太后，而太皇太后本人並不知情。

蘇如是接著要說的，才是故事的結局。

「萍姊姊訂親到成婚那一年，再沒來找過我們。兄妹並不在意，只想著辦法把他們準備的賀禮送過去，隨即也按著家裡的意思，先後成婚。

「但我們都沒有想到，萍姊姊成婚半年後的某個深夜裡，突然滿臉淚痕、形容狼狽地到了我家，說她懷的孩子被人害死，而且不是六皇子府裡的人做的。可惜他們夫妻在皇室中無權無勢，連仇人是誰都追查不到。

「我兄妹把她當家人，自然忍不下這口惡氣，便問如何才能幫到她？後來，繼承家業的哥哥和嫁到富戶人家的姊姊傾囊相助，一年數十萬兩銀子，直往六皇子府送。

「六皇子委實有手段，有了錢財支撐之後，步步為營，收買人心，最終一步登天。

「那時候，我們家的人真是高興啊。那幾年在兄妹的操持下，家中生意不比前朝時遜色，銀錢於我們而言，不過是數字而已。但到底是自家人掙的銀錢，爹娘並不支持兄妹暗中資助毫不起眼的六皇子，那會兒才終於解開心結，誇讚兄妹有眼光。

「其實，我兄姊哪裡想要什麼好前程呢？只是真把萍姊姊當家人看，為的還是少年時的那份情誼。

「後來，萍姊姊成了皇后，召我和我姊姊進宮，問我們要什麼賞賜？

「那時，我姊姊即將臨盆，特地進宮，不是為了賞賜，只是想確認新帝對萍姊姊好不好。見萍姊姊穩坐中宮，她便放心了，笑著說什麼都不要，非要賞賜，便賞賜她肚中孩子一個好名字吧。

「可是，誰能想到，我姊姊的孩子連出生的機會都沒有呢？

「就在新帝登基後沒多久的一個寒冷雨夜，一夥凶狠的強盜破門而入，屠殺我家滿門。而我身形瘦小，被回娘家的姊姊藏在佛龕裡，僥倖逃過一劫。

「我清楚地記得，那些人摘下面罩，整齊劃一地對著門口行禮，而後新登基的皇帝踩著我家人鮮血進屋，查看屍體。

「以前我見過新帝很多次，他總是笑得很和氣、很溫柔，溫溫吞吞的，好像從來不會生氣一般。但那夜的他，神情陰冷得像地獄裡爬出來的惡鬼，嫌惡地用帕子捂著鼻子，問那土匪頭子，是不是都殺乾淨了？

「土匪頭子說，還差一個最小的，萍姊姊便跌跌撞撞地進來，口中道：『如是還是個十一、二歲的孩子，她知道什麼？就算她知道了，有誰會相信半大孩子的話？』

「皇帝見她那樣，忽然冷笑起來，說：『也罷，半大孩子放了也就放了。妳這失魂落魄的樣子，要給誰看呢？蘇家人的下場，妳不是早就知道嗎？』

蘇如是扭頭看向姜桃，兩行清淚從眼眶中滾出。「她沒有反駁，說是早就知道了。」

蘇家滅門的事不算秘聞，還流傳甚廣。不過天下人都不知蘇家曾經幫助過高祖奪嫡，更不知道是何人下的手，都以為是蘇家巨富，才被賊人惦記。

上輩子的姜桃拜蘇如是為師時，還聽過下人在背後唏噓，說蘇家從前朝到今朝，延續百年的巨賈之家，若非當年遭了那場橫禍，現在怕是已富可敵國。

蘇如是雖因繡技高超受人推崇，但她孤家寡人，和從前蘇家興旺的樣子對比，還是顯得可憐了些。

這件事實在駭人聽聞，姜桃深呼吸幾下才平復思緒。

蘇如是伸手撫上她的臉頰，姜桃才反應過來，自己跟著落淚了。

姜桃和蘇如是互相把對方的眼淚拭去，蘇如是又緩慢地說下去。

「我在佛龕裡藏了一夜，第二日一早便有官兵上門來查。我被嚇壞了，誰都不敢相信，哪裡也不願意去。後來萍姊姊上門，還像從前那樣關心我，操持我們家的喪事，督促衙門把屠殺我家滿門的土匪抓起來問斬，隨後安排人把我送回家鄉。

「我在家鄉待了數年，到及笄的時候，實在守不住我家的產業了，便把產業盡數變賣，回到京城，只想著做個普通的繡娘。

「直到高祖駕崩，先帝即位，當時是太后的萍姊姊突然開始在人前表現出對我繡品的讚賞，我一躍成為世家大族追捧的對象，達官貴人見了我，也要尊稱我一聲『蘇大家』。

「其實，我算是得了她的照拂，才活到現在。」蘇如是無力地笑了笑。「師傅沒用，沒本事替家人報仇，只能躲起來，連面對仇恨的勇氣都沒有。後來妳出事，我才越發自責。」

姜桃連忙道：「我是被沈家牽連的，和師傅有什麼關係？您別把責任往自己身上攬。」

蘇如是搖搖頭。「當時我把妳的繡品送進宮，卻沒想到那繡品被送到她面前，還讓慈和宮裡的人特地來侯府。我不願意面對她，才離開京城，去了楚家的江南別院。

「那時，我在江南只聽聞沈家有事，卻不知道妳訂親的人家被換成沈家，等我得到確切消息趕回來時，寧北侯府說妳一心苦修，不願見人，怎麼也不肯把妳的去向告訴我。等我找到那偏僻庵堂時，已經晚了……

「後來，很多時候我都在想，我早知道妳在容氏的手底下處境艱難，若我早些去求她，妳也不會受那麼多苦，更不會那麼年輕就……」

蘇如是哽咽著說不下去，時隔經年，終於吐露出愧疚的心聲。

「您說的什麼話？之前我是在容氏手底下吃過苦頭，但您來了以後，我的日子好過太多了。而且因為我是您的徒弟，上輩子若非被逼著訂親，也可以尋到別的好親事。後頭出事，更不能怪您，是我知道自己被未婚夫家牽連，不願連累您，想等風頭過了再去尋您。退一萬步說，要是為了我的事，讓您去求滅門仇人，我哪裡還有顏面苟活在這世上？」

蘇如是還要再道歉，姜桃連忙截住她的話頭。「好了，咱們不說那些過去的事了。眼下我不是活得好好的嗎？雖然同樣是做時恩的妻子，但我脫離了寧北侯府，比起頂著他家姑娘的身分，受到孝道束縛，過得舒服多了。」

蘇如是聽了，如釋重負地呼出一口氣。「是啊，天可憐見，讓妳重活一回。如今的妳，比從前過得更好了。」

師徒倆說了一路的話，馬車停到沈家門口，臨下車前，姜桃保證道：「師傅今天和我說的，我不會再告訴旁人。」

蘇如是搖頭。「妳若只是個普通人，不具眼下這個身分，我不會跟妳說這些。如今高祖皇帝過世幾十年，當權的皇帝又很敬重妳這個舅母，蘇家的事雖不好外傳，但也沒必要瞞著時恩。我知道你們夫妻之間沒有秘密，妳連重活的事都能告訴他，別因為我而和他生分了。他是個穩重人，早晚會察覺到我和太皇太后的關係，若問起來，妳跟他說便是。」

兩人說著話，下了馬車，不再接著談論下去。

送蘇如是回去休息後，姜桃回了自己院子，屏退下人，想到自家師傅那悲慘的境遇，又忍不住哭了一回。

傍晚沈時恩下值時，發現姜桃的眼睛腫了，正拿著雞蛋揉眼睛。

她身邊向來熱熱鬧鬧，如今姜楊和蕭世南幾個小子都不在，顯然是被她刻意打發走的。

「誰惹妳不高興了？」沈時恩洗了手，坐到她身邊，接過她手裡的雞蛋，幫她揉起來。

他手勁大，雖然用力些揉消腫快，但姜桃還是痛得嘶了一聲，才嘟囔道：「沒有，下午看話本子看到感人的故事，一個沒注意，就把眼睛哭腫了。」

「哦？」沈時恩手上不停，看向她另一隻眼睛。「哪個話本子？又是哪個故事？」

姜桃有些心虛地不敢跟他對視，索性把眼睛閉起來。「問這麼多做什麼？你又不看那些，我說了你也不知道。」

「我不知道沒關係，妳把話本子找出來，我自己看了，不就知道了？」

姜桃繼續死鴨子嘴硬。「話本子讓我哭得太傷心，我一生氣便撕了。」

「那撕碎的紙屑……」

「讓人扔了。」

「那也無妨，反正府裡的話本子都是下人在外頭買的。讓妳哭成這樣的話本子，想來妳肯定印象深刻，不會忘了名字。妳說出來，我叫人去買。不僅要買，還得找出作者，連帶他一起收拾。讓我媳婦兒哭成這樣，沒他的好果子吃！」

姜桃敗下陣來，睜開眼，蔫蔫地說：「好吧，沒有什麼話本子，純粹是我瞎編的。」

沈時恩的臉上這才有了笑，方才他回來時，就看到姜桃神情木然地在揉眼睛，一副了無生氣的模樣。如今她這服軟的樣子，總算又有了精神。

「不逗妳了，是不是今天進宮出了事？」

蘇家的往事，確實是進宮後才牽連出來的，所以姜桃也沒否認。

「我以為太皇太后算是喜歡妳，才沒攔著妳去。如今進宮一遭便讓妳難受，往後再傳，妳稱病不去就是了。」

姜桃聽了他這話，忍不住笑起來。「有你這麼說話的嗎？我都多大的人了，你還當我是阿霖，遇到麻煩就讓我裝病，傳出去要笑死人了。再說，對方是太皇太后啊，小珏都要敬重的祖母，我若是駁了她的顏面，小珏也要難做人。」

沈時恩點點頭。「妳說的，我也知道。但若妳每回進宮都要受委屈，哭成這樣，那還是讓小珏難做人吧。」

姜桃知道他在逗她開心，真要讓蕭珏為難，沈時恩這舅舅夾在中間，肯定也會難辦。難怪師傅說可以直接同沈時恩解釋內情，不然又要生出一些波折。

於是，姜桃又屏退了下人，同沈時恩說起蘇家的事。

一席話聽完，沈時恩的神情也凝重起來。

沈家滅門，一直是他心裡過不去的一道坎，但他好歹沒親眼瞧見親人喪命的情景。而蘇如是眼睜睜看著親人活生生被人屠戮，而且是被如同親人般的人背叛所致，又因為對方身分貴重，只能把那分仇恨深埋在心底。

沈時恩不敢設身處地地想那些，光是想，都讓他覺得胸中壓抑難當。

「跟你說這些，是師傅說沒必要瞞著你。這些事，她不願意回想，往後咱們也不用再提，遠著太皇太后就好。」

姜桃猜著，沈時恩是聯想到自家的事了，便安撫地拍拍他的後背。

沈時恩從紛雜的思緒中回過神來，抓住姜桃溫熱的手，感受到她掌心的暖意，才開口道：「蘇師傅比我們都堅強，難怪妳哭得那般厲害，連我聽了，心裡都十分不忍。」

這下，心情低落的成了沈時恩，調解氣氛的換成姜桃。

她主動坐到他懷裡，雙手攬著他的脖子，還在他兩邊臉頰上重重親了兩口。

見他神情終於鬆快了些，她才低低地道：「高祖皇帝死了一了百了，太皇太后身分也是頂頂貴重。蕭家的皇位傳承到現在，穩固得很，你們的仇眼看著是報不成了，但收取一點利息，總不為過吧？」

「妳想怎麼樣？」

姜桃湊到他耳邊，低低說了一句。

簡短的一句話，沈時恩聽了之後，卻驚訝到忘記了言語。

半晌後，他才失神地吶吶道：「妳……妳想掘了高祖的墳?!」

姜桃也知道這話說得膽大妄為，心虛道：「想……想想也犯法嗎？」

沈時恩無奈地嘆息一聲，伸手擰她的嘴。「這話也就妳敢說。」

姜桃被他捏著嘴，口齒不清道：「這不是在你面前，是在咱們家，而且以你的耳力，也能確定沒人偷聽，我才敢說的嘛。」

沈時恩又擰了擰她的鼻子。「妳啊，人前教小南、阿楊他們教得像模像樣，其實最皮的就是妳了。」

兩人鬧了一陣，吃過飯後，因為白日裡狠狠哭了一場，姜桃被沈時恩勸著躺下休息，沒多久就覺得眼皮格外沈重，很快睡去。

沈時恩卻是沒有半點睡意。

他還在想蘇家的事，白天聽姜桃說完之後，就被她那膽大妄為的話驚到了。如今安靜下來，仔細思索之後，發現了一些不對勁。

蘇家和沈家兩樁滅門慘案，同樣是手段殘忍又殺伐果決，很像出自同一人之手。

之前他懷疑是先帝下的手，可他年少時經常出入宮廷，不說對先帝瞭若指掌，也算是對他有些了解。

先帝心軟仁慈，從登基到沈家出事前，一直以仁政治理天下，並不像是會做出那等事的心狠之人。

這也是為什麼一直到回京前，他都沒有懷疑過幕後黑手可能是先帝。

如今蘇家的事情讓他想到，能比剛登基的蕭玨力量還大的，或許不只是先帝，還有高祖皇帝。

換成旁人，他是不會這麼想的，都死了幾十年，怎麼也不可能影響到後事。

但高祖皇帝不同，他當年從默默無聞的六皇子一躍登基為帝，已然是傳奇。而且他在位時日雖然不長，但那二十來年裡，他的政績卻不輸給歷朝歷代的皇帝。更是雷霆手段，恩威並施，不知收下了多少死忠之士。

要查是不是先帝的手筆，已經困難，如今多了個懷疑對象，同樣都是過世之人，且是蕭玨的至親。要不動聲色地查下去，就更困難了。

沈時恩重重地嘆了口氣，轉臉看到姜桃恬靜的睡顏，伸手把姜桃攬進懷裡，感受到她身上的溫熱，聽她嘟囔著夢話，心裡才略微鬆快了些。

第一百章

秋獮結束之後，衛家終於上京。

衛常謙是姜楊和姜霖的正經先生，姜桃自然要帶著兩個弟弟上門拜訪。

衛家是最近才知道沈時恩恢復身分的事，還因為姜家姊弟的身分水漲船高，衛家在小縣城也成了香餑餑，拜訪的人絡繹不絕，門庭若市，擾得衛琅書都讀不下去，這才提前上京。

衛老太爺來京城前還說，姜楊兄弟的身分變了，天下名師唾手可得，不再需要衛常謙這個先生了。

衛常謙卻覺得自家學生不是那樣的人，卻不好當面頂撞他爹。

之後姜楊他們上門，對衛常謙的態度絲毫未變，讓衛常謙高興極了，特地帶著兩個乖學生去衛老太爺面前顯擺一番，神氣得不得了。

再來，沈時恩動身去了邊疆。

沈家人一直在京城當差，但沈家軍卻是長年駐守邊疆的。如今他成了沈家家主，自然是要親自去一趟。

他和姜桃約定好年前回來，姜桃捨不得他，卻也不好攔著他，不讓他辦正事。

接著，英國公府對外公布，世子蕭世雲傷重不治的消息。

蕭世雲雖是假死，但英國公和曹氏卻是真的傷心，他們都知道，自此以後便只有蕭世南這一個兒子了。

姜桃去見過被軟禁在英國公府偏院的蕭世雲，想從他嘴裡套些消息。無奈蕭世雲變得瘋瘋癲癲，什麼有用的也說不出，只會翻來覆去地說什麼「沈家必不會有好下場」之類的瘋話。

姜桃見他那樣，歇了問話的心思。此時離姜楊來年的會試只剩三個月，就不再管別的事，專心照料起姜楊的飲食起居。

臘八節前，沈時恩從邊關回來，一家團聚，其樂融融。

姜桃正想好好休個年假，宮裡卻忽然傳出太皇太后病重的消息。

那時，姜桃正在熬臘八粥。

往年，家裡的臘八粥都是隨便熬一熬，自家人吃過，再分送一點給相熟的人家，就算完事了。

如今進了京，身分不同，送臘八粥成了一項交際。粥熬得如何且不說，還有先給誰送、後給誰送的講究，越早送的關係越親近。

另外，宮裡也會賞臘八粥，若早早收到，也是一項殊榮。

沈時恩見姜桃對著臘八粥的單子愁眉不展，好笑道：「妳隨便放些東西進去煮一煮，送出去盡份心意就得了。誰家缺這一口吃的？多半是分給下人的。」

姜桃點頭。「你說的我知道，但下人吃著各家送來的臘八粥，難道心裡不會生出比較之意？咱們家的廚子不擅長這些，我若是不幫著參詳，豈不是墮了咱們家的名聲？」

「連下人裡的名聲也要操持？」沈時恩悶笑兩聲，伸手摸摸她的頭頂。「我的阿桃真是讓人稀罕不夠。」

他們正話著家常，沈時恩的小廝進來通傳消息。

聽他耳語幾句後，沈時恩臉上的笑淡下來，告訴姜桃。「今年的臘八節，不用費心了。太皇太后病重，小玨說，很可能過不了這個年節。今年臘八節和年節一切從簡。」

「太醫怎麼說的？」姜桃有些驚訝。「是染了什麼病嗎？」

秋獮後，姜桃才進宮見過她，當時太皇太后看著還精神矍鑠，怎麼也不該突然重病。所以第一個反應就是她會不會染了什麼惡疾，畢竟這是一個連風寒都能要人命的時代。

「太醫也診斷不出來，只說是鬱結於胸、心情不暢導致的。她那樣的年紀，一點小問題都容易弄出病症來。」

沒多久，姜霖從衛家下課回來了。

姜桃和沈時恩也不再談宮裡的事，讓人去喊來蕭世南跟姜楊，用起晚飯。

前些日子，蕭世南因為腳傷，沒能和沈時恩一道去邊疆，無精打采了好幾天。

後來他好一些了，想獨自去邊關找沈時恩，讓姜桃好說歹說才攔下。

那時，姜霖去衛家上課，姜楊找衛常謙請益，連蕭世南平時不怎麼喜歡的秦子玉，都去旁聽了。

平時熱熱鬧鬧的家裡，突然只剩他這個無所事事的人。

正好，黃氏向姜桃提了，想搬出沈家。姜桃的招待自然是周到的，但到底在別人家，黃氏住久了，終歸有些不方便。

姜桃便把幫黃氏找院子的任務交給蕭世南。

蕭世南很盡心，沒仗著自己的身分使喚下人便宜行事，而是像普通人一樣，陪著黃氏去看，忙了一陣子，終於找到合適的院子。

這時，楚鶴榮也帶人回來了。這兩人從前在縣城就是哥倆好，現在蕭世南恢復身分，也沒和楚鶴榮生分，跑去找他敘舊玩鬧，才收住往邊關跑的心。

這幾天沈時恩歸家，他的心思又活絡起來，事無巨細地問了不算，還想等著過完年，去邊疆見識一番。

於是，他在飯桌上使出了軟磨硬泡的功夫，賣慘裝可憐的招數信手拈來。

「別的武將家子弟，像我這麼大的時候，雖不說帶兵打仗，上陣殺敵，但總歸比我有見識多了。二哥像我這麼大的時候，也在軍營裡歷練。我沒說去了就不回來，只是想去拓寬眼界罷了。」

之前，沈時恩或許會答應，但現在狀況不同了。

蕭世雲「病逝」，本該屬於蕭世南的世子之位馬上就要歸還他，蕭玨的意思是，等過年犒賞群臣時，就會封他。

所以，蕭世南自然要回去繼承英國公的衣缽，沈時恩想把他培養成沈家二把手的希望落空，也不能像之前那樣安排他。

之前英國公做得不對，但蕭世雲的毒計敗露之後，英國公和曹氏沒再偏心，對之前的作為後悔不已。英國公那樣的硬漢，還紅著眼睛向蕭世南道歉，沈時恩承過他的大恩，不至於和他搶唯一的兒子。

「你二哥說，這時邊關冷得滴水成冰，有什麼好去的？」姜桃幫蕭世南挾了一筷子菜，勸他。「等下回你二哥再去的時候，肯定帶上你，行不行？」

每年沈家人都要在邊關待上一段時日，短則數月，長則半年，蕭世南想去見識的機會多的是，未必要天寒地凍時去。

「我就想早點去嘛。」蕭世南小聲嘟囔。

旁邊安靜吃飯的姜楊忽然笑出來。「姊姊別勸他了，他哪裡想去見識，是最近英國公夫人在替他相看親事，他才想著往外躲的。」

蕭世南聽了，立刻臉紅，無疑是印證了姜楊的話。

「你是我肚子裡的蛔蟲啊？」蕭世南羞臊。「我娘說，現在還在蒐集京中適齡貴女的畫像，等她選過第一輪，再來和嫂子商量。連嫂子都不知道的事，你怎麼知道的？」

「我怎麼知道的？」姜楊無語地看著他。「你把畫像到處亂放，我上回去你屋裡找阿霖，就看到了。」

眼看蕭世南的臉紅得能滴出血來，姜桃忍不住打趣道：「你年紀不小，是該說親了。這不是好事嗎？你往外躲什麼？」

蕭世南也說不上來為什麼，大概是因為成了家，他就是大人了，不能再像現在這樣，和姜楊兄弟、蕭玨、楚鶴榮混在一起，而且依他娘的意思，成家後，英國公的世子和世子夫人總得住在自己家吧。

他不願拖家帶口地來讓姜桃操心照顧，這麼想想，還是現在的日子舒坦！

他不好意思說自己還不想長大，和姜桃他們分開，只道：「阿楊、小榮不都沒成親嗎？還有宮裡的小玨，也是孤家寡人一個，他當皇帝的都不急，我這太監急什麼？」

姜桃好笑地用筷子敲他一下。「哪有人把自己比成太監的？小玨成親是國家大事，自然馬虎不得，得慎之又慎。而阿楊是要考科舉的人，不到三個月就是會試，他能分出心思去想那些？小榮是之前在外讀書，現下回京，估計也快了。」

「那……那不是還有雪團兒嘛，他可是公老虎！」

姜桃聽他越說越遠，把話題拉回來。

「之前我就不同意你一個人往外跑，眼下既知道你娘在幫你相看，更不可能讓你出去瘋玩。你娶媳婦是好事，我和你娘的意見都只是參考，主要是找個你喜歡她，她也喜歡你的，兩個人好好過下去，咱們家也能更熱鬧一些。」

蕭世南聽到姜桃把他的未來媳婦也算成自家人，就對成家沒那麼抗拒了，有些不好意思地解釋。

「那多麻煩嫂子啊，眼瞅著嫂子過完年就要出孝期，也得給咱家添人了。我連媳婦都讓妳照顧，豈不把妳累壞了？」

姜桃笑道：「你想太多，哪有那麼快的？」不再提這些話，繼續照顧一家子吃飯了。

因著太皇太后生病，這年的臘八節過得格外簡單，也不送粥。

至於新年，初一那天，臣子按著慣例到前朝朝賀，後宮的朝賀就被免了，一眾女眷到慈和宮外磕個頭，向太皇太后拜個年，也就結束了。

進宮那日，曹氏和姜桃一道去。

曹氏憂心忡忡地跟姜桃說：「太皇太后素來康健，如今不知是怎麼了。不過她老人家那樣的年紀，小病都能鬧出大事來，希望此番能平安無事。」

得知蕭世雲的真面目後，英國公夫婦已經鄭重向蕭世南道歉，也得到他的諒解。自那之後，姜桃和曹氏的關係才密切起來。

自從知道蘇家的舊事後，姜桃就對太皇太后半點好感也無，只道：「都是命數，左右不由人的。」

曹氏聽了，指了幾家姑娘給姜桃瞧，問她覺得哪個最順眼。

姜桃一聽就知道，這幾個是曹氏屬意的兒媳婦人選，都是好人家出身，樣貌氣度都挑不出錯處來。而且環肥燕瘦，各有不同。

姜桃看著都覺得不錯，道：「我這年紀看人，自然是不如您的。而且主要是小南喜歡，您說是不是？」

雖然這個時代幾乎都是盲婚啞嫁，但姜桃還是希望自家的幾個小子能和喜歡的人在一起，一生一世一雙人，不搞納妾、通房丫鬟那一套。

「我們英國公府是武將人家，祖上也不喜紅袖添香那一套。我也希望小南和他爹、祖父一樣不納妾，給他娶妻，自然得問問他的意思。但妳不知道，我早把畫像給他了，他卻說看著都差不多，兩隻眼睛、一個鼻子、一張嘴的，半句準話也沒有。」

姜桃聽完，一陣失笑。「我覺得，他這是還沒開竅呢。」

「唉，他開竅晚我能等，其他姑娘能等他嗎？晚了，好姑娘不全讓人挑走了？」曹氏又看慈和宮的殿門一眼，嘆息道：「不過眼下太皇太后身子不好，萬一她老人家有個好歹，那短期內是不宜議親了。」

兩人說了一會兒話，內外命婦到齊，在宮人的唱調中，眾人齊齊向正殿磕了三個頭，就算拜過年了。

天寒地凍，眾人拜完年後，便由宮人引著出宮。

姜桃和曹氏身分貴重，是站在最前頭的那一撥。出宮時，因為外命婦人數眾多，是從站的最遠的那批人先往外走。

她們倆不是急躁的人，在後面繼續有一搭、沒一搭地話家常。

等前面的人出去之後，姜桃和曹氏正要抬腳往外走，卻看到一個大宮女快步上前。見姜桃還未離開，碧姚鬆了口氣，腳步放緩，上前福身行禮，把姜桃請到旁邊說話。

「太皇太后剛剛醒了，問起國舅夫人。」

姜桃頓住腳步。「太皇太后要召見我？」

碧姚搖搖頭，壓低聲音道：「太皇太后說了一些不吉利的話，說是離世前，想再見蘇大家一面。她說這不是命令，而是請求。」

碧姚說著，紅了眼眶，因為是大年初一，只得強忍淚意，啞著嗓子道：「奴婢斗膽求求夫人，您讓蘇大家來一趟吧。」

起初姜桃還怕太皇太后用身分壓人，那她和蘇如是還真不好違抗她的命令。但如果是請求，則不同了，她不會自作主張幫蘇如是拿主意，只道：「天寒地凍，這幾日義母的身子也有些不爽利，回去我同她好好商量。」

碧姚不清楚太皇太后和蘇如是之間到底發生了什麼事，但那天和姜桃一道在殿外，也依稀聽見蘇如是說太皇太后害了蘇家。她是個伶俐人，聽隻言片語便猜出，太皇太后確實做了對不起蘇家的事。

因此，她沒強逼姜桃應承，只是又屈膝福了福身。

「奴婢說句大不韙的話，日前太醫說，太皇太后的日子不多了，如今全靠一口心氣撐著。奴婢瞧她吃不下、睡不香，心裡實在不忍。國舅夫人，您權當圓一個老人的遺願吧。」

姜桃點點頭，未再多言，轉身和曹氏一道出宮了。

碧姚目送她離開，直到她們的身影在闊長的宮道上縮成黑點，才折返殿內覆命。

太皇太后初初睡醒，正坐在床頭，由宮女服侍著洗漱。

見到碧姚進來，她眼睛裡迸發出微弱的亮光，聽聞姜桃沒有一口應承，眼中那一點光又黯淡了下去……

宮裡的年節一切從簡，宮外就不好鬧得太過，初一、初二拜完年後，姜楊繼續埋頭讀書，蕭世南帶著姜霖和雪團兒進宮小住，蘇如是也去和楚老太太作伴。

沈時恩和姜桃獨處的時間，難得多了起來。

小夫妻倆把門一關，總是不知不覺便發展到面紅耳熱的地步。

年假共有半個月，沈時恩就胡鬧了半個月，以至於家裡存的魚鰾都用得差不多了。

這東西過年時沒處買，沈時恩便哄著姜桃，說反正孝期快過了，便是現在懷上，也不礙事。而且懷孩子要真這麼簡單，天下也不會有那麼多成婚數年都懷不上的了。
姜桃被他哄得暈暈乎乎，糊裡糊塗地答應。
不用魚鰾後，那不可言說的快感自然是成倍增長，以至於年假結束了，沈時恩日日都要當差，卻還放不下姜桃。

第一百零一章

如此胡鬧著出了正月，沈家迎來兩件正事。

一件是姜楊要下場會試，另一件則是姜桃上輩子身分的墳塋，遷入了沈家祖墳。

她和昭平長公主親自主持儀式，看著容氏呼天喊地唸了一篇自己寫的悼文，哭得那叫如喪考妣。

現在昭平長公主和姜桃也算有幾分交情了，私下裡告訴她一件事。

「寧北侯夫人這傷心雖不知道摻了多少水分，那眼淚倒不是作假的。聽說她嫁妝鋪子的生意全讓人攪黃了，寧北侯府斷了進項，過年前，連下人的賞錢都發不出來。這還不算，今年年節，各府不是因為皇祖母身子不好，一切從簡嗎？偏寧北侯在家閒不住，跟人搶著買古董，一下子就出了五萬兩高價。

「後來，寧北侯反悔了，那拍賣行也狠，非押著他回去取銀錢，幾十個人湧進侯府，不收到錢就不肯走。寧北侯那個嫡子氣不過，跟人發生爭執，被打斷一條腿。後來，腿雖然接好，但到底不能和常人比，如今這一家子，算是沒有半點指望了。」

姜桃愕然。「好歹是侯爵，拍賣行如何敢那麼大膽？」

昭平長公主道：「反正是背後有人的，我也不清楚。」

寧北侯府是勛貴階層的破落戶，昭平長公主只把他家的事當成笑話說給姜桃聽，自然不會多去探究。

儀式結束後，姜桃回了自己家，家裡熱鬧更勝從前，除了自家的幾個小子外，楚鶴榮和蕭玨都過來了。

他們讓下人做了一大桌菜，名義上是幫姜楊加油打氣，其實是覺得姜桃讓沈時恩前未婚妻的墳塋遷入沈家祖墳，受了委屈，特地來逗她開心的。

這件事，姜桃無從解釋起，沈時恩就更不好開口了，因為這件事，這幾天他不知道吃了幾個小子多少排頭，於是兩人便裝作不知，高高興興地吃了一頓飯。

飯後閒聊時，姜桃說起寧北侯府的事，打量大家的臉色。

果然如她所料，他們都沒表現出詫異，顯然是早就知道的。

在姜桃的審視目光下，楚鶴榮頂不住了，老實招認。「姑姑，打壓他們生意的事情，確實是我幹的。」

楚家在商場的手段和人脈，不是常人能比的。之前沈時恩讓人去鬧事，但短期內並不會傷到容氏的根基。好歹是在京城立足十幾二十年的生意，總是有熟客支持和旁的門路。

但楚鶴榮去求楚老太太幫忙後，就不同了，打壓容氏的生意跟打螞蟻似的，幾個月便讓他們虧得血本無歸。

他招認之後，蕭玨也開口道：「那間拍賣行是我的，本是用來接收各方消息，恰好寧北侯不知輕重地撞上來，我就小懲大誡，輕輕收拾了他一番。」
楚鶴榮和蕭玨認識的時日最短，本是有些畏懼他的身分，如今兩人居然想到一處，往一處使勁，突然覺得同他親近多了，便忙不迭點頭。
「對對對，小懲大誡，我也是輕輕的。」
姜桃好笑地搖搖頭，這兩個小子，一個斷了人家的財路，一個斷了人家嫡子的前程，哪裡叫什麼輕輕的？
不過，她知道這是他們對她的一分心意，寧北侯府那一家子也不值得同情，便沒再多說什麼。
飯後喝茶，姜桃忽然覺得有些犯噁心，身上也沒什麼力氣，以為是累著了，又因家裡難得人到得這樣齊，就沒說出來。
結果，她起身添茶時，眼前一黑，差點一頭栽倒。
沈時恩連忙扶住她，幾個小子也嚇壞了，遞水的遞水，喊大夫的喊大夫，連最穩重的姜楊都白了臉。
府裡的大夫很快趕過來，在眾人關切的目光中，他笑著道喜，說姜桃已經有快一個月的身孕了。
眾人這才放下心，輕鬆地笑起來。

但姜桃卻臊得臉頰通紅，臨出孝期就懷上，不知道的，還以為她多熱衷床笫之事呢，傳出去，真要被人笑話死了！

「這是好事啊！」蕭玨見狀，寬慰姜桃。「舅舅和舅母成婚時日也不短了，如今該幫家裡添人了。」

蕭世南也跟著笑。「就是，我上回說嫂子膝下該添孩子了，妳還說我想太多。現在嘛，這孩子可不是來得正好！」

姜桃紅著臉嘟囔。「好什麼啊？阿楊馬上要下場會試，小玨立后選妃，你也要說親，事情都擠在一塊兒了。過幾個月，我身子重了，怕是做什麼都不方便。」

「平時姊姊已經夠累了，如今正該好好歇歇。我們都不小了，能處理好自己的事，姊姊別還把我們當小寶寶照顧。等真正的小寶寶降生，我們一起幫妳照顧。」

如今，姜楊是真的性情內斂了，但知道家裡要添人，說話時，臉上也是止不住笑意。

「我得好好攢錢了！」楚鶴榮握著拳頭。「等小寶寶出生，得送幾間好鋪子，還得分幾個得用的掌櫃過去。」

「那我送幾匹馬吧。」蕭世南接話。「最近我娘正教我馴馬，外祖家也送了好些塞外的小馬駒來讓我練手。等我好好學個一年，正好把我馴出來的第一批馬當禮物。」

「我倒是沒什麼好送的。」姜楊摸著下巴，想了想。「只能教寶寶讀書寫字。」

他們你一言、我一語的，可把姜霖急壞了，在旁邊抓耳撓腮，最後只得道：「那我陪小寶寶玩，讓他每天都開開心心！」

蕭玨淡淡笑著不接話，一副「你們儘管送，能超過我算我輸」的成竹在胸模樣。

姜桃聽著他們的話，心頭軟成一片，撫著還很平坦的小腹笑起來。

「好了，都別鬧了，才一個月呢。等孩子降生，還有大半年，夠你們慢慢想送什麼。」

沈時恩說完，又以姜桃需要多休息，把幾個較勁的小子趕出去。

等大家都散了，姜桃才毫不留情面地伸手掐沈時恩一把，啐道：「就是你哄我，說不可能這麼快懷上。如今真讓小南說中，傳出去，真是讓人笑話死了！」

平時沈時恩就讓她掐，現下知道她懷孕，自然更是不敢輕舉妄動，連躲都沒躲一下。

姜桃看他任她掐著，雖然痛得直皺眉，但嘴角還是瘋狂上揚，笑得像個傻子似的，也不惱了。

「只是懷個孩子罷了，你怎麼就高興得傻了？」

「噓！」沈時恩豎起食指，在唇邊比了個噤聲的姿勢。「小孩子最是記仇，萬一讓咱們寶寶聽到了，耍小心眼，就不托生在咱們家了。再說，什麼叫只是個孩子，這是咱們倆的孩子，是世上最好的孩子！」

姜桃噗哧一聲笑出來。「往常都不知道你信這些。」

她說著，越想越好笑，還耍小心眼呢！現在肚子裡的孩子才一個月，還是個小胚胎，能知道什麼？

沈時恩也跟著笑。「寧可信其有嘛。」

他真的樂極了，和姜桃說著話，讓人去開庫房搜羅家裡的東西，等著給孩子當見面禮。

姜桃看他翻出來的小刀、小劍、小匕首，笑得越發厲害。

「生兒生女還不一定，就拿出這些。還說小寶寶最記仇，萬一是女兒，該記恨你了。」

沈時恩挑眉笑道：「這妳就不知道了吧，從我往上數，我家幾代頭胎都是生兒子的，唯有我長姊是例外，是幾代裡唯一的嫡長女。所以，當年我爹娘對我姊姊寶貝得很，家裡最受寵的就是她。」

姜桃真沒聽說過，不過身為一個現代人，她可不相信這個。

不過，沈時恩又道：「家裡小子那麼多，生女兒當然最好。將門虎女玩這些怎麼了？到時候，我再另外準備一份別的就是。」

兩人說著說著，又笑起來。本就幸福的小日子，因為孩子的降臨，變得更令人期待。

另一邊，蕭玨和姜楊他們出了正院之後，也沒散，轉到蕭世南的水榭裡繼續說話。

蕭玨見他們躍躍欲試，想幫小寶寶取名，便說起沈家幾代人生男遠遠多過生女的事。

幾個小子聽說很可能再添個小子，不由有些失望。

雖然小子也很好，但家裡的小子委實多了些，鬧鬧騰騰的。

如果是個女孩兒多好啊，家裡唯一的小妹妹，肯定和姜桃一樣溫柔妥貼，善解人意，光是想想，就讓人稀罕。

「頭胎生男也無妨。」姜楊笑道：「反正姊姊和姊夫還年輕，往後總有機會。」

幾人一想也是，於是便釋然了。

姜楊馬上要考試，其他人也有自己的事情要忙，傍晚之前便散了，各自歸家。

臨行之前，蕭玨把姜楊喊到一邊，低聲誇讚道：「寧北侯那件事，你辦得很好。」

那拍賣行確實是蕭玨的不假，但就算幕後老闆是蕭玨，也不好強買強賣，需要有理由讓寧北侯自投羅網，手下的人才好藉機發作。

若是別的大臣，也就算了，蕭玨九五之尊，本不需要這麼麻煩，隨便尋個錯處，便能把人按下去。

偏偏寧北侯沒有實差，又不賭不嫖，讓人抓不到錯處。侯夫人容氏更是進退有度，極少惹事。姜萱雖蠢，卻已嫁為人婦，不算是寧北侯府的人了。

加上蕭玨私心覺得，沈時恩抬舉先未婚妻的做法不穩妥，但到底是自己舅舅，人前還是得維護他的臉面，總不好舅舅剛抬舉人家的嫡女，當外甥的就去打那家人的臉。

是以，蕭玨也看不慣寧北侯府許久了，仍沒尋到理由動手腳。

而後，他來沈家時，姜楊和他提了一句，說出寧北侯最愛的前朝畫家。

那畫家生前名聲不顯，死後卻聲名大噪。但因他生前實在太過潦倒，畫作沒有得到妥善保存，死前心灰意冷之下，自行燒燬大半，存世的真跡屈指可數。

寧北侯是侯爵，他尋不到的東西，一般人自然尋不到。

但蕭玨貴為一國之尊，讓人去宮裡庫房一搜，還真找到一幅。

於是，他把那幅畫放到拍賣行拍賣，自然而然引寧北侯上鉤。再讓人故意抬價，煽風點火，輕而易舉便把本來值二、三萬兩的稀世名作抬到五萬兩的高價。

姜楊並不居功，微微欠身。「我不過隨口一說，還是您的人辦事得力。」

蕭玨負著雙手，仔細打量姜楊，道：「會試好好考。」

接著，他沒再多說，喊上王德勝回宮去了。

等蕭玨走後，楚鶴榮才上前，恢復平時嬉皮笑臉的樣子，撫著胸口道：「阿楊，皇上和你說什麼啊？」

這是楚鶴榮第一次和蕭玨待在一起。雖知在沈家不論身分，都只當平輩相處，但這可是皇帝啊！人多的時候還好，要是私下裡兩人獨處，楚鶴榮想想都覺得心慌。

姜楊搖搖頭。「沒什麼，幾天後就是會試了，皇上鼓勵我一番。」

楚鶴榮點頭，等姜楊送他出去時，才壓低聲音道：「聽你的果然沒錯，只要主動向姑姑坦誠，她就不會怪我耍手段擠對寧北侯府的生意。」

「說到這個，我還沒謝謝你。」姜楊朝他作揖。「本是那家子欺負我姊姊，不該讓你摻和進來。但生意場上的事，你家說第二，京城裡沒人家敢論第一，所以只能請你幫忙了。」

楚鶴榮連忙扶住他，又伸手搭上他的肩。「你姊姊是我姑姑，又不是外人，我能看著她被人欺負不吭聲？你讓我幫忙，我高興還來不及！而且，我祖母聽說是給蘇師傅的義女出氣，二話不說就出手了。眼下時間倉促，只能讓那侯夫人的生意賠本，不然若是慢慢埋線，保管讓他家背個幾百萬巨債。」

姜楊笑了笑。「來日方長。」

他說著，把楚鶴榮送到門外，看著楚鶴榮上馬車後，才回了自己屋裡。

姜楊進門，到書桌前坐定，慢條斯理地鋪開一張紙，開始寫各種寓意很好的字。

小寶寶的大名，肯定得由他姊姊跟姊夫取，他想搶也搶不過，不如想想孩子的小名，只要準備得夠多，總歸會有他姊姊滿意的。

而且，他不相信蕭玨說的沈家傳統，男孩和女孩的名字，他都準備著。萬一真是個小外甥女，他的勝算就更高了！

姜楊洋洋灑灑寫了三大頁紙，才擱下筆，隨後把這幾張紙方方正正地疊起來收進抽屜，認真看起桌上已經翻到捲了邊的四書五經。

這次對付寧北侯府，他所能做的，只是花費工夫打探寧北侯心中喜好，其他事只能借助楚鶴榮和蕭玨的力量。

雖然事情的結果跟他預想的沒有差別，但仍是說明，他還是太過勢單力薄，得真正自己立起來才行。

姜楊在心裡想著，越發用功起來。

光陰似箭，二月會試，三月殿試，姜楊被蕭玨欽點為榜眼。

報喜的人馬來到沈家報喜，姜桃早備好了喜錢。隨後狀元、榜眼和探花要遊街，姜桃還特地去沿街的酒樓占了個好位置。

會試三年一次，每次遊街都是熱鬧非常。

今年更是不得了，狀元衛琅、榜眼姜楊，還有個姜桃他們不認識的探花郎，都是年紀輕輕、一表人才。

三人身著禮袍，騎在高頭大馬上，光是瞧著就賞心悅目。因此看熱鬧的婦人格外熱情，什麼香包、花束，不要錢似的往這三個人身上砸。

姜桃看著，別提多自豪了，但又有些心慌，想起之前姜楊還是個秀才時，差點讓人捉婿，連忙吩咐沈時恩。

「你多派些人跟著阿楊，可得把他好好地帶回來。」

沈時恩聽了，笑道：「這是京城，天子腳下。而且，妳聽過誰家榜下捉婿，敢捉到狀元、榜眼頭上的？他們都是在御前有名的人物，哪家那麼橫，敢直接捉他們？」

但是說歸說，沈時恩還是怕姜桃擔心，轉頭吩咐人，加派人手跟著姜楊。遊街結束後，姜楊去宮中赴瓊林宴，姜桃他們則回了自己家。

傍晚時，姜楊才從宮裡出來，彼時姜桃已經張羅好了晚飯，正等著他回來。

姜楊還穿著御賜的禮袍，進了屋，姜桃招呼他快來吃飯，他卻走到姜桃幾步開外，站住了腳，而後鄭重地撩起衣襬跪下。

姜桃被他這模樣嚇了一跳，正要問他怎麼了，卻聽他道：「姜楊承蒙姊姊供養多年，今日考取功名，總算沒有辜負姊姊一片心意。來日，自當報答姊姊的恩情！」

姜桃沒想到姜楊會這麼鄭重地向她道謝，她從沒想過要什麼報答，但聽了這話，心底軟成一片，眼淚毫無防備地落了下來。

見她哭了，姜楊才起身，上前安慰她。「大夫交代過，姊姊現下不能傷懷。是我的錯，不該惹妳哭。」

姜桃拿帕子拭淚，抿唇笑道：「不是傷懷，是高興的。」

姜霖乖乖依偎到姜桃懷裡，小聲地酸溜溜道：「姊姊，我以後也會這樣的。」

姜桃笑起來，摸著他柔軟的髮頂。「你才多大，想那麼多做什麼？姊姊哪裡就要你們報答，能看到你們平平安安、快快樂樂的就好。」

「那這個很簡單嘛！」姜霖認真地點點頭。「和姊姊在一起的每一天，我都是很快樂、很快樂的。」

姜桃聽著，心裡又軟成一片，就要把他抱到膝蓋上，一頓親熱。

姜霖卻猶豫著不讓她抱，小胖臉上寫滿了掙扎。「姊姊現在不能抱我，妳肚子裡有小寶寶呢！」

「有小寶寶，就不能抱你這個大寶寶了嗎？」

姜霖認真想了想。「那倒不是。好吧，妳輕輕抱一下，不要太激動，對小寶寶不好。」

看他這認真糾結的小模樣，一家子都哈哈大笑起來。

第一百零二章

姜楊考上榜眼以後，便去翰林院供職，從六品編纂做起。

那些清高的翰林們，起初當姜楊是走後門的人，後頭他的才學漸漸展露出來，便沒人再傳他的是非。

時間轉眼到了四月，姜桃還沒怎麼顯懷，卻開始害喜，從早上起身就開始吐，一直吐到晚上睡下。

不過短短半個月，她來京城之後好不容易養出的一點肉，又瘦了回去。

沈時恩素日在人前那般持重，自從知道要當爹後，每天樂顛顛，跟出門撿到一大筆銀錢似的。但見姜桃飛快消瘦，他又成了家裡最憂心的那個。

他睡得本就不多，這時候更像不需要睡覺似的，一晚起來看姜桃七、八回。

蘇如是讓他不用那麼擔心，雖然她沒生養過，但也知道害喜在孕期是很正常的事，顯懷後就會漸漸好轉了。

後來姜桃的肚子大起來，終於不再孕吐，沈時恩這才放心，能睡個安穩覺了。

其實，不止他一個人擔心，像蘇如是，別看她那麼鎮定地勸沈時恩，其實也是每天憂心忡忡，甚至開始吃齋念佛，就怕姜桃真有個好歹。

蕭世南和姜楊他們更別提了，姜桃吃不下東西的那段日子，幾個小子把天上飛的、地上跑的、水裡游的都搜羅過來，為的只是讓姜桃和肚子裡的小寶寶多吃一口飯。

就這樣，無驚無險地到了六月，纏綿病榻大半年的太皇太后歿了。

在她去世前兩天，碧姚特地出宮來了沈家，替太皇太后傳話，懇求姜桃能勸蘇如是去見太皇太后一面。

姜桃自是不會幫她逼迫蘇如是，去年蘇如是進宮後，回來後便鬱鬱寡歡，消沈了一段時日。還是姜桃被診出有孕，她整副心思都放在照顧她和孩子身上，才恢復生氣。

姜桃依舊沒幫著蘇如是答應什麼，僅傳了話。

太皇太后最終還是沒再見到蘇如是，碧姚帶回去的，只是蘇如是的一幅繡品。

往年，每回太皇太后壽辰，蘇如是都會送上一幅繡品。

外人都以為那是她們相知的見證，但唯有她們知道，蘇如是每次送去的繡品，繡的都是她兄姊生前最喜歡的花草。

這次的繡品是個例外，是一方圖案簡單的素雅帕子，上頭是一株傲雪紅梅，是當年竇家女兒喜歡的圖案。

紅梅傲雪，鐵骨錚錚。

年少時的竇萍萍就是這樣的人，可她最終還是彎下了脊梁骨，盛開在別人的鮮血上。

碧姚帶回那方帕子，太皇太后摩挲著盛開的梅花，又哭又笑，當夜便迷糊起來，出現了幻覺。

那是個寒冷的雨季，她唯一的孩子不明不白地死了。

她抱著孩子的屍體，哭得肝腸寸斷。

素來溫文爾雅的男人，半張臉隱在黑暗中，聲音不帶半點溫度地問她。「妳想死，還是想活？」

那時，她才十幾歲，自詡天不怕地不怕，但真到了面對死亡之時，卻打心底畏懼起來。

她說她想活，想活得比誰都長，比誰都好，再也沒人能傷到她。

後來，她確實都做到了。

可她這輩子沒有愛人，沒有家人，沒有孩子，沒有朋友，如此漫長的一輩子，反倒像是一個詛咒。

「我後悔了……我選錯了。」她的目光渙散了。

碧姚等一眾宮人，在一旁小聲啜泣。

太皇太后殯天那日，京城喪鐘長鳴，下起一場暴雨。

吃齋念佛近半年的蘇如是狠狠哭了一場，既痛快又傷感。

蕭玨和太皇太后並不是親祖孫，但到底承過她的情，還是盡心盡力為她操辦一場極盡哀榮的喪事。
喪事結束後，蕭玨把碧姚送到沈家。
碧姚在太皇太后跟前長大，太皇太后還清醒的時候，交代過蕭玨，幫她尋個好去處，最好能讓她去蘇如是身邊伺候。
去年太皇太后和蘇如是在慈和宮鬧得不愉快後，他便得到消息，隨即查到當年的事。
這也是他知道太皇太后想見蘇如是，卻沒插手幫忙的原因——實在是他祖父母做得太過分，他自覺理虧。
不過，到底是太皇太后的遺命，蕭玨就還是把碧姚送到沈家，卻以晚輩的口吻和姜桃商量，說碧姚服侍他皇祖母一場，也到了放出宮的年紀。姜桃要是看得上她，就留她在跟前伺候；要是不喜，隨便給她安排個差事，放出去也沒關係。
姜桃是很分得清的人，高祖和太皇太后犯的事，她都沒怪到蕭玨這後代子孫頭上，自然不會怨碧姚。家裡多個丫鬟，她倒是無所謂，就怕蘇如是心裡不好受。
後來蘇如是知道了，反過來勸她。
「妳身邊就那麼幾個小丫鬟，沒什麼得用的管事。過去便罷了，現下懷著身子，多個人伺候，總是好的。我只見過碧姚一回，但看著挺善良的，舊事不能怪到她頭上。讓她在妳身邊幫幫忙，調教府裡的丫鬟，等過兩年小丫鬟長成，再替她尋一門好親事。」
見蘇如是真的放下了仇恨，姜桃就收下了碧姚。

碧姚確實是能幹人，到沈家不過幾天，就把因為姜桃懷孕管不過來、而顯得有些沒條理的家務，處理得妥妥當當。

她也很有分寸，雖幫著主母管事，卻沒說要掌權。姜桃不吩咐她做事時，就在自己屋裡做針線。

姜桃偶然見了，發現她大熱天的，卻在做一件夾袍，問起來才知道那是太皇太后生前賜給她的料子，讓她好好做出來，等到冬天的時候，送給蘇如是。

姜桃心裡奇怪，若太皇太后有心要給蘇如是，病著的時候，直接讓人送來不就好了？怎麼還特地留在她過世後，讓碧姚轉交，好像這夾袍不能過明路似的。

後來，碧姚做好袍子，她把袍子交給蘇如是，蘇如是乃刺繡大家，上手一摸，就摸出裡頭藏了東西。

她取剪子拆開布料，果然，夾層裡藏了一張羊皮圖和一封書信。

羊皮圖畫得極為精細，但蘇如是和姜桃看過後，卻不知道這是做什麼用的，只看出是個封閉的、布滿機關的地方。

至於書信，姜桃本以為是太皇太后寫給蘇如是致歉懺悔的。

她想得沒錯，前一張紙是太皇太后寫給蘇如是的，而後面的篇幅，卻在講述一件皇家秘辛，是一個關於沈家、關於蕭玨，先帝生前死後都想幫著掩埋的秘密。

看完之後，姜桃和蘇如是久久不能言語。

蘇如是嘆口氣，把羊皮圖和後半封書信交給姜桃處置。

這天，姜桃心情很是複雜，便推說自己身上不舒服，沒讓弟弟們在跟前陪她。

沈時恩回家時，看到晦暗不明的屋子裡，姜桃獨坐在桌前。

「怎麼不叫人來伺候，也不點燈？」他說著話，用火摺子點燃了桌上的紗罩燈。

等到火光亮起，沈時恩看清桌上的圖紙，面色肅然。「這是哪裡來的？」

姜桃見他嚴肅起來，便道明圖和書信的來路，隨後看他似乎知情，便問他這圖紙到底是什麼？

沈時恩沈默半晌，才道：「這是皇陵的圖紙，每處機關都做了極盡詳細的標注。按著此圖，就能直搗歷代帝王的陵寢。」

姜桃怎麼也沒想到，太皇太后居然會弄出這樣一張圖，等著人去挖他們夫婦的墳。和她之前膽大妄為的想法，簡直不謀而合！

她神色複雜，目光在書信和羊皮紙之間來回梭巡，此時才終於明白，為什麼太皇太后要把這書信和羊皮圖一道放在夾層裡了——這是怕蘇如是沒那個魄力去挖皇帝的墳，還把關於沈家的秘密一道說出來，想讓沈時恩幫著挖呢！

她又把書信推給沈時恩看。

這次，沈時恩沈默更久，久到姜桃突然感覺到了胎動，輕輕哎喲一聲，他才回過神來。看到姜桃已經隆起的肚子，沈時恩的目光變得溫柔。不等姜桃問他準備怎麼辦，便把書信伸向燈火點燃。紙灰落盡，他突然輕鬆地勾起唇。有些事，可以放下了。

這年夏天，沈時恩著手安排，將沈家軍的精銳打散到全國各地，從此再也沒有沈家軍，抑或是，沈家軍遍布在無數角落。

不少人都說沈時恩犯傻，這樣一支攻無不克、戰無不勝的軍隊，就這樣打散，雖然大大增強全國各地的軍防，對國家來說是好事，可沈家軍卻不存在了。如今瞧著沒什麼，可再過個十年、二十年，沈家便無軍中勢力。

如今的沈時恩是國舅，深得帝心，沈家花團錦簇，可沒了沈家軍，等皇位傳承下去，沈家和皇室的關係淡了，還能有那種風光嗎？

但更多的，是百姓們對沈時恩無私行為的讚賞。

外頭說什麼的都有，但沈時恩並不在意。

那軍隊本就是開國太祖交到沈家先祖手上的，沈家數代人從未想過要把這股力量占為己有。如今把軍隊還給蕭家，還給朝廷，沈家便再也不欠他們什麼。

來年春天，姜桃終於臨盆。

別人懷胎十月，她是懷胎十二月，肚子大得離譜，若不是蕭玨早將整個太醫院搬到沈家，而每個太醫都說她這一胎並無不妥，沈家眾人早就急得不得了。

她發動那天，沈家眾人神色焦急地聚集到產房門口，蕭玨更是連朝服都沒更換，聽到消息便退朝趕來。

初時，姜桃精神還很好，因為懷孕後她就開始練身子，身體比從前好了不少，甚至在羊水破了之後，產婆問她想吃什麼，還要了一個醉香樓的大肘子。

吃完肘子，含了參片，姜桃才感覺到一陣陣難以忍受的疼痛。

這個時代的生產本就凶險，更別提她這足月過頭的一胎。

她晨間進產房，一直折騰到下午，才誕下一個白白胖胖的女兒。

產婆抱著襁褓出去道喜，說接生這些年，沒見過生下來就長得這麼好的孩子。

蕭玨和蕭世南幾個小子看著白玉似的嬰兒挪不開眼，唯有沈時恩看了孩子一眼，就進去產房陪伴姜桃。

彼時產房內還沒收拾妥當，血腥氣和其他味道混合在一起，並不好聞。

姜桃累得昏睡過去，沈時恩便接手幫她擦洗身體。

姜桃睡了兩刻鐘就醒過來，說要瞧孩子。

沈時恩讓人把女兒抱過來，姜桃捏著軟得像棉花一樣的小手，笑得從未有過的溫柔。

沈時恩愛憐地幫她把碎髮挽到耳後，輕聲道：「怎麼就不讓我進來陪妳呢？在外頭等了大半日，擔心極了。」

姜桃對著他狡黠地眨眨眼。「一牆之隔，我知道你在外頭就安心了，讓你進來做什麼？生孩子這種事，你又幫不上忙，別讓產婆和丫鬟因為你在而亂了手腳。」

沈時恩無奈地笑了笑，其實他知道，姜桃是怕生產時太過狼狽，損了形象，所以不讓他進來。幸虧她這胎生得還算順利，要是產婆出去說一句難產，他早就衝進來了。

沈時恩垂下眼睛，看了看姜桃，又看了看女兒，正笑著，就聽自家剛生完的媳婦突然開口問：「咱們什麼時候去挖墳？」

「妳剛生完，怎麼還記掛這樁事？」

「我就是怕一孕傻三年，回頭光想著照顧孩子，就想不起別的了。」

沈家不再欠蕭家什麼，而是蕭家欠了沈家。

沈時恩點頭。「等妳休養好了，咱們就去挖！」

姜桃點點頭，又覺得困倦起來，拉著沈時恩的手輕輕晃了晃。「那我再睡會兒。以後要是我忘了，你可得提醒我。」

沈時恩無奈地笑著說好，而後一手拍著姜桃、一手拍著孩子，哄著她們母女香甜入夢，心頭是從未有過的滿足和平靜。

姜桃誕下的女嬰，被取名為窈窈，自然是窈窕淑女，君子好逑的意思。

名字雖然是姜桃和沈時恩選的，卻是從姜楊事先準備好的一堆名字裡選出來的，也就等於是姜楊取的了。

這可把蕭玨他們酸死了，轉頭蕭世南就埋怨蕭玨，說什麼沈家頭胎都生男孩的傳統，弄得大家都以為是小子。這下不只見面禮要重新準備，連取名字的先機都沒占到。

蕭玨被他好一頓埋怨，辯解道：「這能怪我？我只是闡述事實罷了。再說，取名這種事是要緊，但咱們幾個都是真心疼愛她，哪個取的，有什麼關係？」

姜楊正是得意的時候，聞言就幫腔道：「我是窈窈的親舅舅，選我給她準備的字怎麼了？人家當皇帝的都沒吃味，你怎麼還犯小心眼？」

蕭世南氣哼哼。「現在你們同朝為政，自然是一個鼻孔出氣。別以為我不知道，小玨不是大方，是想著將來窈窈長大了，給她封個郡主、縣主什麼的，封號自然是他說了算。」

這還真讓蕭世南說中了，本朝沒有封異姓公主的先例，但封個郡主、縣主，不過是皇帝一句話的事。

自打知道姜桃生的是表妹後，蕭玨就已經想好，等她大一些，便封為郡主。

等到那時，旁人喚窈窈，自然是以封號尊稱，等於是第二個名字了。

小心計一下子被蕭世南無情戳穿，蕭玨尷尬地摸了摸鼻子。「這真不怪我，也不僅我一人那麼想。舅舅家的傳統先不論，欽天監還說什麼將相之星現世，連舅母不信奉這些的，都以為這是男胎。」

蕭玨這話還真不假。

起初姜桃不相信什麼沈家傳統，覺得生兒生女的可能是一樣的。但她的孕期長得出奇，十個多月都不見生產，但太醫們都說她這胎很穩，肚子也沒有特別大，不用擔心後頭難產。

還有腦子比較活泛的拍姜桃馬屁，說她不必這般擔憂，縱觀歷朝歷代，這樣出生便帶有異象的有好幾個呢，都是歷史上出過的大人物，在王侯將相之列。

蘇如是也說，酸兒辣女，姜桃止住孕吐之後，愛吃酸的，肯定是個兒子。

姜桃可能真是懷孕懷得傻乎乎了，大家你一言、我一語的，她還真相信了，甚至養胎時還發起愁來，這孩子這麼不同尋常，萬一往後造反可怎麼辦？

沈時恩聽了，憋笑憋得臉都紅了，看姜桃要惱，才收住笑。

「咱們的孩子會在小玨的照拂下長大，誰家好好的天之驕子會去造反？都是過不下去才反的。雖有日子過得好好的，就是狼子野心想惹事，但這孩子要麼像爹、要麼像娘，咱倆都不是那種人，會養出那樣的孩子？」

姜桃聽他說得有道理，才沒那麼擔心。

直到孩子生下來，她才傻眼了——

什麼王侯將相、非凡之子？明明是個閨女啊！封建迷信果然要不得！

不過，閨女自然更好，家裡小子那麼多，姜桃最想要的，當然是香香軟軟的小閨女。加上窈窈生下來就和別的孩子不一樣，不是紅紅皺皺，而是皮膚白白、眼睛大大，連瓷娃娃都沒有這麼好看。

光好看就算了，還格外乖巧，除了餓了和尿了，平時都不會哭鬧。

不僅姜桃和沈時恩愛她愛得跟什麼似的，家裡上到蘇如是，下到姜霖，沒有哪個不喜歡窈窈的，連蕭玨都幾日出宮來瞧她一回。

有時候，姜桃看蕭玨他們和窈窈玩得高興，忍不住就嘮叨起來。「都這麼喜歡孩子，一個兩個卻不成家。等你們有了自己的孩子，不是更稀罕？」

之前姜桃懷孕，蕭世南毀了一門親事。

那時，曹氏幫他相看了一個書香門第家的姑娘，品貌才情都好得沒話說。

蕭世南聽她娘說得好，見了一面後，覺得對方溫溫柔柔，也算合眼緣，就答應了。

曹氏張羅著，準備過定，孰料三書六禮的儀式還沒開始，對方卻突然反悔，推說自家姑娘身子不好，家裡老夫人捨不得她這麼小就出嫁。

這一聽就是推辭了。曹氏聽媒人轉述後，去問蕭世南，以為他做了不好的事，被對方知道，所以才反悔。

蕭世南一聽，直呼冤枉。「嫂子最近吃不下飯，眼瞅著瘦了一大圈，家裡誰不發愁，我怎麼可能出去鬧事？而且這兩日我在做什麼，娘不知道嗎？」

曹氏還真知道。

姜桃害喜太厲害，連太醫都沒辦法，只說有的婦人懷孕後口味會大變，若是止不住吐，不如讓她吃些她想吃的東西。

眾人便去問姜桃，姜桃還真沒有什麼特別想吃的。

於是，蕭玨和蕭世南就去市面上搜羅各種稀罕吃食，想著姜桃瞧著新鮮，能多吃一口也是好的。

曹氏再去仔細打聽，原來就是這件事，那家人覺得蕭世南對姜桃這嫂子太好，嫁過來會有兩個婆婆，家裡關係太複雜，所以才反悔。

這話，曹氏聽著就生氣了。

這個時代上到皇宮貴族，下到民間百姓，婆媳相處的確是大問題，但搓磨媳婦的都是惡婆婆，她和姜桃又不是那樣的人！多個婆婆怎麼了？多個人疼她不好嗎？居然把她跟姜桃想得那樣壞。

曹氏氣完，又覺得自己沒選對人。她看不上那些只想著榮華富貴的人家，所以才選了這樣清高的書香門第。卻沒想到，正是因為對方太過清高，竟嫌棄起他們來。

這麼一耽擱，接著就是蕭玨立后選妃了。

做臣子的自然不好跟皇帝爭，蕭世南的婚事便暫且擱下。

蕭玨的婚事也不順利，他一開始選了太傅家的嫡長女當皇后，其他妃嬪再從其他官家女之中選。

沒想到，臨下旨時，太傅家的姑娘落了水，救起之後昏迷不醒，生死不知。

這件事多少有點晦氣，他就先把充裕後宮的事擱置起來。

而後，沈時恩上交兵權，他重新安排各地駐軍，也忙了一陣子，接著姜桃遲遲不見發動，他們都想著如何保她順利生產，沒工夫再去想自己的事情。

所以，如今窈窈都滿月了，幾個小子還是單身。姜桃每每想起來，便忍不住嘮叨兩句。

可她這話卻引來蕭玨他們的一致反駁。

「我自己能生出這麼好看的孩子？我怎麼不信呢？」蕭世南道。

蕭玨也說：「就是，我們窈窈是天下最可愛的孩子，再沒有比她更好的了！」

姜楊考中功名後，也開始被姜桃念叨該成家了，不過他的理由更冠冕堂皇些。

「如今我不過是六品小官，娶妻身分低微不礙什麼，咱們家不是那種重視門第的。但小門戶的姑娘進來，多少會有些畏懼，不好讓人家誠惶誠恐的難做人。」

姜桃聽他們要麼打岔不接話，要麼就搬出一套套的大道理，懶得再說。

反正，她嘴上偶爾催兩句，但還是希望家裡的小子們不是因為年紀到了成婚，而是遇到喜歡的人，才非娶人家不可。

第一百零三章

眨眼，窈窈周歲了，姜桃才知道，之前她懷孕時，竟還有人參他們家一本。參他們家的言官，和她傻乎乎的想法出奇地一致，說史上這種懷象生下的，都不是良善之輩。沈家又是位高權重的人家，要真出個魔星，不知要製造出多大的禍端來。

蕭玨當然不相信這些，更別說御史口中的魔星，還是自家舅舅的孩子。

他在朝上鐵青著臉駁回御史，下令不許任何人再提這件事。

但沈家要出魔星的事，還是傳到了街知巷聞的地步。

那時，姜桃被家裡人當寶貝似的護著，心思全在孩子身上，加上碧姚幫著她掌管中饋，還真不知道外頭的傳言。

直到窈窈周歲宴上，這傳聞才被當成笑話說給她聽。

窈窈出生時，就長得比一般的孩子好，周歲長開了些，更是粉妝玉琢，玉雪可愛，就像光揀著他爹娘的長處長的。

更討巧的是，她長得和沈時恩的長姊，蕭玨的母親有幾分相似。

起初蕭玨對她的喜歡，屬於愛屋及烏，後頭因為她的長相和乖巧性子，對她的疼愛竟不輸於沈時恩，連她的周歲宴都是在宮裡辦的。

宴會時，窈窈坐在姜桃懷裡，聽人家說起了傳聞，便一知半解地問姜桃。「娘，什麼是魔星啊？」

跟姜桃說話的夫人，本是說著玩的，聽到窈窈問了，尷尬地道：「妳家窈窈這麼小就能聽懂大人說話了？」

尋常孩子一周歲時，只能說些簡單的詞語，而窈窈說話雖然奶聲奶氣，說得也慢，卻是條理清晰。

窈窈早慧，在八、九個月大時，已經會很熟練地喊「爹娘」，後來沒幾天就會挨個兒喊家裡其他人，舅舅、叔叔、哥哥的，喊得那叫一個甜。

姜桃甚至還腦洞大開地以為，她也是穿越或者重生而來。好在長時間的觀察之下，窈窈只是比同齡的孩子聰明一些而已，才放下心。

不過眼下這是個人人都相信事出反常必有妖的朝代，所以姜桃和家裡人說好了，不把窈窈早慧的事告訴外人。

姜桃連忙輕輕拉窈窈一下，笑著解釋道：「她哪裡聽得懂大人說話，只是聽到自己名字，瞎問而已。」

那夫人尷尬地陪笑，又絞盡腦汁地幫忙描補。「原來是這樣。不過您家窈窈在娘胎裡待了十二個月，其實就是比一般孩子大，學的比別人家孩子快也正常。」

平常人家，肯定是希望自家孩子越與眾不同越好，也就沈家這樣位極人臣的，不用再憑著孩子出風頭，反而想盡可能地不張揚。

等周歲宴散了，姜桃回家以後，問起外頭的傳言是怎麼回事？

沈時恩他們見她不太高興，都沒接話，轉頭看向蕭玨。

蕭玨正在逗窈窈吃葡萄，聞言道：「舅母聽那些傳言做什麼？咱家窈窈不過周歲，就長得這般可愛，分明是仙女下凡。」

這會兒，窈窈也聽出來魔星不是什麼好詞了，眨著比葡萄還烏溜溜的大眼睛望向姜桃，很認真地說：「娘不生氣，窈窈是仙女！」

她還穿著待客時的衣裳，桃粉色的衫裙襯得瑩潤臉頰越發粉嫩，姜桃被她這麼軟糯糯地輕聲細氣一哄，便笑起來，心道自家閨女這麼可愛，怎麼可能是魔星？

那參他們家一本的人，簡直比她懷孕那時還愛瞎想！

沈時恩把軍權上交給朝廷後，監理事務也由兩個得力副手主持，他不想再攬權了，只想守著妻女過自己的小日子。

甚至，他還想著，等窈窈大一些，蕭世南和姜楊他們也都成家立業，他們夫妻不用拘在京城裡，可以帶著閨女，海北天南地到處走一走，玩一玩，過一過富貴閒人的日子。

蕭玨看出他的意思，明面上沒有勉強他，給他分派別的官職，轉頭卻把京城守備劃到他管的中軍都督府。

京城守備軍的數量，自然不能和駐守邊關的沈家軍相比，但這關係到整個京城的安危。換句話說，一旦掌握京城守備軍，沈時恩手裡的權利比過去還大。

後來蕭珏來沈家用飯時，沈時恩特地在飯桌上提了。「上交兵權，本是我自己的想法，你怎麼還用別的差事補償我？讓旁人見了，還當是我這當舅舅的仗著身分跟你交換。京城守備茲事體大，你該握在自己手裡才是。」

蕭珏並不正面回答他，只道：「舅舅也說京城守備茲事體大，我初登基，根基尚淺，也沒有自己培植起來的心腹，萬一所託非人，不知要惹出怎樣大的禍患。若是由舅舅掌管，我才能高枕無憂。不過我也知道，舅舅志不在此，不想幫我也無妨。唉……」

蕭珏這麼一示弱，還黯然神傷地嘆著氣，一副「我是小可憐，舅舅不管我也沒關係」的模樣，加上他說的並非誇大其詞。他繼承皇位是很順利，但總有幾個老臣或幾家根基深厚的世家，小看了他這皇帝，母族裡關係親近的，只剩下沈時恩這麼個親舅舅。

沈時恩能忍心不幫他？自然是不可能的。

因此，沈時恩只好攬下這個職責，道：「那我先代你掌管一段日子，等你培養起自己的心腹，守備軍便交還於你。」

蕭珏這才笑起來。「我知道，舅舅不是貪戀權位的人。等我羽翼豐滿一些，就不用煩勞舅舅了。」

此後，沈時恩繁忙起來。

但不管辦差多累，沈時恩回來看到香香軟軟的小閨女，再聽她甜甜糯糯地喚一聲爹爹，便立刻通體舒暢，再不覺半分疲憊。

這天下值時，沈時恩照例先進正屋看閨女。

窈窈坐在臨窗的炕上，正和姜霖一道玩九連環和魯班鎖。

這種幾歲大孩子玩的益智玩具，姜霖已經玩膩了，窈窈卻是玩得脫不開手，平常就要摸在手裡玩。

見到沈時恩回來，窈窈抬起頭，脆生生地喊了聲「爹爹」。

沈時恩擦了手，才去摸窈窈的小腦袋，從她細軟的髮絲裡撿出幾根雪團兒的白毛後，便問：「妳娘呢？怎麼沒瞧見她？」

窈窈想了想，說：「娘，外面，賺錢。」

沈時恩挑眉，奇怪地看向姜霖。

姜霖便幫著窈窈解釋道：「姊姊說，家裡正好有個鋪子的長契到期了，說去瞧瞧，若是鋪子位置好的話就留下，不對外租賃。多的姊姊沒說，但我聽著她的意思，是準備辦繡坊。」

姜霖已經九歲了，這兩年個子竄高，也沒那麼胖了，加上他一直幫著姜桃照顧窈窈，很有當大人的樣子，再不是過去一團孩子氣的模樣，顯出幾分少年人的風采。

沈時恩聽了，好笑地看向窈窈。「妳小舅舅知道的事，妳不知道？多說幾個字能累壞妳？要是妳娘在，又要說妳了。」

窈窈學說話早，之前姜桃不想她顯得太過與眾不同，便沒有訓練她說長句。

後來過了周歲，普通的孩子也會說話了，她不再拘著窈窈，開始有事沒事逗她說話。

可窈窈反而不樂意開口了，能一個字說完的，絕對不說兩個字。

她自然不是學不會，就是懶。

懶得說話還算好的，現在她都過了周歲，一步路都不肯走。

姜桃不想縱著她，就少抱她。但是她不抱，家裡多的是人搶著抱。

後來，姜桃讓人把學步車做出來，窈窈卻試都不肯試，把她抱到學步車上，就開始哭。

她也不是嚎啕大哭，就是吸著鼻子癟著嘴，無聲地掉淚。

姜桃這當娘的還能強迫自己硬下心腸，家裡其他人卻見不得這情景，蘇如是還反過來勸姜桃。

「有的孩子說話晚，有的孩子走路晚。咱們家窈窈或許就是走路晚的呢？她那麼小，小胳膊小腿摔摔打打的，妳忍心？」

姜桃當然不忍心，再沒人比她更愛懷胎十二月生下的女兒了。

窈窈看到她娘滿臉糾結，接道：「窈窈知道娘是為窈窈好，窈窈自己走！」

然後，小傢伙指揮丫鬟把她抱進學步車，委委屈屈地走上兩步，再扭過臉，可憐巴巴地看姜桃一眼，伸出肉肉的小手，擦一擦額頭根本不存在的汗水……

幾次下來，姜桃都敗陣，再不逼著她學走路了，但也不好放著閨女懶下去，就把訓練方向改到說話上。

窈窈很給她娘面子，只要姜桃逗她，母女倆能妳一言、我一語地聊上好半天。

但姜桃不在，她就真是惜字如金。

此時被沈時恩這麼一說，窈窈抬起臉，歪著頭對他討好地笑了笑。

她眉眼像極了沈時恩的長姊，小巧圓潤的鼻子和櫻桃似的唇瓣，還有唇邊一對淺淺的梨渦則是姜桃。

對著閨女這樣一張臉，沈時恩真是硬不起心腸，敗下陣來。「好好，爹爹和妳娘說。」

窈窈這才高興地笑起來，把手裡的小玩具一放，朝著沈時恩伸手討抱。

等沈時恩把她抱起來，她又喊雪團兒的名字。

沈時恩立時明白，窈窈想幹什麼了。

雪團兒是家裡的一分子，但到底是獸類，這個時代醫療條件落後，姜桃不敢讓這麼小的窈窈和雪團兒親密無間地接觸，平常只讓人抱著她摸摸雪團兒。

眼下，窈窈趁著她娘不在家，讓她爹抱她去找雪團兒，自然不是只為了摸摸牠。

她指著雪團兒，說要騎大馬。

雪團兒乖乖趴下了身子。

一人一獸兩雙烏溜溜的大眼睛齊刷刷看著沈時恩，他暈暈乎乎地說：「只能騎一會兒。不然等下妳娘回來看到了，連帶著爹爹也得挨訓。」

窈窈乖巧地點點頭，軟糯糯地說：「窈窈知道！」

沈時恩把窈窈抱到雪團兒寬闊的背上，她伸出兩隻小手，攥著雪團兒後頸的長毛，咯咯笑個不停。

沈時恩不由跟著她一道笑，後來窈窈在屋裡騎了一會兒還不夠，指著外頭，說要出去。沈時恩又陪著她在院子裡玩，沒注意時辰，被從外頭回來的姜桃抓個正著。

沈時恩立刻把窈窈從雪團兒背上抱下來，窈窈攬著她爹的脖子，把小臉埋在他肩頭上，顯然知道自己頑皮過頭了，怕她娘要說她。

正好蕭玨過來了，姜楊也從翰林院回來，姜桃知道閨女是全家的寶貝，眼下要是說她，不知他們要冒出多少相幫的話，便沒多說，只喊沈時恩進內室更衣。

沈時恩自覺理虧，兩人早就說好，教養閨女的事要統一口徑，不能只讓姜桃這當娘的唱黑臉。

所以，姜桃不怎麼高興地念叨時，沈時恩半個字也沒有反駁。

「今天騎雪團兒，自然是小事，可往後窈窈大了，提的要求自然不同。若是一味順著她，往後她提出要天上的月亮，難不成真架個梯子去幫她摘？還有，你看到她玩的九連環和魯班鎖沒有？」

沈時恩回憶了下，閨女雖然每天都在玩這種小玩具，但今天玩的好像不是家裡的，而是玉製的。

姜桃接著解釋道：「那幾個小玩具，是小南昨天讓人尋來的，都是出自同一塊玉料。今兒我還問他，那麼上好的整塊玉料，即便是咱們這樣的人家，也不是輕易能得到的，他去哪裡尋來呢？他顧左右而言他，只笑著說窈窈喜歡就好，玉料再難得，也抵不過她歡喜。

「我剛從外頭回來時，遇到姨母，問了才知道，那是她嫁妝裡的好東西，自己沒捨得動，等著給小南將來娶媳婦，送給兒媳婦。

「前幾天小南非磨著她要，說有大用處。姨母還當是他終於開竅，有了屬意的姑娘，高高興興地給他。哪裡知道，是給咱家閨女做了整套玩具。」

想到曹氏歡喜得以為就要有兒媳婦的樣子，姜桃一陣臉紅。

「你們都縱著她，就不怕她往後天不怕、地不怕地闖出大禍來？」

這話不是姜桃第一次說了，跟家裡其他人提過，當時蕭玨還道：「窈窈這般乖巧，能闖出什麼禍來？就算她真的淘氣惹事，我幫她兜著就是。」

蕭玨是皇帝，自然有說這個話的底氣。

但姜桃聽了，反而更加操心。被一般家庭嬌縱著長大的孩子，都能被養廢了，他們這樣的家庭本就是烈火烹油，加上還有皇帝一味地縱容……保不齊真要和那些亂嚼舌頭的言官說的一樣，長出個小魔星！

沈時恩當然知道自家媳婦是為了閨女好，立刻認真反省，保證再也不縱著她了。

然而，他們夫妻剛出內室，就聽到窈窈比方才還快活的笑聲，嘴裡依舊喊著駕駕。

沈時恩以為是蕭世南他們禁不住她磨，又把雪團兒喚到屋裡給她騎，連忙對姜桃道：「這可跟我沒關係！」

姜桃也看清了，屋裡並沒有雪團兒那龐大雪白的身影，再定睛一瞧，窈窈正騎在一個人身上。

她騎的不是別人，正是蕭玨！

這日，蕭玨沒換常服，穿的還是明黃色龍袍，堂堂一國之君正樂呵呵地趴在地上讓窈窈騎著，這還不夠，旁邊還站著迫不及待的蕭世南和姜楊。

兩人並排站在一起，蕭世南最是焦急，嘴裡止不住念叨。「輪到我沒有，輪到我沒有？」

顯然這兩個都是在等著被窈窈騎的大馬，還有個年紀小、身量小，不能被當大馬的姜霖，站在一旁看著蕭玨，羨慕極了！

姜桃無奈扶額，忽然覺得沒必要因為閨女騎雪團兒而說她，畢竟她連皇帝都敢騎，騎雪團兒算得了什麼?!

沈時恩則覺得，自己寵女無度的毛病還可以搶救一下，畢竟他也不是最過分的那個嘛！

看到姜桃和沈時恩出來後，神色都很不對勁，窈窈立刻止住了笑，小臉上滿是忐忑。

不等姜桃發問，窈窈便急急開口道：「窈窈沒有騎雪團兒！」

姜桃確實只和她說過，她現在還小，不能和雪團兒太親近，沒說過不能和家裡人玩騎大馬的遊戲。

可她騎別人也就算了，偏偏騎的是穿著龍袍的蕭玨。

蕭玨的身分本就是難以忽視的存在，唯有當時還年幼的姜霖鬧過一回小風波，但他被王德勝喝斥過了，長了記性，面對蕭玨時，很有分寸。

「舅母不必這般嚴肅。」蕭玨讓蕭世南把窈窈從他身上抱下來，而後起身解釋道：「我只是陪窈窈玩而已。舅母說過，只有咱們自家人的時候，不講究外頭的身分。在家裡，我只是窈窈的表哥。」

話是姜桃說的不假，但事情不對！

蕭玨穿著龍袍時，姜桃會敬著他的身分，她也是一直這麼教導家裡其他幾個小子。

姜桃不怕別的，就怕窈窈分不清家裡家外，外頭那些人可不會顧念她年紀小，參她一個藐視皇權都是小的。這時代對女子本就嚴苛，真要攤上那名聲，姜桃得心疼死。

但蕭玨對窈窈也是一片愛護之心，不然不會甘願讓她當馬騎，而且他正是年輕氣盛的時候，若姜桃說出自己的擔憂，他肯定要說那些言官算什麼？他才是一國之君。

所以，姜桃先按下不表，只問他們怎麼玩起這個遊戲了？

姜楊解釋道：「方才姊姊回來後，窈窈嚇壞了，要哭不哭的。小南哥為了逗她高興，說雪團兒有啥好騎，要騎就騎真人嘛，還比雪團兒靈活呢。」

蕭世南跟著老實招認。「確實是我提出來的，但是我的意思是，讓窈窈騎我或阿楊。但小玨正好抱著窈窈哄，見她終於高興，就搶著當第一個了。」

蕭世南說著話，臉上也是一副忐忑的模樣，顯然他也知道不妥，不然方才不會催著窈窈來騎他。

姜桃點頭說知道了，沒再糾結這件事，但心裡覺得，這樣下去不是辦法了。

第一百零四章

這年春末，姜老太爺和孫氏上京了。

姜楊高中之後，寫了信報喜，姜桃也派人去請二老動身。

不過姜老太爺和孫氏儉省慣了，雖然知道孫子孫女發達了，也沒扔下老家的產業，說先妥善安置那些田地房產再動身。

而後，冬天時，姜老太爺生了一場病，求醫問藥，休養一段時日，到此時才上京城來。

沈家夠大，但姜家二老不願住到外嫁的孫女家裡，動身前特地來信，讓姜楊幫著租間小宅子。

二老心想，姜楊待在翰林院裡，俗話說窮翰林窮翰林，翰林院的俸祿並不算高，京城寸土寸金，買一間宅子對他來說，還是有些負擔的。

不過，他們沒想到的是，姜楊一直住在沈家，吃穿用度不需花銷，加上翰林俸祿雖低，但日常有進宮講學的機會，可以得到額外的賞賜。

蕭玨是個勤奮的帝王，每個月都要從翰林院點人進來講學。

衛琅是新科狀元，自是第一人選，但面對蕭玨時，卻有些拘謹。

而且，蕭玨不是很喜歡衛家的家風。衛老太爺確實是毋庸置疑的天縱奇才，自己學得好還不算，連帶著把孫子也教養得極為出色。但衛老太爺聰明過頭，對皇帝而言，臣子是幫著解決問題的人，太聰明可不是好事。

因此，蕭玨後來起用和衛老太爺風格很不一樣的衛常謙，沒去找身子骨還很硬朗的衛老太爺。

衛老太爺幾次託兒子、孫子幫著傳話，說自己還想為朝廷出一分力。

蕭玨年少氣盛，直接頂回去，說衛老太爺之前稱病，眼下雖然好了，但年事已高，沒得讓他這把年紀還為國家大事費神，在家頤養天年吧。

衛老太爺稱病，是為了避開朝堂動亂，如今蕭玨直接用這事兒當藉口，他再聰明也無濟於事，而且新朝新氣象，從前的人脈大半用不上了，只好作罷。

衛琅肖似其祖父，不僅才學，品性也是。

他為蕭玨講學時，蕭玨偶爾也會拿時事問他，他給出的永遠是最平和、最折中的辦法，力求兩頭不得罪，獨善其身。

這和年少登基、正準備大刀闊斧幹一番事業的蕭玨想法相左，後來不用蕭玨自己說，下頭的人就不再推衛琅上來了。

於是，進宮最多的，成了榜眼姜楊。

他和蕭玨自然比旁人處得融洽，而且他看著寡言少語，很是持重，但論起政事，卻不會故步自封、墨守成規，很多時候連蕭玨都拿不定主意的事，他敢大膽鼓勵蕭玨試一試，不嘗試的話，世間一半的事都成不了；若嘗試一番，還有機會。

當然，他也會給出嘗試失敗後的最差結果，讓蕭玨自己衡量。

兩人志趣相投，不過幾年工夫，就辦成好幾件實事。自然也有辦壞的，不過因為知道最差局面，所以也沒造成不可挽回的損失。

因此，蕭玨給了姜楊好幾回賞賜，一次也不多，就幾十兩銀子，不至於讓人眼紅。

姜楊也不是愛花錢的人，當了兩年翰林，便攢出近千兩的身家，便另外買了一座小宅子，距離沈家兩條街的路程，地段和布局很是不錯，正好讓姜老太爺和孫氏過來住。

姜老太爺和孫氏來的那天，姜楊和姜桃親自去接。

幾年不見，二老還是精神矍鑠。去年姜老太爺病了一場，人清瘦不少，但如今已經恢復元氣。

二老早在書信裡得知姜桃生了閨女，雖然重外孫女在他們看來並不怎麼金貴，但到底是沈家的孩子，又顧念著姜桃這些年把姜楊照顧得極好，便替窈窈準備厚重的見面禮——一只金項圈。

姜桃向二老道了謝，然後把金項圈套在窈窈的脖子上。

窈窈本來是想出來玩的，但姜桃只帶著她坐在馬車裡，等接到人，就讓姜老太爺和孫氏進馬車說話，便讓車夫往回走了。

小丫頭沒能下車玩，本來就蔫蔫的，又是頭一回見到姜老太爺與孫氏，收到的禮物也不是特別新奇，雖跟著喊人，也道了謝，卻沒表現出多高興的樣子。

姜老太爺和孫氏也知道這禮對沈家來說不算什麼，見窈窈沒有特別歡喜，有些失望，但也沒說什麼。

後來孫氏看窈窈長得討喜，逗她說話。

窈窈聽她說鄉下的事情，覺得新奇極了，便打起了精神。

回程的幾刻鐘裡，窈窈一口一個外曾祖母，把孫氏哄得笑開了花。

姜老太爺一直在和姜楊說話，見她們一老一少相處得好，臉上也多了幾分笑。

沒多久，馬車把他們送到姜楊置辦的宅子裡，窈窈總算有了下車的機會，讓姜楊抱著她到處瞧瞧看看，咯咯笑個不停。

後來，窈窈出了汗，便隨手把金項圈摘了，讓姜桃拿帕子幫她擦脖子上的汗。

回去時，姜桃問起金項圈，窈窈才把隨手放在一邊的金項圈指給她瞧。後來她嫌金項圈重，不肯戴了，就拿在手裡把玩。

姜桃要說她，又被姜楊攔著，說窈窈難得出來高興，而且這樣的東西在家裡確實是平常之物，窈窈不喜歡也很正常，沒必要逼著一歲多的孩子裝出喜歡的樣子來。

姜桃到嘴的話，被堵了回去。

方才察覺她娘不對勁，而有些緊張的窈窈，在聽了她舅舅的話後，也跟著笑了起來。

就在姜桃被一連串的小事惹毛，決定要好好治治家人們對窈窈寵愛無度的毛病時，機會很快就來了。

那天，蕭玨和姜楊前後腳回來，姜桃發現，他們兩個之間氣氛有些不對勁。

姜楊和蕭玨雖是後來才認識的，但姜楊入朝為官後，兩人走得近，處得十分融洽。

前些日子，蕭玨聽說姜楊要動用這兩年攢下的身家置辦宅子，說他一個清貧翰林攢些銀子傍身不容易，乾脆賞他一座，就完事了。

姜楊沒收，但到底也是蕭玨對他的一份心意。

前兩天還好好的，今天兩人碰上了，卻是一個多餘的眼神也不給對方。

窈窈坐在他們中間，平時這兩人會你一言、我一語地逗她，今天卻只自顧自說自己的，就是不接對方的話。

同時和兩個人聊兩件事，讓小丫頭忙壞了，最後實在應付不過來，只能苦著臉看向她娘求救。

沒多久，沈時恩也回來了，姜桃就找個機會把姜楊喊到一邊去，兩人分別詢問他們發生了什麼事。

其實，事情也不複雜，就是之前兩人辦成了幾件事，蕭玨意氣風發，準備再接再厲，想著手土地改革。

本朝開國至今，兼併土地的情況日益嚴重。王公貴族、勛貴權宦利用特權，以投獻、奪買等手段，霸占土地，又巧立名目不繳稅，大大影響朝廷的進項，還讓靠種田謀生的普通百姓苦不堪言。

蕭玨的本意是好的，還田於民，對民眾對朝廷都是好事。

但素來支持他改革的姜楊卻轉了口風，再三勸他不能操之過急，且再等等，從長計議。兩人爭論不休，姜楊嘴毒的一面也展現出來了，涼涼幾句話，像兜頭一瓢冷水似的，澆熄了蕭玨的滿腔熱情。

蕭玨和沈時恩說起這事時，又氣憤、又委屈，像小孩告狀似的道：「我生於皇室，卻也知道百姓之苦。姜楊自己還是農家子呢，農家人的辛苦，他會不知道？還地於民，難道不是好事？我也沒說一朝一夕就促成這件事，現在慢慢著手去做，總有成功的一天。他卻非說不能急，莫不是現在當了官，就忘了自己的根！」

姜楊也氣壞了，同姜桃道：「我能忘了自己的根？別的不敢說，新進為官這批人裡，再沒比我更想為農家百姓做事的。可改革牽涉的人實在太多，上到王公貴族，下到鄉紳富賈，中間還有不少高門世家。萬一這群人聯手，別說改革難以推進，更可能生出別的動亂。」

兩人立意都是好的，壞就壞在同是年輕氣盛的年紀，爭論時，不覺都說了狠話。

蕭玨說姜楊忘了自己的根，姜楊反口就道，要是一味想聽順著自己的話，不如去喚衛琅來。反正衛琅不會得罪人，肯定會順著蕭玨的話說。

且不論到底誰的看法更正確，沈時恩和姜桃只想先解決兩人鬧的彆扭，便想出了一個好辦法來……

隔天，姜桃把姜老太爺和孫氏請來。說到農耕的事，問和土地打了一輩子交道的二老最合適不過，也算是聽聽人民的心聲。

怕二老有所忌憚或者偏心，蕭玨和姜楊都躲在屏風後頭沒有現身，只有姜桃抱著窈窈和他們閒話家常。

前一天，二老還挺高興的，可不過一夜工夫，姜桃就發現，他們的態度變了。

姜老太爺本就是話不多的大家長，現在更是拉著臉，一聲不吭。

之前孫氏同窈窈分別時，還很捨不得這小丫頭，今天窈窈甜甜地喚她外曾祖母，她卻只是神色淡淡地點點頭。

姜桃覺得奇怪，但因為這次有正經事要問，遂先按下心中的疑慮，閒話似的問起家裡的田地。

姜老太爺態度冷淡，倒也認真地和她說了家裡的情況。

姜家分家時，大約有三十來畝田地，聽著數量多，但其中良田很少，大多是自己開墾的荒田。後來大房瘋魔了，把分給他們家的田地全賣掉，姜老太爺心疼裡頭的幾畝良田，想用銀子買都買不回來。

幸虧後來姜楊有了出息，他們不用再在地裡耕作，上京前，把名下和三房名下的荒田全賣了。

姜桃便問：「爺爺奶奶是進京享福，為何不把家裡的田地全變賣了？」

孫氏回答道：「這妳就不知道了，那些良田，哪裡是普通百姓能隨便買到的？是當年妳爹中了秀才，算是有些名望，才另外添置，是好不容易得來的。往後既是不缺銀錢嚼用，那麼難得的東西，自然是存著，以後有個萬一，也是子孫後代安身立命的根本。而且，剩下的良田掛在阿楊名下，免了賦稅，留著終歸不是壞事。」

接著，孫氏講起當年為了購置那幾畝良田，家裡人是如何辛苦奔走的。

姜桃認真聽完，又問：「如果有人想著把田地還給百姓呢？到時候只要有銀錢，就能簡單買到田地，豈不是家家戶戶都能過上好日子了？」

「這自然是好事！」孫氏正要說話，姜老太爺卻出聲打斷她。「是好事，但也有些異想天開。」

「可是俗話不是說，事在人為嗎？」

姜老太爺抿了口桌上的茶，慢悠悠道：「過去妳爹娘嬌養著妳，外頭的事，妳都不知道……」便說起鄉間因為田地鬧過的糾紛。

有人急著用錢，便宜幾成賣田地，被鄰居知道，生怕自家的田地跌了價錢，遂買了成斤的耗子藥，全灑到那家人的田裡。還有鄉紳富戶想吞併旁人的田地，就使計去害這家人，害得他們家破人亡，自然就肯把田地雙手奉上。

最後，姜老太爺道：「鄉野之間，為了幾畝田地都能鬥到這種地步，妳說那些坐擁良田百頃的大地主、大富戶，要是狠起來，怕不是我等小民能承受的。」

「但想改變這些的人，那肯定也不是普通人嘛。」

姜老太爺笑了笑。「若是高祖在世，尚可一試。」

高祖皇帝對沈家和蘇家下的毒手，簡直不是人，可他身為皇帝，確實是以雷霆手段辦過不少實事，本朝開國後，百廢待興的局面，是被他一人之力扭轉的。

而且，高祖為人狠厲，對父母兄弟都不念親情，若由他來推行，敢帶頭反對的，有一個算一個，有一家算一家，他殺起來絕不手軟。

換成蕭玨，他確實沒有那個魄力，也不願踏著屍骨和鮮血，來完成自己的目的。在他看來，改變這些，是想給普通百姓更好的生活。但其他階層的人，同樣是他的子民，他想要的還是雙贏。

姜桃和二老聊了一下午，後來順勢留他們用晚飯。

照理說，姜老太爺和孫氏歇過一晚，此時替他們接風洗塵是最好的。而且，前一天他們還沒見到姜霖，姜霖馬上要從衛家回來，正好見一見。

可二老卻說不用，推說精力不濟，直接走了。

等他們走後，蕭玨和姜楊才從屏風後頭出來。

蕭玨並不想在沈家假裝什麼，挫敗之情全寫在臉上，嘆息道：「我確實不如皇祖父。」

姜桃立刻道：「這沒有什麼好比的。」

高祖是厲害，但他連人性都沒了，在位期間是順我者昌，逆我者亡。於大局，他是個好皇帝。但對於那些給他鋪路、被他犧牲掉的人來說，又是何其殘忍？

客觀來說，蕭玨已經很好了。他的勤勉自不必說，難能可貴的是，他既繼承先帝溫和守成的作派，也不乏追求改革創新的手段和魄力，只是因為想做的事太多，又有些急躁，一時失了方向而已。

「我不懂政事，只想著，天底下尋不出兩片一樣的樹葉，自然也尋不出兩個一樣的人，沒必要跟別人比。

「人們總說家國天下，就以咱們家舉例，每個人的性格和能力都不盡相同。你舅舅擅長練兵，我擅長針線，阿楊擅長讀書，大家朝著自己擅長的方向努力，不必非用自己的短處和別人的長處相比。你舅舅性子大開大合，猶如強弓，我性情比他軟些，拉扯住他，兩人配合著，才能把日子越過越好。」

之前沈時恩因沈家被誣陷謀反而滅門的案子耿耿於懷，若是沒有姜桃，緊繃到極致的弓弦，怕是在知道真相後，已然斷裂，傷人傷己。

姜桃頓了頓，又道：「高祖皇帝厲害，但鋒芒畢露，也不是好事。守業更比創業難。」

其實，姜桃想說的是，當年高祖皇帝手上不知道沾染了多少鮮血，沈家和蘇家不過是滄海一粟。幸虧後來即位的先帝是個溫和派，才把局勢穩住。不然，那樣殺下去，朝中無人可用先不說，說不定也像前朝似的，被人揭竿而起，討伐暴政。

蕭玨是高祖的親孫子，姜桃沒有直說，但蕭玨性子機敏，明白了她的意思。他認真地對姜桃作了個揖。「多謝舅母今日這番安排和開解。」

傍晚，蕭玨留下來用飯，問姜桃。「今日看姜家二老對舅母和窈窈的態度似乎有些奇怪，是我多心，還是他們過去對舅母就不好？」

姜老太爺和孫氏對姜桃自然算不上好，在他們心裡，姜桃這孫女的地位不說比姜楊，怕是連姜柏都不如。但昨天明明還很正常的，不至於過了一夜，態度就驟變吧？

姜楊聽了，派人把小宅子裡的下人喊過來。

小宅子的人是姜楊安排過去的，是一個看門的老漢和一個灑掃的婦人。

來回話的是灑掃婦人，大約五十來歲，人看著有些木訥，其實還算精明，不等姜楊發問，就直接稟報了。

「主子就是不來問，老奴也要來報。昨天夫人把二老送到宅子裡，當時他們還高高興興的，入夜時，卻來了個青年，說是來投靠的。守門的老僕自然不放人進去，但後來老太太出來說，確實是他們的人。老奴還是不放心，就在外頭偷偷聽了。

「那青年進來後，就問二老白天的情況，老太太說完，他就說了好多小姐和夫人的壞話，說什麼『金銀貴重，都是爺爺奶奶儉省出來的家當，沈家丫頭那般不在意，豈不是不把爺爺奶奶放在眼裡？』

「後來，老太太還說：『阿楊都道窈窈打小是被疼愛長大的，家裡不缺那些。而且窈窈才一歲多，不懂事也很正常。』那青年又接著道：『孩子不懂事，那阿桃也不懂事？分明是故意打爺爺奶奶的臉。爺爺奶奶可得小心，阿楊本就和他姊姊親近，如今把爺爺奶奶安置在外面，自己卻和沈家人一道住，看著是眼裡容不下別人了。』」

僕婦繪聲繪色地一轉述，姜桃他們明白過來，原來是有人在中間挑撥離間！而且這人也清楚姜家二老的軟肋，居然拿著姜楊來說。

姜老太爺和孫氏被他攛掇半宿，今天才待姜桃和窈窈如此冷淡。

姜桃對二老本就沒什麼感情，聽完也只是點頭說知道了，並沒有生氣。

姜楊卻是氣得不輕，鐵青著臉讓僕婦下去，拳頭都攥緊了。

蕭玨沒見過其他姜家人，聽著還覺得匪夷所思，分明是親孫女和重外孫女，卻讓人挑撥兩句就甩臉了？何至於呢？

蕭世南便乘機告訴他姜桃早些年的際遇。

姜桃則拍拍姜楊的手背，說：「沒什麼好氣的。我大概猜到那人是誰了，你應該也猜出來了吧？」

姜楊咬牙點頭。「是姜柏！」說著便起身，準備回小宅找姜柏理論，把這攪家精趕走。

姜桃卻攔著他，說是不用，還讓人第二天把姜柏請來。

因她辦事素來有分寸，眾人心裡詫異，卻沒阻止她，只等著瞧她如何行事。

第一百零五章

第二天一早，姜柏忐忑地上了門。

他知道姜桃姊弟不喜歡他，雖然說動二老帶他上京，卻不敢在人前露臉，只敢在天黑後摸進宅子。等他住下了，姜桃他們自然不好攆他，不然姜楊清貴翰林的聲譽，可要受損了。

但他沒想到，姜桃這麼快就知道了，還讓人上門請他。

不過，情況比他預料的好，姜桃沒有為難他，而是客客氣氣招呼了他，又寒暄一番，問他這幾年過得如何，彷彿把過去的不悅都忘了一般。

姜柏見她這般，底氣頓時足了。

「去年，我已經考中秀才，但鄉下地方，妳也知道，考個秀才已經頂天，想更進一步，十分困難，所以我就和爺爺奶奶一道上京。聽說秦家的秦子玉被阿楊督促著上進了，我資質不比他差，稍加努力，自然不會輸。一筆寫不出兩個姜字，等我也入了朝，和阿楊兄弟齊心，互相幫扶。這樣妳也多個娘家的靠山，對咱們來說，都是好事！」

姜柏知道姜桃不是那種大度到能不計較前塵往事的人，在他看來，姜桃這麼一反常態，不趕他走不說，還把他奉為上賓，肯定有求於他。

沈家是高門大戶，姜桃到底還是個農家女，娘家得力的人，姜霖還小，只有姜楊這麼個弟弟了。

姜柏一邊說、一邊打量姜桃的臉色，見她依舊笑吟吟，便越說越起勁，還擺起堂兄和伯父的譜來，批評起窈窈的教養。

聽他說了一頓大話，姜桃就讓人把他送走了。

不久後，沈時恩他們從屏風後頭出來。

幾人的臉色都是一言難盡，惱怒姜柏之餘，更多是被他蠢到的。

怎麼會有那麼蠢的人？還覺得姜桃要靠他？光看他們對窈窈的疼愛，就知道姜桃在家裡的地位啊！

而且，他不過是個小小秀才，還看不上秦子玉，秦子玉好歹是個舉人呢！入朝為官，幫扶姜楊？這人不光是蠢，臉比銅盆……不，比磨盤還大！

昨晚蕭玨聽聞大房的事，今天聽了姜柏說話，才想起來，這不是在縣城裡遇到的那個蠢驢？拉著外人說自家堂妹的壞話，還挨了他和蕭世南一頓打？

沒想到，那頓打沒讓他長記性，過了幾年，還變本加厲地抖起來了。

「你家怎麼能養得出這樣的人呢？」蕭玨很錯愕，在他看來，姜桃、姜楊甚至姜霖都是聰明人，怎麼也沒想到，隔房會出這麼一個絕世蠢驢！

姜楊也很尷尬，看向姜桃。「姊姊特地讓他過來，又讓我們在後頭聽著，是為了……」

姜桃讓人把姜柏喝過的茶盞拿出去丟了，說：「都說你聰明，能不明白我的意思？」

半晌後，姜楊點頭說知道了。

其他人還不明所以，姜桃就道：「姜柏的資質雖然不比阿楊，連子玉都比不上，但也是聰明的好苗子，為什麼越長大就越平庸，還蠢到令人發笑的地步？還不是他爹娘縱著他，捧著他，把他捧得連自己姓什麼都忘了！那點小聰明，也因為輕狂的性子，用到了歪處。早些年，給阿楊下藥、在外頭敗壞我們的名聲，那些不要臉的招數都使出來了。

「之前我們住在縣城時，他三番兩次不得逞，算是認清了狀況，有所收斂。我猜著，這幾年我們不在，旁人聽說我們身分變了，他又考中秀才，有人去捧他，就變成這樣了。」

姜桃說著話，看向沈時恩懷裡的窈窈，警醒他們的意思不言而喻。

這些話，姜桃早就想說了，但效果肯定不如讓他們見到活生生的例子，再來說的好。

果然，她說完後，沈時恩他們看向窈窈的目光，變得複雜起來。

他們可以護著窈窈一輩子，但萬一眼前這麼天真可愛的窈窈變成那副不知天高地厚的蠢驢樣……絕對不可以！

確定沈時恩他們不會再干涉自己教女了，姜桃才讓姜楊去找姜家二老。

姜老太爺和孫氏暗地把姜柏帶上京城，還被姜柏挑撥，那是因為之前姜楊不在他們身邊，姜柏挑撥的話，又正好戳中他們軟肋的關係。

現在，軟肋本人親自去找他們，二老的態度自然就轉變了。

姜楊說話十分有技巧，沒有責怪怨懟，而是言詞懇切地道：「我知道爺爺奶奶帶著大堂兄來，是一片好心，想著他是秀才，若能接著考科舉，往後入了仕途，可以幫扶我。但分家前，大堂兄他……爺爺奶奶說我小心眼也好，說我容不下人也好，我實在不想和大堂兄待在一處。」

他肅著臉，抿著唇，回憶起極其不悅的往事，痛苦地閉上了眼。

姜老太爺和孫氏被他這麼一說，自然而然想起當年姜柏意圖給姜楊下藥的事。

當時姜柏沒得手，那是姜楊運氣好，要是讓他得手，姜楊或許不能好好站在這裡了。

姜老太爺與孫氏對視一眼，有些後悔耳根子太軟，聽了姜柏的話，帶他上京城，讓姜楊回憶起痛苦的往事。

不過，去年姜老太爺生病時，是姜柏鞍前馬後地伺候，表現出一副痛定思痛、洗心革面的模樣，所以，孫氏有些猶豫。

「往常是柏哥兒做得不對，不過他如今已經改了。到底是一家子的同姓兄弟，有他幫著你，往後……」

姜楊連忙擺手。「奶奶別說以後了。大堂兄不過來京城一日，就給我惹是生非，我還能指望他以後？」

姜老太爺和孫氏知道姜柏出門去了沈家一趟，但不知道發生何事，看姜柏回來後挺高興的，就沒細問，便問發生了何事？

姜楊道：「姊姊是好意，才邀請他上門小敘，剛開始還好好的，後來大堂兄不知怎的，就說起窈窈來。爺爺奶奶也知道，咱們姓姜，若大堂兄說我和姊姊也沒什麼，但窈窈姓沈，他在沈家說人家唯一的嫡出姑娘，當天晚上下人稟報，姊夫和小南他們就不太高興。後來，連皇上都知道了。

「他們看在姊姊的面子上，沒說什麼，但心裡到底是不舒坦的。這還只是大堂兄第一次上門呢，要是多來幾次，唉……」

這話說得姜老太爺坐不住了，吶吶地問：「皇上知道了？」

在普通百姓眼裡，皇帝可是雲端上的人物，一句話就能定奪一家子的生死。

他們在鄉下時，不清楚京城的情況，最擔心的就是姜楊在御前行走時，惹皇帝發怒，像戲文裡那樣，直接落個身首異處的下場。

來京城之後，姜楊和他們簡單說了京中的情況，還說買宅子的錢絕大部分來自宮裡的賞賜。二老知道他簡在帝心，甚是得寵，這才放心一些。

如今聽聞姜柏一番話，就惹惱了皇帝，可不是讓二老坐不住了？

姜楊也不算說謊，蕭玨確實惱了姜柏，不過以蕭玨和他們的關係，自然不會遷怒到他們身上。

但二老可不會那樣想，只覺得姜柏已然闖下彌天大禍。

不用姜楊再多說，姜老太爺和孫氏立刻把姜柏喊來，讓他趕緊收拾包袱，回縣城去。

自從沈家回來後，姜柏就樂著呢，自覺拿捏住姜桃，等著沈家幫他鋪路了。

沒想到剛樂了不到十二個時辰，姜家二老變了口風，讓他回鄉下去。

姜柏怒瞪站在二老旁邊的姜楊一眼，猜到這事和姜楊脫不開干係，但他如今也精明了幾分，知道在二老面前和姜楊對上討不了好，便裝出難受的模樣，膝蓋一軟，對著姜楊跪下。

「愚兄知道過去對你多有得罪，這兩年已然悔悟，往後定痛改前非，幫扶你和阿桃。」這模樣裝得還挺真誠，而且他做兄長的都向姜楊跪了，若姜楊還是不肯原諒他，姜柏有的是話編派他。

姜楊不蠢，立刻把他扶起來，臉上流露出掙扎猶豫的神情。

正當姜柏覺得自己的計謀得逞時，姜老太爺開口了，言簡意賅地問姜柏，去沈家的時候，是不是說窈窈了？

有姜楊在場，姜柏不敢說謊，理直氣壯地說，窈窈驕縱了些，現在年紀小倒是沒事，但往後大了，可不能這樣，讓姜桃對女兒多加約束。

他話音剛落，姜老太爺便擺手，說就是這些話惹了皇帝不悅，趁著現在宮裡沒人來捉拿，快回鄉下去吧！

姜柏瞪大雙眼，心頭狂跳，不敢置信地看著姜楊。

他是沈窈窈的堂舅，不過隨口說她兩句，何至於此？

可他也了解姜楊的性子，多智狡詐，卻不至於膽大妄為到敢利用皇帝，難道真是他說的話傳到皇帝耳朵裡？

姜柏一心想往高處爬，比姜家二老還清楚想走仕途的讀書人被皇帝不喜的下場。

孫氏看他面色慘白，心有不忍，同他道：「其實就是一、兩句話，戲文裡都說皇帝日理萬機，想來過一段時日便忘了。反正你也要先考舉人，等考過舉人，這件事也就過去了。」

姜柏昏昏沈沈地被孫氏拉著去收拾行李，因為他初到京城，帶來的東西大多還沒拆。

一刻鐘後，姜柏已經提著包袱，站到了門外。

姜楊讓二老歇著，他去送姜柏就成。

等二老一走，姜楊的神情瞬間陰冷下來。

姜柏心裡本就忐忑，見姜楊突然變臉，心裡更是一沈。

「爺爺奶奶不在，你不用再裝，老實告訴我，皇上是不是真的惱了我？」

姜楊慢條斯理地整理自己的衣袖，道：「連奶奶都知道皇上日理萬機，你說窈窈，的確是讓他不高興了，但皇上沒那個閒工夫同你計較。」

姜柏這才鬆了口氣，卻看姜楊忽然對他微微一笑，而後道：「這是小事，但當初堂兄跟皇上動手，皇上是肯定忘不了你的。」

在縣城時，姜柏和蕭世南打起來，後頭蕭玨也加入其中。但那件事最後被縣官夫人黃氏認定為小孩子打鬧，便沒鬧大。

隔天，姜桃他們動身離開縣城，沒跟姜家二老仔細說過這件事。

那次姜柏使壞不成，還被打成豬頭，自然更不會提起，甚至把這件事忘了。

姜楊怕嚇壞二老才沒提，對著姜柏，他可沒有那分不忍，說完還冷笑一下。

「先皇都沒動過皇上一根手指，也就大堂兄有這本事了。」說完，逕自走了。

姜柏猶不死心，提著包袱去了茶樓，打聽幾年前沈時恩回京時的事。

沈時恩把沈家的兵權上交朝廷後，威名更勝從前，幾年前蕭玨親自去把他接回來的事，成了百姓口中的一樁美談。

姜柏沒怎麼費功夫就打聽清楚了，這才知道，幾年前和他在茶壺巷附近廝打的陌生少年，就是當今皇帝！

幾個時辰前還意氣風發、覺得未來一片光明的姜柏，手腳冰涼，如墜冰窖，渾渾噩噩地踏上回縣城的路。

隔年鄉試，已然崩壞的姜柏不出意外地落榜了。

至此，姜桃和姜楊他們再也沒見過他。

後來，姜老太爺偶然間提了一句，說姜柏鄉試落榜後，心性大變，意志消沈，染上酗酒的惡習，別說接著科考，就是當個普通的教書先生，都成問題。

姜老太爺說完，一陣唏噓，之前還想著他能幫扶姜楊，才不計前嫌地帶他上京，沒承想他先說錯話惹怒皇帝，後來還一蹶不振。早知道當初就不把他帶來了，沒得給姜楊添堵。

姜楊聽了姜老太爺的話，也不怪他，只道：「爺爺也是一番好心，只是沒想到大堂兄那般不得用而已。」

這時，姜楊在翰林院蟄伏兩年後，進了通政司，雖然是通政使的副手，但也是正四品的京官了。

二老高興至極，兩人本就把姜楊看得像命根子似的，如今更是對他言聽計從。

姜柏的事，給姜老太爺提了個醒，絕對不能再讓人來拖累前程似錦的姜楊！

後來，二房還想把姜傑送上京城，其他什麼堂親、表親的，都趕著遞消息套交情，姜老太爺都以大家長的身分拒絕了，著實替姜楊省去不少麻煩。

這個時候，姜家二老開始著急姜楊的親事了。

他們在京城沒有人脈，又怕那些主動上門打交道的人家非良善之輩，因此就把說親的任務交給姜桃。

沈家這邊，自從沈時恩他們見過姜柏後，窈窈的好日子終於到了頭。

起初，她還不清楚，和從前一樣耍賴撒嬌，然後就發現，撒嬌好像不管用了。

她爹和舅舅、表哥雖然在她撒嬌耍賴時，露出不忍心的表情，卻不是每回都順著她了。

姜桃開始訓練她走路和說話，還有一些待人接物的規矩。

因為沒人再拖後腿，姜桃的訓練很快就出現了成果。

懶得走路？姜桃就和她耗著，不把每天安排的路程走完，那就甭想玩別的了。

姜桃的耐心奇佳，也不打罵窈窈，就這麼耗著。

窈窈和家裡其他人求助無果，耐心也不如她娘，只能開始自己走路。

後來，窈窈發現，走路雖然累，但她娘每天只讓她走兩刻鐘，而且好好練了之後，她娘還會笑著誇獎她，陪她一起去淨房洗澡，在洗澡桶裡放上能浮在水面上的小鴨子、小船，好玩得不得了。

相比起來，在學步車裡走一會兒，好像也不是什麼難以忍受的事了。

窈窈本來就聰明，學什麼都比同齡人快，又因為她年紀小，被養出來的驕縱，沒多久就被糾正過來。

把女兒被寵壞的性子糾正過來後，姜桃也去忙自己的事情，又開起了繡坊。

這時，姜桃從前在縣城創辦的小繡坊早發展起來，在州府赫赫有名。

每年黃氏到京城來看兒子時，都會樂呵呵地告訴姜桃，說繡坊辦得多好，然後送上姜桃應得的分成。

姜桃說過，繡坊的收入用來做善事就好，自是推辭不肯收。

黃氏執意要給，還勸她，繡坊的生意能這麼紅火，繡娘們踏實肯幹只是一方面，另一方面是沾了姜桃這國舅夫人的光。

之前，姜桃擔心十字繡的技藝會被其他繡坊模仿，後來大家知道這是國舅夫人所創的技藝，而且還是為了做好事、讓普通婦人有一份收入，才傳授給其他人，誰會為了那點利潤去和她對著幹？

所以，在黃氏的堅持下，姜桃只好收下那份銀錢。

她在沈家並沒有花銀錢的地方，於是又辦起了繡坊。

聽說是做好事，曹氏第一個就來送錢，怕姜桃不答應，還準備好全套說詞，說窈窈還小，姜桃脫不開手去管那些雜事，多個幫手，也多分力量。

後來，昭平長公主也知道了這件事，跟著幫忙。

她比姜桃還不缺錢，只是聽說能幫到人，來湊熱鬧而已。

姜桃怕消息再傳下去，不知道又會牽扯出誰來，到時拒絕的人多了，也傷和氣，便趕緊開張了。

有曹氏和昭平長公主在，這回開張比之前順利多了，繡娘、本錢、供貨等等，全不用姜桃操心，她只出招牌和技藝，繡坊便運轉起來。

後來，姜桃還託黃氏，回縣城問問，看王氏跟李氏她們想不想到京城來。

最終，沒了牽掛的李氏帶著女兒過來。

她在縣城繡坊已經很有資歷，為人可靠，只因姜桃一句話，便千里迢迢搬到京城。

姜桃提拔她一把，讓她當了京城繡坊的掌櫃之一。

這時代，繡坊這樣的地方，雖然女子多，但女掌櫃卻是鳳毛麟角，尤其還是國舅夫人和英國公夫人、長公主這樣的大人物開辦的繡坊掌櫃。

李氏當掌櫃引起了一陣熱議，但她並不以過去的經歷為恥，有人打聽，就把過去的事都說了。

不消幾日，京城百姓茶餘飯後談論的話題，多了一項——國舅夫人的繡坊不僅招收沒有刺繡功底的繡娘，還有個厲害的女掌櫃哩！

京城比縣城繁華數倍，但世間哪裡都不缺苦命人，尤其這個時代，女子地位遠不如男子，苦命的女子更是屢見不鮮。

有了百姓幫著口口相傳之後，繡坊很快招進一批繡娘。

新繡娘同樣是從十字繡開始練起，這些比較粗糙的繡品，在京城這樣富庶的地方，本是不好賣，但姜桃她們日常在家裡會用上這些東西，尤其是交遊廣泛的昭平長公主，也不嫌棄地用了。

花幾兩銀子便能和昭平長公主這樣身分的人用一樣的東西，想也知道，十字繡品再也不愁銷路。

後來，有膽大包天的人，在黑市兜售假貨。

可十字繡品價錢本就低廉，很多人跟風，也是為了沾姜桃她們的光，哪裡會為了幾錢銀子去買假貨？

再來，沈時恩連祖上握著幾代的兵權都上交朝廷了，經過快一年的整頓，沈家軍被打散後，重新整編，全國各地的軍防大大加強。從前只是沈家軍駐守的北邊邊疆安穩無虞，如今四面國界都和鐵桶似的。

沈家名聲正盛，這時候還為了一點蠅頭小利和國舅夫人對著幹，不消姜桃出手，百姓一人一口唾沫，都能把那些想賺黑心錢的商人噴死了。

第一百零六章

新繡坊邁入正軌的大半年後，開始有不錯的進項。

帳目是姜桃負責的，年底核對結束後，留出一部分作為本錢，剩下的分成三份，其他兩份連帶謄抄的帳冊，一道送給曹氏和昭平長公主。

結果這兩人都不肯要，說是她們沒做過買賣，但也知道買賣要花錢，這銀錢，她們不要，繼續投入繡坊的經營。

新繡坊的第一年，收入本就不多，她們每人分到的，只有一、二百兩銀子。

於是，姜桃沒因為這點銀錢和她們掰扯，更好笑的是，那謄抄的帳冊怎麼送去的，就是怎麼拿回來，連翻看的痕跡都沒有。

後來，蕭玨來沈家吃飯時，姜桃把這事告訴大家，無奈道：「姨母和長公主對我也太放心了，連帳冊都不看一眼。她們各自投了幾千兩，這數目對她們而言是不多，但總歸是一筆銀錢。若我存了壞心，做個假帳，再向她們索要更多本錢，她們怕是也不會懷疑。」

這話把蕭玨說得笑起來了。

「我聽說，英國公府的家業，英國公夫人懶得打理，全交給府裡的老人負責。我那姊姊更別說了，金尊玉貴地長大，哪裡為銀錢的事情操過心？更別說做買賣。是舅母這樣的人緣和人品，讓她們願意和您一道行善，也放心把繡坊交給您經營。」

蕭世南也跟著笑道：「就是，我娘素來不管家務。因為是嫂子的繡坊，而且聽說嫂子是為了幫人，旁人說這種話，或許是沽名釣譽之輩，嫂子自然不是。年前，我娘還和我炫耀呢，說繡坊幫了許多苦命婦人，連帶她這湊熱鬧的，都得了個好名聲。」

姜楊點頭。「我當值時，也聽說了一些。同僚裡有人問起此事，說是他家夫人也想加入，特地來探我的口風。」

他們你一言、我一語的把姜桃誇上天，姜桃笑著啐他們一聲，然後有了新的想法。

過去她身分低，能力小，所以能想出的幫人辦法，只是辦繡坊。現在身分不同，不該止步於此。

像曹氏和昭平長公主這樣想入夥的人不少，她們有錢、有鋪子，不用拘泥於繡坊，只要是給婦人活計，就是殊途同歸。

姜桃想明白之後，又和曹氏、昭平長公主商量，開始著手新事業。

好些高門大戶的女眷，不拘是真的想做點實事，還是想和她們拉關係、套交情的，紛紛加入其中。

短短半年，京城裡湧現招收女子的店鋪。

雖然此時拋頭露面對女子名聲還是不好，但前去應聘的，都是家境困難，飯都沒得吃了，誰還在乎世俗眼光？

漸漸地，脂粉鋪子、首飾鋪子、成衣鋪子的客人都發現，鋪子裡有了女夥計的好處，也開始習慣女子出去謀生，諸多適合女子的活計，也漸漸出現了。

後來，姜桃的繡坊越發做大，不只在京城出售繡品，還和蕭玨要了文書，搭上楚家的商船，銷到海外異國。

異國的人對中原的繡品本就寶貝，但繡品要價不菲，而且大多是絲綢那樣不易保存、容易受損的料子，自然越發昂貴。

但十字繡繡品用的十字格布厚實，運送時的本錢相對低廉，再加上本就只有普通繡品十分之一的售價，稍微富裕些的百姓負擔得起。

姜桃沒想到，海外市場開拓得那麼輕鬆，眼看自家繡坊裡的繡娘已經熟悉十字繡，還學會旁的繡法，便公開十字繡的技藝。

蕭玨幫她頒布詔令，想學的人可去姜家繡坊學，但十字繡品要跟著朝廷的船隊走，再繳納一部分運送和買賣的費用，並勻出其中兩成利潤給姜家繡坊。

十字繡本就容易上手，學會的人越來越多，自然是供大於求，需要賣到其他地方去，而繳納的費用和勻出的利潤，只占總利潤的三成，完全在可接受的範圍內，大家都能接受。

不過數年，京城一帶，乃至附近州府，女子的地位提高不少，手巧的可以做繡活養活自己，手笨些的，也可以去應聘其他差事。男人們受到激勵，生怕被自家媳婦、閨女比下去，但凡要臉面的，都不敢再懶散了。

在這一片欣欣向榮之景下，窈窈四歲了。

她的生辰宴，按著姜桃的意思，沒有大辦，只在沈家辦了場家宴。

家宴上的還是那些人，依舊熱熱鬧鬧。

但是姜桃看到這幾個小子，便是一陣頭疼。

蕭玨已經立了皇后，就是早先他屬意的太傅家姑娘。當年那姑娘不幸落水，昏迷數月之久才醒過來，又養了好些時候，方能下床。

那陣子，蕭玨忙完政事，被一眾大臣催婚催得煩不勝煩，聽說太傅家的姑娘已經好得差不多，便還是封她為后。

這故事傳到民間，都快變成當代愛情故事，什麼少年天子只鍾情一人，懸空后位近兩年，只為等她康復。

這種事發生在普通人家，都夠讓人稱道了，更別說是自古薄情的帝王家。以至於蕭玨封后那一年，不知道出現了多少以帝后為主角的話本。

姜桃不愛聽戲和看雜耍，平時主要的娛樂就是看話本，那些話本寫得實在太真實，她看了幾本之後，都有些相信了。

等到蕭玨忙完大婚，終於得空來沈家，姜桃還不忘仔細問問他和皇后之間的事。

當時，蕭玨還愣了下，不解地反問姜桃。「舅母說的是什麼故事？我和皇后之間，能有什麼故事？」

姜桃道：「外面相傳的版本不盡相同，說什麼的都有，但都說你還是太子時，便和皇后相識，然後互相傾心，鴻雁傳情……」

蕭玨聽了，大笑道：「我當太子的時候，根本沒有見過她，什麼傾心傳情的，外面的人不明就裡就算了，怎麼舅母還相信了？」

「不是吧，可你為了她，等兩年才立后……」

蕭玨笑得越發厲害。「那兩年在忙什麼，舅母不知道？哪裡就是為了等她。」

姜桃仍不死心。「可是，兩年後長成的世家小姐不知凡幾，為何還是她呢？」

蕭玨回答道：「選她是因為太傅為人剛正，兩袖清風，家風又甚好，教出來的兒子也入了文淵閣。早些年，我鬱鬱不得志，多虧太傅在旁悉心教導開解。」

「等等，你這娶的是皇后，還是她爹和兄長啊？」

蕭玨沒接話，但是臉上的神情宛如在說：「這有差別嗎？」

本以為能聽到一段可歌可泣愛情故事的姜桃，這才知道是自己想多了。

不過蕭玨是皇帝，他的婚事就是國家大事，即便姜桃也無權置喙，只能盼著他們夫妻能琴瑟和鳴。

可惜，婚後的蕭玨還是醉心於政務，日常的隻言片語裡，也不會提及皇后。

姜桃和皇后不熟稔，只得偶爾向王德勝打聽一下宮裡的情況。

王德勝一聽她問起，便竹筒倒豆子般道：「夫人勸勸皇上吧，皇上也就大婚那日去了後宮，後來還是夜夜宿在養心殿裡，皇后也幾乎不踏足養心殿。老奴說句僭越的話，帝后貌合神離，於國家社稷不是好事哪！」

王德勝對蕭玨的忠心，絕對毋庸置疑，能說出這番話，顯然也是愁壞了。

好些大臣看蕭玨主意大，勸不動他，也怕勸多了惹他厭煩，私底下找王德勝求助，讓他幫著勸勸，不說到帝后恩愛的地步，但為了嫡出子嗣，也該走得近些。再不濟，就算蕭玨真和皇后處不來，也該選妃和選秀。

能說出這番苦口婆心之語的，都是天子近臣，王德勝不敢得罪，只能硬著頭皮應下。

姜桃有心想幫著帝后緩和關係，但她明示暗示蕭玨好幾回，也不管用，便想採迂迴戰術，去跟皇后搞好關係，從她那邊入手。

過年，姜桃帶著窈窈進宮，見到了皇后。

皇后身著盛裝，不過十七、八歲，面上仍有掩飾不住的稚氣。

因為想同皇后交好，姜桃難得表現出熱絡的一面，還想藉著人見人愛的窈窈增加好感。

皇后沒有冷落她，卻也談不上熱情，神色和語氣一直是淡淡的。

後來，姜桃邀請皇后，有空時來沈家作客。

蕭玨那樣的忙人，一個月都要去沈家幾回。皇后不能輕易出宮，但只要說是姜桃主動邀請，蕭玨肯定會帶她一道去。這麼一來二去的，夫妻關係不就改善了？

皇后只笑不應。那種場合，姜桃不能霸著皇后說話，就不再多言。

隔天，蕭玨來沈家，姜桃一個勁兒往他身後瞧，看到跟在他身後的還是只有王德勝，不免有些失望。

蕭玨一把抱起窈窈，在懷裡掂了掂，才道：「我一個人來的，舅母想那無關緊要的人做什麼？」

姜桃感覺到他態度不對勁，和王德勝打聽後才知道，前一天皇后冷落姜桃的事，傳到了蕭玨耳裡，兩人為此起了爭執。

過年時，便是尋常百姓家都會留心，不要吵架，更別說注重傳統和禮節的皇宮。

姜桃算是好心辦了壞事，就不摻和了。

不久，換姜家二老急著替姜楊說親了。

有了蕭玨這前車之鑑，姜桃可不希望姜楊重蹈覆轍，勸著二老別心急，反正姜楊年紀也不大。

可是，現在窈窈都四歲了，姜霖也褪去小時候的圓潤，長成少年，姜楊也從通政司的副手熬成通政司正使，再不說親，實在說不過去了。

而且，姜桃發現，按著姜楊的意思，順其自然是不可行的！

這又不是現代，年輕男女多的是接觸機會。未出閣的姑娘大門不出，二門不邁。姜楊過的也是只來往於通政司、沈家及皇宮的生活，旁人想替他說親，他更不會答應，真讓他順其自然，怕是要孤獨終老。

家宴上，姜桃特地提了這點，姜楊神色不變，老神在在地道：「小南比我大兩歲，姊姊對我們素來一視同仁，總不好讓我越過了他去。」

猛然被點名的蕭世南低頭扒飯，旁邊的曹氏聽著這話，眼淚都要掉下來了。

早些時候，砸了一門親事後，第二年，她繼續幫兒子相看。

這次，她記取上回的教訓，相看的不是清高門戶，而是同樣的武將人家。

對方是護國將軍家的姑娘，年紀和蕭世南相仿，性子開朗，還會些拳腳。

兩家人在媒人撮合下碰了面，都有了結親之意。

後來，安排蕭世南和那姑娘見面，兩人還挺志趣相投，騎馬射箭、拳腳刀劍，有說不完的話。

雙方家長自然樂見其成，就等著好日子過禮了。

等待的時日裡，蕭世南和那姑娘又約著出去玩了好幾趟。

但那姑娘遇到一個上京趕考的書生，一見傾心。

蕭世南也傻，板上釘釘的未婚妻不知道看緊，那姑娘求到他面前，他還幫著對方和書生見面。

最後，那門親事自然也毀了，護國將軍家多了個舉人女婿。

英國公和曹氏要氣死，拿著馬鞭追了蕭世南一條街。

蕭世南躲到姜桃跟前，小聲爭辯。「我和那家姑娘只是兄弟般的情誼，她屬意的是文人書生，何必強人所難呢？」

英國公氣急，真揚起了馬鞭，幸虧姜桃和沈時恩從中調和，才沒鬧出大亂子來。

那次之後，蕭世南的親事變得不好說了。

堂堂英國公府世子連著砸了兩門親事，確實惹人非議，不知道的，還當蕭世南有什麼問題呢。

傳言一傳十、十傳百，不明就裡的好人家，也不敢把姑娘許給他。

曹氏心氣高，並沒有放低標準，還是想著幫去兵部當差的蕭世南相個家世品貌都匹配的媳婦兒。

蕭世南本來就沒開竅，之前兩次，全是看他爹娘著急上火才應下，後來發現這種事急不來，更是不上心。一來二去，便拖到現在。

姜桃本來想著，蕭世南有爹娘在，自己當嫂子替他說親，有些越俎代庖，而且她那時候初初入京，也不認識什麼人。

現在，曹氏和英國公是拿蕭世南沒辦法了，姜楊還拿蕭世南當擋箭牌，她就不能再坐視不管。

於是，姜桃當場決定，讓姜楊和蕭世南開始組團相親。

這天，蕭世南從兵部下值之後，沒直接回家，而是特地拐到楚家的鋪子，去找楚鶴榮。

楚鶴榮回京後，沒再去讀書，而是接手自家生意，如今已然是他這一房的頂梁柱。

他們這一房，早些時候在整個楚家算是最底層的，後來分家時，大房出了事，楚老太太就把楚鶴榮的爹娘留在身邊，和他們一道過日子。

俗話說：家有一老，如有一寶。

楚老太太這樣的老人就更別說了，不論人脈還是眼光、資歷經驗都不是後輩能比的，於商場上，簡直是開外掛般的存在。有她幫襯著，楚鶴榮他們這一房風光無比，把其他幾房酸壞了。

楚鶴榮的父母都是安守本分的人，楚家其他人始終沒找到他們的錯處。

而後楚鶴榮回來，他那些堂兄弟便把目光對準他，等著揪他的小辮子。

但讓他們失望的是，楚鶴榮讀了兩年的書，文學造詣沒提高多少，性子卻沈穩很多，再不是被他們挑唆幾句，就能隨意擺弄的。

後來，蕭世南上門去找楚鶴榮玩，這些人實在計窮，竟在旁邊陰陽怪氣地說，不知道楚鶴榮這幾年在外面認識了什麼亂七八糟的人。

蕭世南聽了，人都愣了。兩年前，在外面隱姓埋名的時候，發生這種情況，還算好理解。但他回京之後，誰對他不是客客氣氣的？現下他衣著也不寒酸，還帶著隨從，怎麼就是亂七八糟的人了？

楚家是富貴，但再富貴也是商賈，要不是他和楚鶴榮交情好，不會跑到這樣的人家來。

楚鶴榮回京後才知道姜桃他們的身分發生天翻地覆的變化，聽了幾個堂兄弟的揶揄諷刺，既尷尬又好笑。

兩人你看我、我看你的，先是惱怒，而後不約而同笑起來，把楚家那幾個少爺惹惱了。

後來，蕭世南懶得再同他們爭辯，拉著楚鶴榮去別處。

但蕭世南的隨從就沒那麼好性子了，上手便把幾個人打了一頓。

楚家的家丁要攔，卻根本不是這幾個人的對手。

最後，楚家少爺們臉上掛了彩，指著隨從說：「你們有本事，就留下名號！」

隨從笑道：「不怕你們找上門，就怕你們不找來！我們公子行不更名，坐不改姓，正是英國公府世子！」

幾個少爺聽了，這才慌了，再不敢逞什麼口舌之快，灰溜溜地跑了。

後來，他們再打聽，知道了楚鶴榮和沈家的關係，更不敢造次。

楚鶴榮終於得了個清靜，沒人搗亂，日子自然越發順遂。

這幾年，他們這房的生意做得紅火，他也成了家，看著真有幾分大人模樣。

這天，楚鶴榮也正是煩悶的時候，見蕭世南尋過來，就一道去酒樓。

小酌兩杯後，楚鶴榮開口問道：「聽說你不久前進了兵部，此時不正是意氣風發的時候？是不是在兵部遇到了什麼煩心事？」

蕭世南輕輕一嘆，說：「嫂子要替我和阿楊說親。雖然嫂子沒強逼著我們成婚，只說藉機多認識一些人，有合眼緣的，再試著多相處。可我爹娘沒有我嫂子那麼開明，說這回再不成，就不認我這兒子了！」

楚鶴榮看他苦大仇深的樣子，忍不住笑起來。「是姑姑開明，有她護著你，才能逍遙到現在。不然哪有你這個年紀的世家公子還沒成家的？逍遙幾年很好了，是時候成家了。」

蕭世南往椅背上一靠。「成家有什麼好？你這過來人跟我說說。」

楚鶴榮的婚事是楚老太太作的主，娶的是同樣出身巨賈人家的陳家小姐。

起初，楚鶴榮也是不太願意的，別看他上了兩年學，沈穩不少，其實骨子裡和蕭世南是半斤八兩，自由自在慣了，不想被拘束。

但他不樂意也沒用，楚老太太直接鎮壓，不用他出面就把禮過完了，連婚期都訂好。

楚鶴榮素來敬重她，不敢違逆老人家的意思，便這樣成了親。

成親後，楚鶴榮發現，其實婚後生活好像也沒什麼差別，就是家裡多了個人而已。

而且，楚老太太是按他的喜好找對象，不論樣貌還是人品、性格，陳氏都很討他喜歡。

更難得的是，陳氏雖是女子，於經商之道上，卻不輸男子。

從前她在家時，便幫著家中打理生意，婚後便幫夫君出謀劃策。兩人越來越合拍，感情也培養起來，成婚時日越久，感情越發和睦。

楚鶴榮說了好些他覺得很甜蜜的事，比如他在外應酬夜歸，陳氏都會幫他留一盞燈等著。再比如，他看帳冊看到深夜，陳氏也會按著他的口味，做好消夜親自送給他。還有，有時他遇到挫折，覺得迷茫，陳氏也會溫言軟語地寬慰他，再幫著一道想辦法。

但蕭世南聽完，仍沒生出嚮往，只道：「你說的這些，我娘、我嫂子都能做到。而且，我嫂子最會照顧人，比我娘想得還周到。過去在縣城時，你也受過她照顧，能不知道？」

楚鶴榮當然知道。旁的不說，當年他回京城過年，回來後就收到姜桃替他準備的新衣裳。那時候，姜桃他們的日子過得普通，裁衣的料子自然不金貴，可那剪裁卻是和姜楊、蕭世南他們一樣的，姜桃那一視同仁的態度，代表她把他當成他們家的一分子。

當時，楚鶴榮的心頭無比溫暖。

如果沒有姜桃的照拂，性子還很跳脫的楚鶴榮，不可能老老實實念那麼久的書。

但長輩照顧得再妥貼，和自家媳婦兒的溫柔小意，還是不同的嘛！

第一百零七章

楚鶴榮正發愁怎麼跟蕭世南解釋，蕭世南又問他了。

「成親後的生活真那麼好，那你今天怎麼也垂頭喪氣的？」

話題被岔開，楚鶴榮嘆息道：「好是好，但是我媳婦兒不是一直沒懷上嗎？我祖母和我娘都急了，前幾天祖母還透出意思，說想給我添個妾室，也不是別人，就是之前在蘇師傅身邊伺候過的玉釧。我不喜歡她，自然不應承，卻不知為何被我媳婦兒知道了，這兩天正在家裡跟我鬧呢，不然我也不會拉著你跑出來。」

蕭世南對玉釧沒什麼印象了，只跟著皺眉，原來成婚也不算完，還要包生孩子？不生還要再添人？想想都覺得麻煩！

後來，他們邊喝酒邊聊天，包廂外頭忽然吵嚷起來。

蕭世南的隨從在外頭阻攔，沒多久，包廂的門直接被人踹開。

蕭世南的第一個反應，難道是他躲到外面，他爹娘來抓人了？隨後反應過來不對，他只是下衙之後，在外逗留半個時辰而已，肯定不至於搞出這樣大的陣仗。

而後，一隊家丁衝進來，一個皮膚白皙的圓臉年輕婦人跟在他們身後。

婦人柳眉倒豎，氣勢洶洶地進來，眼神四處梭巡。

「妳怎麼來了?」楚鶴榮尷尬地對蕭世南笑笑,介紹那圓臉婦人就是他媳婦兒陳氏。

陳氏哼一聲。「我為什麼不能來?我就是來看看,你在外頭跟誰在一處?!」說著,打量完包廂,發現裡頭並沒有女子,神色才緩和了一些。

「走走走,回家去說!」楚鶴榮尷尬地向蕭世南作揖道歉,拉著陳氏離開酒樓。

蕭世南一個人待在酒樓,也沒意思,後腳便回家去了。

回家路上,他騎著馬,越想越覺得,楚鶴榮在騙他!

成親有什麼好?不僅可能要面對生不出孩子、接著添人,弄得家宅不寧不說,剛剛楚鶴榮的媳婦兒凶得像隻母老虎似的!在外頭喝兩口茶,屁股還沒坐熱,就帶人來抓,這不等於往家裡請個祖宗?想想那種日子都覺得可怕!

姜桃說要幫他們相看,便不含糊,開始安排。

這時代,男女不能直接單獨見面,得有個理由。

這種事情,曹氏有經驗,當年幫著沈皇后操辦過一場盛大的畫舫花宴。

畫舫上,未出閣的姑娘們可以在船艙外的甲板上鬆快鬆快,蕭世南和姜楊乘坐另一條小船待在畫舫附近,這樣既能互相見面,也不會壞了姑娘們的名聲。

曹氏負責找畫舫、下帖子,姜桃則負責幫蕭世南和姜楊準備新行頭。

初夏時分,畫舫上的筵席如期開始。

沈時恩送姜桃上畫舫，扶她下馬車時，不忘叮囑道：「別太擔憂，能相看到合適的，自然好。要是兩個小子依然那麼漫不經心，活該他們打一輩子光棍。」

姜桃聽了，笑得嘴角都痛了。「你也想得太多，就算這次不成，還有下次，他們才二十，你這話說的，他們好像要孤獨終老似的。」

沈時恩也跟著笑。「我哪裡是想多了？阿楊還好說，小南都砸了兩門親事，這回要是再不成，這親事真成難題了。其實，我覺得這種事講究緣分，我若不是遇到妳，別說成婚，連訂親都不想，一個人過其實挺好。」

姜桃連忙拉住他。「你可不許和那兩個小子說，不然他們拿著雞毛當令箭，說是你教的，我還真不知道怎麼治他們。」

沈時恩點頭，說他有分寸，又道：「我只和妳說而已。而且我說這些，不是真的想讓他們不成家，只是讓妳寬寬心，兒孫自有兒孫福嘛。」

姜桃伸手抓住他的手指捏了捏，便和曹氏上了畫舫，沈時恩則和蕭世南、姜楊上了另一條小船。

這一次的宴會比早些年沈皇后操辦的那場差不了多少，適齡的名門貴女都來了。

姜桃在京城待了幾年，跟這些人家熟悉了，又有曹氏在旁，可謂是賓主盡歡。

筵席中途，姜桃領著她們上甲板，欣賞湖光山色。

遠遠地，她看到沈時恩他們搭乘的小船，忽然有些恍惚和感嘆。

早些年，她連畫舫都沒登上，卻在命運的安排下，和沈時恩結了不解之緣。如今時過境遷，物是人非，她成了主持畫舫聚會的人。

宴會結束，畫舫靠岸，貴女們戴上帷帽，依次登上自家的馬車。

姜桃立刻去尋蕭世南和姜楊，問他們有沒有看到合眼緣的。

這兩人又照例你看我、我看你，像兩個鋸嘴葫蘆似的，誰都沒說出話來。

後來還是沈時恩擺手道：「妳別為難他們了，這兩人的心思根本不在這上頭，一個只顧著釣魚，另一個雙眼發直，只顧著想自己的事。我把他們揪出船艙，他們就聊起天來，說今天天氣不錯，小玨沒來可惜。後來又說到小玨最近在忙著招待外邦使團，要替雪團兒配媳婦兒……我也是沒辦法了。」

雪團兒已經是壯年老虎，每年發情的時候，情緒起伏很大。牠肯定不會傷害姜桃他們，但看牠那般辛苦，大家挺不忍心的。

後來，蕭玨真想辦法弄來幾隻母老虎，把牠們放到一處。

無奈雪團兒根本不正眼看牠們，但凡母老虎靠近牠，就把對方打開。

正好關外使團要來，蕭玨就特地讓他們運了一隻母雪虎。

姜桃他們很關心雪團兒能不能找到媳婦，但她沒想到，蕭世南和姜楊在面對自己的人生大事時，還有閒情逸致去操心雪團兒，完全不把終身大事放在心上嘛！

她氣得瞪他們一眼。「毋雪虎昨兒才到京城，起碼要休整幾天，才會讓雪團兒接近牠。你們的相看近在眼前卻不上心，倒是去操心牠？」

她說完，忍不住一陣嘆息，難不成這兩個弟弟要像沈時恩說的那樣孤獨終老？可相看了這麼些貴女，他們都沒有特別中意的，去哪裡再尋別人呢？難道真像封建家長似的，替他們包辦婚事，盲婚啞嫁？

蕭世南和姜楊看姜桃臉色不善，也有些心虛。

姜楊道：「其實我不是不成家，姊姊真想讓我娶妻，選妳覺得好的就成。」

蕭世南附和。「就是就是，我也聽嫂子的。妳選的肯定好！」

姜桃和沈時恩對視一眼，兩人都是既無奈又好笑。

幾人正說著話，姜桃看到一個身著桃粉色紗裙的姑娘，往他們這邊走來。

姜桃以為是來找自己的貴女，就沒讓人攔著。

結果，那姑娘走到離他們幾步開外時，忽然驚呼一聲，一個助跑，從岸邊跳進湖裡。

這……這可太刻意了！

姜桃目瞪口呆，一時間沒反應過來，吶吶地問：「她這是在幹什麼？跳湖尋死？」

蕭世南會鳧水，見人落水，就要衝過去救人。

姜楊最先反應過來，忙拉住他。「她哪裡是尋死？分明是有所圖謀。」

蕭世南也回過神來，這種把戲在上層圈子裡不算少見。只要男子把未婚女子救起來，為了顧全對方的名節，肯定要把人娶進家門。

姜桃明白過來，但她不會水，就喊丫鬟去救人。

無奈她這日帶的丫鬟都是旱鴨子，曹氏去送其他貴女了還沒過來，一時間倒是沒人方便下水。

「讓隨從小廝去救就成了。」姜楊不緊不慢地道：「若是這姑娘不嫌棄，配給咱們家的下人，也不打緊。」

他說著，就要喊隨從去救人，卻見岸邊一身姿挺拔的少年騎馬而過。

少年見湖邊有人掙扎呼救，從馬上跳下來，如離弦的箭矢般跳進湖裡。

不過須臾，少年便把湖邊的女子救上來。

姜桃連忙帶著丫鬟去接應，把兩人拉上岸邊。

跳湖的姑娘渾身濕透，輕薄衣裙裹在身上，勾勒出玲瓏的身形。

被救上岸後，她虛弱地吐出一口水，而後捂著胸口，又羞又臊地嚶嚶啜泣。

「多虧蕭世子仗義相救，小女子無以為報，只能以身相……」

她說著話，看到幾步開外的蕭世南，他避忌地挪開眼，並不看她，而且渾身不帶半分水氣，哪裡像剛救過人的模樣？

姑娘憤恨地咬著唇，轉頭瞪了救她起來的人，而後披著衣裳，狼狽地跑開。那矯捷的跑法，再沒有方才的弱柳扶風、我見猶憐了。

姜桃無奈地搖搖頭，跟著她過去。

好好的姑娘來尋她，如今渾身濕透地回去，她要是不去解釋一番，也不知道會傳出怎樣的傳聞來。

救人的少年被姑娘瞪了一眼後，也不生氣，反而哈哈笑道：「你們中原人真是有趣，我好心救人，怎麼好像做錯事一般？」

眼前的少年身穿普通騎裝，膚色呈健康的小麥色，高鼻深目，再加上奇怪的口音，顯然就是外邦人。

這幾年，蕭玨大開通商之路，京城時常有外邦人走動，這種情況也不算少見。

少年一邊說話、一邊朝自己的馬走去，蕭世南追出兩步，道：「兄臺間接幫了我，還是換身衣裳再走吧。」

少年沒弄清楚這件事的來龍去脈，聽得糊塗，就問他。「剛才我救的那個女子都沒和我道謝，怎麼倒是你來關心我？」

這事三言兩語解釋不清，蕭世南也懶得說人閒話，只道：「反正說來話長，兄臺跟我去小船上換衣服吧，那裡有我的衣衫，都是新的，我沒穿過。」

少年也是不拘小節的人，沒再多問就點頭應了。

蕭世南讓沈時恩和姜楊先去馬車，他則陪著那少年去小船換衣裳。

小船上有姜桃幫蕭世南準備的替換衣裳，他找出整套的行頭遞給少年。

因為這裡的衣裳是用來相親的，所以比一般的衣裳繁瑣華麗。

少年顯然沒穿過這樣左一層右一層的漢服，一時間不知道如何下手。

蕭世南簡單地解釋一番，而後就讓少年自己穿，自己則去船艙外頭等。

大約過了半刻鐘，船艙裡的少年發出求助的聲音。

蕭世南一邊腹誹這外邦的少年有些笨、一邊鑽進船艙裡，然後就愣住了——

小小的船艙裡，「少年」一頭濕漉漉的黑髮披散在身後，身上穿著他寬大的中衣，正糾結著中衣的帶子該怎麼繫。

中衣之下，她還穿著自己濕透的褲子。對比寬大的中衣，騎裝的褲子緊緊貼在她腿上，勾勒出一雙筆直纖細的長腿。

「妳是女的?!」蕭世南腦子轟一聲炸了，邊說邊連忙退出船艙。

這叫怎麼回事？躲得過初一、躲不過十五？

天要亡他啊！

蕭世南太陽穴直跳，一時間忍不住在想，到底是誰安排了這女扮男裝的少女，又後悔自作主張帶少女來小船上換衣裳。

最可恨的是，那少女身形高瘦，長得英氣，穿著男裝時，真是雌雄莫辨，這才讓他沒有半點防備！

一時間，他真不知道如何是好，可他不是遇事逃避的性子，就算在這樣的境況下，也沒想過直接開溜。

正當他束手無策時，外邦少女走出來，已經換上蕭世南的衣裳，正和外衣的帶子纏鬥。

蕭世南望過去，太陽穴又是一頓亂跳。

這兩年，他又長高了不少，他的衣裳穿在少女身上，鬆鬆垮垮，領口的地方也寬鬆過了頭，明顯可見一截皓白的頸子沒進衣領。

這麼好看的姑娘，何以做出這等於禮不合的事？

「你們中原人的衣服實在奇怪，好好的弄這麼多衣帶做什麼？」

少女說著話，索性放棄，將衣帶往裡頭一塞，就算穿好了。

她帶著水氣的頭髮還披在身後，清秀面容因為髮型的改變，變得柔和起來。

這麼一個俏佳人，蕭世南卻彷彿看到洪水猛獸，往後退了兩步。

少女抿起唇，唇邊一對梨渦若隱若現，這會兒再無人會弄錯了，儼然是個眉眼帶著英氣的妙齡少女。

少女歪頭看蕭世南一眼，沒糾結他這奇怪的反應，理好了衣服，對他一抱拳，足尖輕點，便從甲板跳到岸上，而後俐落地翻身上馬，縱馬而去。

饒是蕭世南這練了好些年拳腳的，都被她那輕盈到像燕子似的身法驚豔了一番。

等到少女的背影消失不見，蕭世南發現不對勁了——她怎麼沒讓他負責啊！方才還因為覺得被算計而不悅的蕭世南，此時只剩一片茫然。

這時，姜桃和曹氏過來了，看到蕭世南站在岸邊發呆，曹氏就問他怎麼了？

蕭世南見了他娘，頓時心虛，說沒什麼。

三人很快回到馬車旁，和沈時恩、姜楊會合。

姜桃說起方才的事，曹氏知道後也氣壞了，帖子是她負責下的，人是她請的，這般明晃晃地算計到他兒子頭上，豈不是當眾打她的臉？

姜桃感嘆一聲。「我們小南好親事難說，狂蜂浪蝶倒是吸引了不少。方才我去找那女孩的家人時，安毅伯府的其他姑娘瞧著比我還惱怒，甚至還聽到有人嘟囔怎麼叫她捷足先登之類的話。往後小南可得小心些，別中了那些心術不正的人的招。」

蕭世南笑了笑，沒接話，腹誹道，他可不是「中招」了嘛！

但奇怪的是，那姑娘居然沒當場發作，讓他負責，難道是留了後手？

回去後，蕭世南想了好久，也沒想出個所以然，俗話說日有所思，夜有所夢，當夜他還作了個很離奇的夢。

夢裡，落水的成了那個外邦少女，他跳進水裡救人，看到她海藻似的黑髮在水中散開，還攬上她柔若無骨的腰肢。

接著畫面一轉，少女在船艙裡更衣，濕漉漉的衣衫褪去，纖細的胳膊、筆直的腿，美好的胴體一覽無遺……

醒來時，他感覺到一陣尷尬的濡濕，連忙起來翻找寢褲更換。

蕭世南五味雜陳，既惱自己竟然在夢中褻瀆人家姑娘，又想這麼久都沒動靜，自己想像中的「後手」，難道不存在了？不禁有些遺憾，又想罵自己兩句，遺憾什麼？遺憾沒被算計上當嗎？孟浪！

後來，姜桃和曹氏又幫蕭世南和姜楊安排了一次相看，這次沒有那麼興師動眾，請的是一些上回見過之後、曹氏覺得不錯的人家。

為了防止又有人搞落水的戲碼，這次的地點安排在京郊相國寺。

如此莊重的地方，自然沒人再敢亂來。

這天清晨，曹氏和姜桃帶著兩個小子出發了。

名義上說是各家女眷上香，所以沈時恩便沒有跟去。

到了相國寺後，姜桃她們先在正殿上香，而後便讓蕭世南和姜楊四處走走。

這次，曹氏是真的沒辦法了，求籤時還念叨著，這次再不成，是真的沒有下回了。她相看的，都是有身分的世家貴女，不是任人挑揀的貨物，能請來兩次，已經很不容易了。

蕭世南和姜楊兩個當事人依舊不著急，兩人出了正殿，姜楊抬腳就往大門走。

蕭世南立刻攔住他。「嫂子只讓我們在寺裡走動，你可別想溜！你要溜了，留我一個算怎麼回事？她們肯定要埋怨我。」

姜楊氣定神閒道：「我不溜，我要去見一些百姓，最多半個時辰就回來了。只要你不說，肯定沒人知道。」

通政使司職掌奏報四方臣民建言，申訴百姓冤情，所以姜楊雖然官階不低，日常接觸最多的卻是百姓。

他幫人伸冤是好事，蕭世南還真不好攔著他，只能腹誹這小子太賊了，居然把公事安排到這裡，眼睜睜地看著他揚長而去。

第一百零八章

等姜楊走了，蕭世南雖沒膽子自己開溜，但也沒老實待著，爬上了一棵老樹。

相國寺歷史悠久，那老樹在開寺時就種下了，長得枝繁葉茂，高大粗壯。

蕭世南爬了快兩刻鐘，才坐到樹枝上，坐穩後，覺得又累又渴。

但此時院子裡已經隱約聽到人聲和腳步聲，一眾貴女就要過來了。

正當蕭世南上也不是、下也不是的時候，一個高瘦的人影出現在樹下。

她手腳攀附在樹幹上，像靈活的猴子一般，眨眼間就爬上了樹。

那動作實在行雲流水，等蕭世南反應過來時，對方已經爬到了和他一樣的高度。

「是你啊！」對方見了他就笑，沒接著往上爬，一屁股坐在蕭世南身旁。

蕭世南定睛一瞧，認出眼前這個穿短打男裝的，正是當天那個外邦少女。

他神色古怪起來，少女卻不以為意，笑著和他打過招呼後，從懷裡掏出一個油紙包。

油紙包打開，裡頭是一隻油汪汪的、還冒著熱氣的燒雞。

燒雞的香味直往蕭世南鼻子裡鑽，起了個大早，只吃了素菜的蕭世南，越發覺得餓了。

少女撕下一隻雞腿遞給他，蕭世南搖頭拒絕了。她也不以為意，拿在手裡吃起來。

沒多久，一眾貴女到了樹下的空地。

日頭正好，天氣宜人，貴女們賞花撲蝶、吟詩作對。

蕭世南本想躲著她們才爬樹的，這時候只能無奈地看著她們。

和風習習，蕭世南隱隱約約聞到少女身上的草木氣息。

這是一種很乾淨的味道，讓蕭世南忍不住側目。

他身邊的少女神情愜意，一邊吃著燒雞、一邊雙腿晃啊晃的，好似在欣賞什麼美景。

若非蕭世南早就知道她是女兒身，她這樣子，可十足像是個登徒子！

察覺到她打量的目光，少女轉頭看他，做著口形問他怎麼了？

陽光下，蕭世南才發現她的眼睛是深藍色的，深邃得像大海，卻絕不深沈，反而一望到底，澄澈又坦率。

電光石火間，蕭世南腦海中竟驀地浮現夢中景象，少女半睜著一雙藍眼，雪白皮膚染上潮紅……

蕭世南微怔片刻，隨後臉上一紅，連忙挪開目光，輕聲道：「我們這裡的寺廟，是不能吃肉的。」

少女被他說愣了，而後輕聲嘀咕一句抱歉，把燒雞原樣包回油紙。

隨後，少女解下隨身的水囊，對著嘴，就是咕嚕咕嚕幾口。

酸酸甜甜的果釀香氣四溢，蕭世南又是一陣無語，又小聲提醒。「我們這裡的寺廟，也不能喝酒。」

少女神情尷尬地扣上水囊，解釋道：「我們那兒的和尚連娶妻都可以，你們中原的寺廟怎麼規矩這樣多？」

這種涉及宗教的問題，蕭世南自然是答不上來，不過少女只是隨口一問，沒想從他嘴裡得到答案。

樹下的貴女們，熱熱鬧鬧遊玩了好一陣，等到快中午，日頭毒辣起來才散去。

樹下的人散了，蕭世南準備好好問問這少女，為什麼三番兩次來找他？到底是要他負責，還是要他怎麼樣，至少給個準話啊！

但他沒想到的是，等人一走，少女又靈活地爬下去了，竟連一個多餘的眼神都沒給他！

蕭世南連忙跟上，無奈他爬樹的功夫實在不到家，等他腳踏到地上的時候，連個人影都沒看到！

這叫怎麼回事？

相國寺的相看在當天下午結束，一行人就此回府。

姜楊腦子裡想著公事，閉目養神。

蕭世南則抓耳撓腮地閒不住。

曹氏一直按捺著，沒急著問今天相看的情況，見蕭世南這樣，以為有戲，面上忍不住泛起了笑意。
不過她之前過於急切，惹來蕭世南反感，就對姜桃狂打眉眼官司，讓她回去後，好好問問蕭世南。
姜桃會意，回到沈家後，讓姜楊回了自己屋子，留下蕭世南在主屋說話。
面對姜桃，蕭世南囁嚅一會兒，還是老實地把事情全說了。
姜桃本以為，至多聽到他和某個貴女看對眼這種純情故事，沒想到卻是勁爆過了頭。別說在這個時代了，就算在現代，男孩子撞見女孩子換衣服，都是一件很冒犯的事。
她連忙放下手裡的茶盞，問蕭世南。「後來呢？」
蕭世南聳聳肩。「沒什麼後來，就是今天我們又在寺廟裡遇到，那姑娘還穿著男裝。我們一起在樹上待了一陣子，正好那些姑娘們在樹下聚會，就沒說上話。後頭等人散了，她又爬下樹跑了……」
蕭世南說的話太驚人，姜桃沒工夫糾結，他為什麼好好地去相親，卻跑到樹上去了。
一次是巧合，兩次不會還是巧合了吧？
加上有姑娘佯裝落水的事在前，姜桃想了半晌，道：「我和你二哥說一聲，讓他去打聽那個姑娘。若她是有意接近，咱們再查查她的用意；若真是巧合，那麼……」
她頓了頓，一時間也沒想好如果純屬巧合該怎麼辦了。
「總之先讓你二哥去查。」

蕭世南莫名心虛，但瞞下去也不是辦法，只求著姜桃在沒查清之前，先別把這件事告訴他爹娘。要是讓他爹娘知道他和一個外邦女子糾纏不清，說不定又是一頓馬鞭伺候。

不過，他怎麼也沒想到，雖然姜桃答應不告訴他娘，但是過沒兩天，他娘還是知道了！

這天，蕭世南回來，就看到曹氏和姜桃又在說宴會的事，臉上的笑頓時垮了，可憐兮兮地道：「咱們家又要辦宴會？」

他說著，求救地看向姜桃，他嫂子明明和他說好的，在查清那外邦少女之前，不再安排這些。

姜桃對他微微搖頭，曹氏沒好氣道：「你倒是想得美！相看兩場，什麼都沒看上，真當那些名門貴女是菜市場的蘿蔔青菜，一味讓你選哪！這次是安國侯府和靖南伯兩家辦宴。」

蕭世南被曹氏一頓吼，吼完小聲道：「不是就不是唄，娘這麼生氣做什麼？」

姜桃拉曹氏一把，同他解釋道：「之前咱們家不是連著辦了兩場嗎？安國侯夫人見了靖南伯家的大姑娘兩回，就屬意了她，後來兩家安排子女見一回，就訂下婚事。如今，禮都過完了，她們兩家設宴，算是答謝我和你娘幫著牽線搭橋。」

明明是為了他才辦兩場相看，結果卻成就別人的好姻緣，蕭世南這才知道，為什麼他娘這麼火大。

他不敢爭辯，只能討好地對曹氏笑。

後來，曹氏帶著蕭世南去赴宴，姜桃則因為在家照顧受涼的窈窈，沒有一道前往。

結果，在這場別人家的筵席上，蕭世南又遇到那個外邦少女。

這回，她沒穿男裝，而是喬裝成主人家的丫鬟。

蕭世南對她印象深刻，沒怎麼費功夫，就認出她了。

他驚訝之下，把人拉到角落說話，殊不知，那看似隱蔽角落的一牆之隔，正是曹氏她們一眾女眷說話的地方。

於是，曹氏她們便清晰地聽見蕭世南問，那少女為何又出現在這裡？

隨後不等那少女回應，蕭世南急急地道：「我知道上回在船艙看妳換衣服是我不對，但想怎麼彌補，妳直接說，不要什麼都不說、吊著人胃口，卻又三番兩次突然出現。」

蕭世南確實急了，起初是怕對方故意設計，要脅他負責，可少女每次都不說，他心裡七上八下吊了半個多月，又接二連三地見她好幾回，快被折磨瘋了！

曹氏在隔壁聽著，驚掉了下巴，唯恐自家兒子說出更露骨的話，立刻喊出蕭世南的名字，帶著人去隔壁。

結果，等曹氏趕到時，隔壁院牆角落只剩一臉愕然的蕭世南。

曹氏身後跟著一堆來看熱鬧的女眷，她不好當場發作，只能拉著蕭世南回來了。

回來後，蕭世南還懵著，一來是因曹氏突然吼了一聲，二來是那外邦少女聽到動靜，立刻翻牆跑了。

他們總共見過三回，這少女已經展現出了騎馬、鳧水、輕功、爬樹、翻牆等本事，用腳想也知道，肯定不是一般人！

曹氏和姜桃說了上午發生的事，開始逼問蕭世南和那番邦少女到底怎麼回事，蕭世南實在瞞不下去了，只能又老實交代一遍。

曹氏氣得差點倒仰，指著他罵道：「我辛辛苦苦拉下臉面，幫你操辦兩場盛大的相看，那些好人家的姑娘，你一個都沒瞧上，反倒和一個外邦的女子糾纏不清？你這是要氣死我嗎？還是要讓人進門，讓咱們家成為全京城的笑話？」

本朝和外邦通商，來往密切，但一般來回走動的都是商戶人家。商人的地位本就不高，更別說是外邦的商人。

看曹氏氣紅了眼眶，姜桃便出聲緩頰。

「姨母先別惱，小南是什麼樣的人，您不比我清楚嗎？他是再正直磊落不過的孩子，之前在船上撞破對方更衣，委實是誤會一場。那女孩兒，我也瞧見了，和我們這裡的人長得不像，又高又瘦，皮膚也沒那麼白，穿著男裝，真是雌雄莫辨。後來，他們倆又見過兩次，但都發乎情、止乎禮。今天小南是急著和她說清楚，才把她拉到一邊去，並非和她有私情。」

蕭世南立刻附和。「就是嫂子說的這樣。」

曹氏的情緒這才平復些，而後又認真地看向蕭世南。「你老實告訴娘，你跟那姑娘真的沒什麼？」

蕭世南想應是，但隨即想到那個荒誕香豔的夢，語塞了。

曹氏也察覺到他的心虛，氣一上來，拂袖而去。

姜桃也被這變化弄得有些懵，驚訝地問：「你真喜歡人家？」

蕭世南臉上一臊，支支吾吾說不出個所以然來。

姜桃看他實在張不開嘴，也沒勉強，等後頭沈時恩回來，和他說了情況，再讓他去問蕭世南。

他們兄弟在外面相依為命多年，沈時恩於蕭世南而言，如兄如父，被他一問，就老實招認了，末了還問，他這算不算是喜歡人家？

照理說，他這方面開竅開得晚，長到這麼大，別說男女私情，就是春宮圖都沒看過，猛地接觸到那種場面，因為悸動，作了那樣的夢也不奇怪。

但他接觸的姑娘也不少了，之前護國將軍家的姑娘，還經常和他結伴出遊，也沒見他生出過別的想法。

沈時恩對這方面也不擅長，只能去問姜桃。

姜桃倒是比他們想得通透，當下就道：「這有什麼？喜歡不喜歡的，不急在這一時，能肯定的是，小南對人家確實有好感。只要我們查清那姑娘的身分，確定她不是歹人，就讓他們相處看看。要是能培養感情，也算是一樁天定的好姻緣。姨母那邊，我去勸，咱們這樣的人家，不用靠著結親更進一步，身分其實沒那麼重要。」

沈時恩的門戶之見也不深，點頭說好，先把姜桃的話轉述給蕭世南，便讓人去打聽那番邦少女的消息。

不過，他們都沒想到的是，沈時恩派出去的人，過了近一月都沒能打探到對方的消息，反而是那外邦少女主動上門了！

那天，姜桃收到外邦使團的帖子，讓下人請人進來時，還覺得有些奇怪，使團月前就上京了，但一直在驛站裡深居簡出，沒有四處走動，怎麼會特地上門拜訪她？

等見到了人，姜桃一眼便認出為首的少女，終於明白，為什麼一直沒找到她的蹤跡，因為她根本不是平民商戶，而是使團裡的外邦公主！

這次，少女換上本族修身窄腰的服飾，頭髮編成一個個小辮子，顯得英氣的同時，又帶了幾分少女特有的俏皮。

她對著姜桃行了外邦抱胸禮，開門見山地道：「夫人您好，我是古麗。這次拜訪，是特地來送嫁妝的。」

她一揮手，丫鬟們便捧著一個個木盒魚貫而入。

姜桃得知她身分的時候，已經一驚，聽了她的話、看到嫁妝又是一驚，但很快鎮定下來，一邊讓人去喚蕭世南、一邊請古麗落坐用茶。

兩人寒暄一番後，姜桃忍不住問：「這樣就送嫁妝來，會不會太快了些？」

古麗爽朗笑道：「你們中原禮節重，我是知道的，不過在我們那裡，這種事講究的是緣分，緣分天定，便不該辜負上天的安排。」

此時，蕭世南正好走到屋外，上來就聽見緣分天定之類的話。

以蕭世南的身分，打小受到的教養，見到的姑娘無一不以含蓄為美，從未直接面對過這等澎湃熱烈的情感，臉登時紅到耳朵，心跳也不可控制地跳快兩拍。

古麗嘴裡說的話十分大膽，但眼神卻意外的澄澈和真誠。

姜桃真沒想到，會在這個時代遇到這樣大膽示愛的女孩，她並不討厭這樣的人，反而很是喜歡，敬佩她的勇氣。

不過她的喜歡和敬佩不管用，還得聽聽蕭世南的主意。

臉紅得跟煮熟了的大蝦似的蕭世南走進來。

姜桃當下笑道：「小南來得正好，這件事，你怎麼看？」

蕭世南難得地扭捏一下，沒接話，而是看向古麗問：「妳真的覺得，這樁親事是天定良緣？妳不後悔？」

古麗立刻點頭。「我就是這樣想的！」

這下，蕭世南還有什麼好不答應的？他本來就對這個謎一樣的外邦少女充滿好奇，也有好感。如今知道了她的身分，雖然不明白她為什麼三番兩次出現在他身邊，但總不會懷著歹心，應該是為了他而來。堂堂公主之尊，放低身段為他做到這個地步，只要不是鐵石心腸的人，都會為之動容。

「嫂子拿主意吧！」蕭世南的臉越發紅了，說完這句就閉上嘴，宛如害羞的小媳婦。

姜桃沈吟半晌，點頭道：「我自然是不反對的，但還得問問皇上的意思。」

蕭世南是國公世子，古麗是外邦公主，兩人的身分自然是配得上的。但因為雙方身分都貴重，婚事事關兩國邦交，自然還得問問蕭玨的意思。

古麗又迷惑地歪了歪頭，不過也沒多說什麼，點頭應道：「中原的禮節，夫人比我熟悉，我就全聽夫人的意思了。」

說定之後，古麗沒在沈家多待，蕭世南親自送她出去。

分別之前，蕭世南還想和她保證一番，只要成了婚，定會好好待她。

但古麗跟一陣風似的，轉身就走了。

他這未來媳婦在他嫂子面前，明明那麼主動，怎麼到了獨處的時候，反而害羞起來？

蕭世南又無奈、又甜蜜，回去的時候，覺得走路都是飄的。

古麗上了馬車後，她的貼身丫鬟拍著胸口道：「中原的規矩真的好大，方才進了那個國公府，下人的動作表情整齊劃一得像士兵似的，嚇死我了。」

古麗拍拍她的肩膀，寬慰道：「之前我去了湖邊、寺廟，還混進大戶人家的宴會，就是想看看這邊的人是怎麼生活的。到現在，我還沒弄明白呢！妳這才和中原人接觸一回，被震懾到很正常。」

丫鬟憂心道：「這次公主來這裡，是跟中原皇帝商量兩國通商條約。再過幾天，咱們就要進宮，萬一到時候在中原皇帝面前露怯，和談還能成功嗎？」

說起這個，古麗也是頭疼。中原大國本就比他們夜明國力旺盛，這次和談，肯定不會那麼順利。

為了這次和談，她還帶上本國聖獸，也就是中原人口中的雪虎，來和沈家那隻配種。雪虎是他們一族信仰的神獸，地位尊崇，性情驕矜，不肯輕易被豢養，近些年來，只出過兩隻性情稍微溫馴些的。一隻早些年進貢給中原的老皇帝，後來被皇室養死。還有一隻，就是她此行帶來和親的。

古麗生怕這隻雪虎也客死異鄉，特地把嫁妝送到沈家，只盼著這家人能對母雪虎好些。想到沈家對兩隻雪虎配種的事都那麼慎重，可想而知，其他規矩禮節有多繁雜。

古麗長嘆一聲，對幾日後的進宮和談越發頭痛了。

第一百零九章

這日，沈時恩和蕭玨、姜楊一道回府。

他們見姜桃和曹氏喜笑顏開地說話，就問發生了什麼好事？

姜桃說，古麗來送嫁妝。

最吃驚的要數蕭玨，他最近都沒出宮，對蕭世南和外邦公主的事，完全不知情。

他笑著捶了下蕭世南的肩膀。「你小子有本事啊！之前我還想著，要是你真說不上親，就從這屆秀女裡幫你選個好的。沒想到你卻跟古麗公主好上了，還上門送嫁妝，我們蕭世子好大的面子！這古麗公主也著實是個女中豪傑！」

自打送走古麗後，蕭世南一直在傻笑，聽了蕭玨這番話，嘴角上揚得越發厲害。

「應該是她們那邊的風俗和我們這裡不同，她上門送嫁妝的事，咱們知道就好，不要對外傳。」

古麗所在的國家名為夜明，地勢險峻，氣候惡劣，是以民風剽悍，習俗自然和中原大相逕庭。

蕭玨挑了挑眉。「你這人要麼不開竅，要麼八字還沒一撇，就開始護著人家了。」

蕭世南又嘿嘿笑了兩下。

兩人說著話，外頭天色暗了，丫鬟們奉上晚飯。

曹氏樂呵呵地回去跟英國公說這個好消息，姜桃他們則繼續商量蕭世南和古麗的婚事。

之前，姜桃只表明了自己的態度，但是這件事還是得由蕭玨拿主意。

蕭玨道：「舅母不用擔心，這的確是件好事。一來難得小南同古麗公主情投意合，二來夜明和我們大耀近年通商頻繁，之前便有大臣建議，兩國不如結親，成秦晉之好。」

夜明的國土大概只有大耀的一半，昔年被高祖派兵打敗後，簽訂契約，每年都會來朝賀上貢。

不過，兩國邦交到底是打仗打來的，只是表面交情。

現在蕭玨一心發展關外生意，夜明在商路的必經之路上，需要真正地打好關係。

飯後，蕭玨沒多待，立刻回宮，臨走時還道：「這件事，我肯定樂見其成，趁著這幾日，我讓人細查一下古麗公主的品性，查清楚了，再來向舅母回話。」

姜桃對古麗挺有好感，而且她的眼神和給人的感覺很純淨，某方面來說和蕭世南很像，直覺古麗的品性應該不會差。

之前沈時恩派出去的人，因為不知道古麗的姓名身分，查不出個所以然，如今知道了，又是蕭玨親自過問，沒兩天便把古麗的身世查清楚。

她是當今夜明國君主的姊姊，卻不是同一個母親生的。

夜明不像大耀一樣嫡庶分明，只要是同一個父親的孩子，身分都是一樣的。

古麗的母親去世後，她在繼母手底下吃了不少苦頭，也因為這樣，養成獨立要強的性子，這些年習武，騎馬射箭比一眾勇士還厲害，在兄弟姊妹中脫穎而出。

老國王慢慢注意到她，也派些差事給她做，她做得很好，國內百姓對她讚聲一片。

老國王去世前，最中意的就是這個女兒，可惜老國王去世得突然，沒有留下遺詔。夜明國的民風開放，女子可以當差做官，卻沒有女人當國王的先例，王位還是只能由古麗繼母生下的長子繼承。

同父異母的弟弟即位後，古麗的日子就不好過了，不然像出使大耀這樣的事，是不會讓一國公主去做的。

這明顯是給她下絆子——大耀國力昌盛，和談最終的勝利方，肯定是大耀。

這趟差事辦不好，古麗回去肯定落不著好。

蕭玨打聽清楚後，就來跟姜桃說了。

古麗的經歷和姜桃上輩子有些相似，不同的是，古麗比她恣意灑脫，也比她有本事。

無奈有些事並不是自己努力就好，無論大耀還是夜明，對女子的束縛都太多了。

物傷其類，姜桃聽完，忍不住一陣嘆息。

蕭玨見她這般，誤以為她對古麗感到不滿，便道：「古麗公主在繼母手下長大，但關外民風比我們開放剽悍多了。古麗雖沒有母親教養，但據當地百姓說，她武藝了得，古道熱腸，性子剛正，若非生為女子，這任君主該是她了。」

姜桃搖搖頭，解釋道：「不是對古麗不滿意，只是有些感嘆。古麗貴為公主，十幾年來卻過得不算順遂。等她和小南成親後，我得好好待她。」

當天，姜桃又拿起了針線。

這幾年，她不用再為生計奔忙，日常雖也做些針線，但多數是替弟弟們做鞋子、香囊，或者幫窈窈做貼身的小衣裳，已經很久沒做整套的衣裙。

好在，練了多年的功夫還沒丟，她回想著古麗的身形，沒兩天便做好一件衫裙。

衫裙是大耀的款式，但裙襬和袖口比一般的大些，方便古麗施展拳腳，也沒有繁瑣的衣帶，改用珍珠扣。

這些天，她日日拿著針線，家人很快就知道，這是替蕭世南的未來媳婦做衣裳，姜楊還似笑非笑地說起酸話。

「以往姊姊待我們一視同仁，不分手心手背。如今不同了，小南兩口子，得了嫂子兩份關心，對我們實在不公平。」

窈窈在旁邊，也氣呼呼地跟著幫腔。「舅舅說得對，不公平！」

這小丫頭一歲多以前，被家裡人縱著，後來姜桃掌握管教她的權力，就不再對她一味溺愛了。

窈窈兩歲時，便能說會跑，再不犯懶，三歲即有模有樣地用特製的小筷子、小勺子自己吃飯、自己穿簡單的衣裙。現在更是讓人省心，待人接物沒什麼問題。

可她再獨立，也不過是個四歲的孩子，眼看她娘為了替人趕製衣裙，都不和她玩了，可是真吃醋了。

姜桃笑著戳戳閨女的小胖臉。「妳阿楊舅舅不過是在打趣妳小南舅舅，妳這小醋罈子，可不許借題發揮。」

小心思被戳穿，窈窈不好意思地把臉埋進姜桃懷裡。

姜桃揉揉她柔軟的髮頂，慢慢地同她解釋道：「古麗姊姊是小南舅舅未過門的媳婦，馬上就是咱們家的人。之前她還沒到這裡時，一個人吃了不少苦，娘是要把她沒有的補給她。這樣將心比心地待她好，她才能把你小南舅舅、把咱們當一家人。往後家裡多個人疼愛妳，陪妳玩，不好嗎？」

前陣子窈窈因為染上風寒，被姜桃押著，只能待在自己屋裡，因此上次古麗來時，小丫頭沒有見到人。但後來蕭玨跟姜桃說起古麗身世時，沒有避開窈窈，雖然很多地方沒聽懂，她卻記住了，古麗很小的時候就沒了娘親。

她是姜桃和沈時恩的獨生女，但在熱熱鬧鬧的大家庭長大，並不會自私自利，反而很明白有家人的好處。

聽了姜桃一番話，窈窈不再泛酸，一捏胖胖的小拳頭，聲音軟糯又無比認真地道：「窈窈也會努力對古麗姊姊好的！」

一番童言童語，把姜桃他們逗笑了。

窈窈說到做到，後來古麗再到沈家時，小丫頭便主動甜甜地喊人。

古麗印象裡，夜明的孩子是像小牛犢那樣放養著長大的，即便身為皇室公主的她，都是會走會跑的時候，就被放到馬背上。這樣養出來的孩子，格外皮實壯碩，但窈窈卻白淨漂亮、玉雪可愛，像個容易被碰碎的瓷娃娃。

她愣了一下，而後抱胸回禮。「沈小姐好。」

窈窈本是準備斂起小裙子，對古麗福身行禮，看到她的動作，立刻放開裙襬，學著她的樣子，也行了一個抱胸禮。

這又顛覆了古麗的印象，無論在書上，還是這些天的見聞裡，她都覺得中原的貴族小姐是很驕傲又嬌氣的。

可她眼前這個瓷娃娃，半點都不矯情，可愛得讓人想一把摟進懷裡。

姜桃也笑著站起身，同古麗解釋道：「之前窈窈沒見著妳，遺憾了好幾天，現在總算瞧見了，熱情過頭，妳別見怪。」

古麗對窈窈笑了笑，搖頭道：「不會，窈窈小姐很可愛。」

姜桃請古麗坐下，古麗接著問道：「不知夫人喚我前來，是為了什麼？」

姜桃指著桌上托盤裡的衫裙。「這是幫妳做的。正好妳明天要進宮，若是不嫌棄，就穿去赴宴。」

古麗正在頭疼明日進宮和談的穿著。她在夜明身分貴重，可這兩年繼母生的弟弟即位後，就想著法子為難她，削減她的吃穿用度，這次代表夜明出使，連身像樣的衣裳都沒做。而且，她到了中原才知道，這裡的貴族，人人都穿綾羅綢緞，夜明的本族服飾卻是以獸皮為主。她怕因為穿著被大耀皇帝小看，這兩天讓丫鬟幫著買了兩身衣裙。可是，她不懂裡頭的門道，成衣鋪子的老闆瞧著她們是外邦人，賣給她們的東西並不好。

「夫人還特地為我準備衣裳。」古麗驚喜地道謝，當即拿起衣裙，在身上比劃起來。

姜桃感覺到她直接的喜歡，告訴她可以試穿，有不合身的地方，能立刻改。

古麗也不推辭，大大方方地跟著丫鬟，去了內室屏風後頭更衣。

她本來有些擔心自己穿不好中原的裙子，上身之後才發現，這衣裙雖是一層疊一層，但沒有衣帶，而是用扣子，扣子還是用小拇指那麼大的珍珠做的，好看又精緻。更難得的是，衣裙、衣袖和裙襬很大，款式和她以前穿的本族衣裳有幾分相似，不會感受拘束及違和。

古麗像男孩子一樣長到十七歲，但女孩子哪有不愛美的？這樣舒服又漂亮的衫裙，一上身，臉上的笑便越發燦爛。

另一邊，蕭世南聽說古麗來家裡試衣裳，進了府後，沒顧得上回屋去換衣裳，逕自到了正院。

他剛進屋時，正好古麗換好新衣裙出來——

高眺纖細的少女，身著一襲火紅色對襟長裙，明豔顏色襯得她既英氣，又多了幾分女子的柔美。

長裙窄腰寬袖，勾勒出她細窄的腰身，袖口則在她活動間，露出一截雪白的手腕。

蕭世南看呆了，古麗卻沒有察覺到他的失態，欣喜地在姜桃面前轉了好幾個圈，裙襬上火焰色的暗紋流光溢彩，細看之下才發現，暗紋裡竟然摻雜了金絲銀線。

「夫人送我的裙子真美，可惜我沒有中原女子白，不然定能穿得更好看。」

姜桃搖頭。「妳的皮膚也不算黑，是健康的蜜色。而且我瞧妳手腕處是白的，養一養，肯定會白起來。」

古麗笑道：「我們夜明的女子和男子一樣騎馬射箭，我成天往外跑，哪裡能養出夫人這樣的好皮膚來？」

姜桃但笑不語，轉頭看向蕭世南。

這種時候，他這未來夫婿可不該表表態，說往後會好好嬌養著她，再不用受苦那種話？無奈蕭世南根本沒有會意，回過神後，一個勁兒地傻笑。

姜桃懶得再讓他乘機表現了，轉頭問古麗，有沒有哪裡需要改的？

古麗又站起來活動一下，道：「其他都很好，就是腰有些緊，可能是我平時穿慣夜明的寬鬆衣裳。不用那麼麻煩再改了，我習慣就好。」

姜桃讓人把針線笸籮呈上來，道：「之前我並不清楚妳的尺寸，只是按著目測的做，所以早在製衣的時候，就留了改動的餘地，並不麻煩的。衣裙嘛，還是穿著舒服最重要，既不習慣，就修改一下。」

古麗驚訝地看著她熟練地飛針走線，連衣裙都沒有脫下，半刻鐘後，便把裙子的腰身放大了些。

「現在怎麼樣，還要不要改？」

姜桃問完，卻久久沒聽到回應，再抬眼，發現古麗的眼睛忽然紅了。

「這是怎麼了？」姜桃有些懵，立刻把自己的帕子遞給她。

古麗接過帕子，帕子細軟又帶著淡淡的香氣，捨不得用，只用手抹了下眼睛。

「我沒事，只是沒想到，這衣裙是夫人親自做給我的。」

中原的規矩比夜明多，但即便在夜明，身分貴重的婦人也只給自己的孩子做衣裳。

古麗對自己的親娘已經沒有印象，打小和弟弟妹妹相處時，她也不覺得自己比別人差什麼，但看到弟弟妹妹有自己的母親照顧，能吃著母親手做的吃食、穿著母親親手做的衣裳，就打心底羨慕。

小孩子最是敏感，之前窈窈還吃過古麗的醋，現在看她這樣，就說：「古麗姊姊別哭，我娘會做好多東西呢，以後她還會給妳做好多好多！」

古麗看窈窈小大人似的安慰她，還像模像樣用小胖手輕輕拍拍她的背，笑了起來。

「有一件已經很好了，我很滿足，再讓夫人累著，我會不好意思的。」

「這沒什麼，往後咱們就是一家人了。」姜桃笑著看向蕭世南。

蕭世南這木訥的小子總算會意，紅著臉道：「對，是一家人。」

古麗真沒想到沈家的人會這樣和善，因為她送來雪虎和親，就把她當成一家人。

因為第二日古麗就要進宮和談，所以姜桃沒耽誤她太久，跟她說好和談結束再聚。

蕭世南親自把人送出去，換上新衣裙的古麗明豔如火，蕭世南不好意思正眼瞧她，更別說跟她搭話，又是在沈默中把人送上馬車。

他回去後，姜桃還說他。「既然小玨說你們的婚事沒問題，那古麗就是你板上釘釘的媳婦。平時你不是挺能說會道，怎麼現在反而像鋸嘴葫蘆似的？往後可不能這樣，知道嗎？」

蕭世南連連點頭，又有些不好意思地說：「一時還沒習慣多了個媳婦兒，下次注意！」

「不用下次了，明天和談，你也進宮，到時候小玨會當眾再向古麗確認和咱們家結親的意思，這件事就算定了，該商量婚期。」

這話又讓蕭世南一陣傻笑。

古麗這邊，她穿著新衣裙，腳步輕快地地回了驛站。

幾個丫鬟好奇地圍上來，向她打聽去哪裡買來這麼漂亮合身的衣裙，伸手去摸。

古麗素來大方，沒什麼架子，和丫鬟們打成一片。

這次她卻把丫鬟們的手都拂開，語氣輕快地說：「不是買的，是國舅夫人親自做給我的。換上時，腰還有點緊，我本來說不用麻煩的，但國舅夫人說衣裙得穿著舒服才好，當場就幫我改呢。」

丫鬟們異口同聲發出羨慕的讚嘆。

夜明使團到京城快兩旬，這段時日，他們也打聽出不少事情，知道國舅夫人是大耀皇帝的舅母，皇帝很敬重她，在女子中的地位，僅次於宮裡的皇后娘娘。

這樣尊貴的人，居然幫古麗這樣的外邦人做衣裙，而且還比那些成衣鋪子裡賣的好看！

「一定是國舅夫人看我們大公主討人喜歡，所以才這樣！」

「就是，大公主心腸好，人又熱情，只有新國王和太后不喜歡大公主。」

年紀最小的丫鬟剛說完這話，其他幾個丫鬟連忙對她使眼色。

古麗不以為意地笑了笑。「他們不喜歡我，也不是一天兩天了。現在不是在夜明，咱們關起門說說話，沒關係的。」

幾個丫鬟妳看我、我看妳地欲言又止，最後年紀最大的丫鬟阿朵開口道：「這裡有一封給大公主的信，是您出去以後，力剛大人送過來的。」

力剛是和古麗同行的使臣，是夜明國王和太后那邊的人。

古麗的笑淡下來，展開信看了片刻，臉上沒了半點笑容。

信的確是古麗的繼母寫來的，說這次出使至關重要，定要想盡辦法向大耀皇帝索要三成關稅，若是辦不好，就別回去了！

夜明國在大耀的必經之路上，以往大耀會驅除賊匪，確保商隊安全。現在大耀打算大興商貿，去其他國家的商隊將越來越多，所以向大耀收一點關稅充當過路費和保護費，是理所當然的事情。

但之前古麗出發時，新國王說的，明明是一成關稅。

一成稅收雖也不少，但努力談一談，還是有希望的。

現在太后要求三成稅收，真是和明搶沒有差別，連夜明都沒跟子民收過這麼高的稅，大耀又是大國，怎麼可能拱手把三成稅收讓給其他國家？

若夜明昌盛，足以和大耀分庭抗禮，提出這樣的要求，或許還有商量餘地，但夜明國力明顯不如大耀，這種要求不用想也知道，肯定談不成。

而且，從夜明到大耀路途遙遠，古麗一行人足足趕了兩個月的路才到大耀境內，入關之後，又走了快一個月。

這封信現在送到，也就是說，她們前腳出發，太后後腳就寄了這封信。

阿朵識字，見古麗臉色不對，連忙湊過去掃了兩眼。

「太后實在太過分了！」阿朵握著拳頭，義憤填膺。「這是獅子大開口，提這種要求，就不怕惹惱大耀皇帝，然後派兵攻打夜明嗎？」

古麗揚起一絲苦澀的笑容。「大耀的皇帝即位不久，而且看他即位後做的那些事就知道，他不好戰弒殺，而是一心為中原百姓謀福利。況且這只是一次和談，就算談崩，夜明再派人來送禮示好，降低要求，看在過去兩國多年邦交的面上，大耀皇帝不會死咬著不放的。」

「太后就是故意為難公主，這可怎麼辦啊？」

新任國王即位後，太后便想除了古麗這個眼中釘，把她嫁到偏遠的小地方。

但那時老國王剛過世，朝中有大臣看在老國王的面子上，幫古麗說話，太后才暫且沒發落她，安排這次出使的差事，要古麗離開夜明。

此行路上就花了快三個月，在京城又待了快一個月，就算和談後立刻回去，古麗也離開了半年多。

一朝天子一朝臣，經過半年，新國王的地位穩固，古麗也知道，這次回去，再也沒人會幫她了。

可真讓她回去嫁給太后隨便安排的人，她怎樣都不肯！

古麗把信隨手撕了，道：「按著太后的意思談，談崩了，咱們就不回去了！」

古麗不是一味挨打的人，這次出使，她帶上積攢多年的金銀，還把要好的丫鬟全帶出來，與其回去被太后刁難，不如離開夜明，投靠她的外祖父去。

第一百一十章

第二天一大早，古麗一行人進了宮。

蕭玨讓人備好酒菜，親自接見他們。

請他們落坐後，蕭玨隨口問道：「往常來的使臣呢？這次怎麼沒同你們一起來？」

夜明有個很厲害的使臣，極有眼力和本事，還通許多國家的語言。古麗的中原話，就是跟他學的。

不過，那使臣太有本事了，太后是讓古麗來當炮灰，不是立功，所以沒讓他來，而是派了自己的親信力剛。

力剛強壯如牛，滿臉橫肉，武藝十分了得，卻沒什麼腦子。

他當即回道：「太后派了大公主和我前來，也是一樣的嘛！哈哈！」

力剛的中原話說得比古麗還差，滿嘴的奇怪口音，而且在御前也不知道收斂，嗓門大到震得人耳朵生疼。

蕭玨聽著，不悅地皺了皺眉。

一旁的蕭世南看他皺眉，立刻對他狂使眼色。

蕭玨轉念一想，下頭坐著的是蕭世南未來的媳婦，因為一點場面上的禮節，沒必要鬧得難看。

所以，他只是略顯不耐地擺擺手，讓力剛坐下，轉頭看向古麗時，臉上又帶起了笑。

「古麗公主，朕再向妳確認一次，之前送嫁妝到沈家的事情，可還算數？」

古麗立刻回答道：「自然是算數的。」

雪虎雖是他們一族的至寶，但既然說好要送給大耀，自然不會反悔。

「好！」蕭玨的笑又和煦了幾分。「那這門親事，朕就應下了。婚期的話，還是聽國舅夫人，也就是朕舅母的意思。」

古麗納悶，為什麼兩隻老虎配種還要訂婚期？但這段時日見識了中原繁瑣的禮節，便沒細問，怕問多了顯得沒見識，而且她更關心的，還是和談的事情。雖說談崩了索性不回去，但夜明到底是生養她的地方，能回去的話，古麗還是想回去的，所以提起商路關稅的事。

蕭玨心情好，但聽到古麗說，夜明想要三成關稅時，臉上的笑便垮了。

「你們未免太貪心了！」他板著臉，瞇了瞇眼。

對外的商隊需要通關文牒，要向國家繳稅。蕭玨想著對外通商路途遙遠，危險未知，那銀錢掙得十分辛苦，只收了一成稅。

現在古麗一張嘴就是三成，是大耀所得的三倍之多！

這加起來，對商隊來說，利潤一下子就去了四成，那他們不辭辛苦、搭上身家性命去行商的意義何在？直接在自己國家做生意不好嗎？

古麗也有些心虛，但只能硬著頭皮道：「給我們三成關稅，往後商隊的安全，由夜明全權負責。」

蕭玨直接氣笑了。「夜明總共有多少軍隊？有沒有十萬？往後我們每年對外通商的商隊，人數比夜明的軍隊還多，你們保護得了？」

當然是保護不了。古麗臊得臉都紅了，趕緊轉頭看向力剛，希望他幫著說話。

力剛的中原話說得十分蹩腳，連蕭玨和古麗的對話都聽得一知半解，這自然是太后的故意安排，這樣和談不成，便是古麗的責任，乾脆撓頭裝傻。

蕭世南見狀，急壞了，對著蕭玨又是一通使眼色。

蕭玨看見了，但關稅是涉及百姓利益的要事，自然不能感情用事。

氣氛僵持良久，蕭玨最後還是讓了一步，道：「朕本來只想分半成給你們，但看在往後兩國是姻親的分上，再讓一部分，分一成給你們。」

要是早一天聽到這樣的消息，古麗肯定十分高興，眼下只能咬牙堅持。「不行，就是要三成的。」

蕭玨又氣笑了。「古麗公主，請妳認清現狀，夜明在關外算是大國，但和大耀相比，還沒有這種獅子大開口的底氣！」

他說的，古麗當然知道，還知道和談這樣的事，都要商量和討價還價。比如她想要一成，那麼開始時該說要兩成，等到蕭玨讓步時，她也讓一步。

可她要的是三成，按著討價還價的路數，張口得要四成。但她哪裡張得開這個嘴啊？自己都要唾棄自己不要臉。

蕭玨氣壞了，要是平時來這麼個獅子大開口、還半分不肯退讓的使臣，早被他趕回去。可眼前這個是蕭世南的未來媳婦兒，和談開始前，就說定了。

所以，蕭玨胸脯劇烈起伏之後，還是沒說什麼傷及古麗臉面的話，只鐵青著臉道：「既然古麗公主不肯讓步，那這件事容後再談。」

古麗又是一陣納悶，她按著太后的意思提出這樣無理的要求，大耀皇帝不僅沒發火，還說容後再談，脾氣也太好了！她都想好了最差的結果，準備當夜逃跑呢。

於是，她和力剛起身告退。

等他們退出大殿，蕭玨氣得狠狠拍了下桌子。

蕭世南連忙起身到他身邊，討好地捋著他的後背，勸慰道：「不氣不氣，不就是沒談成嘛，下回再接著談。古麗不是那種不講道理的人，肯定是她繼母和弟弟貪心不足！」

蕭玨瞪他一眼。「要不是因為你，我至於受這種氣？一個小小夜明國的使臣，我直接派兵端了他們的老巢！」

他確實氣得不輕，後來去沈家時，還向姜桃抱怨了一番。

別看蕭玨在人前放狠話，到了姜桃面前，卻像撒嬌訴苦，氣呼呼地說：「我就是看著小南的面子才這樣，換成別人提這種要求，還分毫不讓，非得讓使臣跪下來向我賠罪不可！」

姜桃接過丫鬟呈上來的茶盅，遞給蕭玨。「說什麼氣話呢？上回來的時候，還聽你咳嗽，要是氣壞了，小心又咳起來。」

蕭玨端起茶盅抿了兩口，喝到的卻不是茶，而是冰糖川貝燉雪梨，清甜的雪梨水入喉，讓他的火氣沒那麼大了。

「我和古麗相處不多，回頭試著和她打探一下，這關稅到底是誰訂的。若只是她繼母的意思，咱們回絕歸回絕，別傷了她的心就好。」

蕭玨聽著姜桃不疾不徐、溫溫柔柔的語氣，一肚子的怒火消下泰半，道：「那就麻煩舅母從中說和了。」

和談之後的幾天，姜桃正準備讓人請古麗過來，古麗卻自己上門了。

她是來送母雪虎的，若不是為了這個，她還真不好意思再登門。大耀的國舅夫人對她這麼好，她卻在和談的時候表現得那麼貪婪。

姜桃卻不惱她，聽說母雪虎來了，先讓人把關著母雪虎的籠子送到雪團兒在的小院子。

雪團兒早就聞到了同類的氣息，籠子剛落地，上頭的黑布還沒掀開，便急切地從屋子裡衝出來。

古麗親自把黑布揭開，一隻毛色和雪團兒同樣潔白的母老虎出現在眾人眼前。

牠的個頭比雪團兒小一圈，有些瘦，看著不太有精神。

好在雪團兒並沒有嫌棄牠，而是急不可待地開始扒拉籠子。

見雪團兒喜歡對方，姜桃總算放下心來。

但老虎配種這種事，她沒有經驗，只能按著後世養貓的辦法來，先分開幾天。

她交代下人，先把母雪虎送到雪團兒隔壁，等幾天後，牠們熟悉了彼此的氣味，再放到一處，隨後挽著古麗，回到正屋說話。

古麗長這麼大，見過的雪虎不少，卻從來沒見過雪團兒這樣乖覺、通人性的。明眼人都看得出來，牠急著想跟母雪虎親近，但姜桃和牠說，要等幾天才能讓牠們在一道後，就不再去扒拉籠子了，乖乖讓到一邊，讓下人把母雪虎送到牠隔壁。

古麗對沈家這隻雪虎太好奇了，當即問起雪團兒的來歷。

姜桃把雪團兒的身世告訴她，又解釋道：「以前我們這裡的人不知道雪虎對夜明的意義，只把牠當珍奇異獸，所以才捉了送來。正是因為不了解，當年雪團兒的母親才會死去。如今知道了，往後不會再讓人抓捕牠們了。」

古麗點點頭。「你們這裡有句話叫『不知者無罪』，我能理解的。」

姜桃看她確實沒有怪罪的意思，心裡越發喜歡這個說話坦率的女孩。

古麗忽然嘆了口氣。「我小時候不懂事，也跟我父王鬧著要養雪虎，父王耐不住我一直吵，讓人弄來一隻。那隻雪虎很不溫馴，一開始絕食，後來好不容易肯吃東西，還是對我很凶，想傷害我。父王沒辦法，只能把牠放回山林裡。

「那時候我哭了好久，父王就說，往後再有溫馴的雪虎，肯定不送到中原來，一定留給我養。」

她的語氣十分落寞，稍微通人情的人都知道，她不是在懷念那隻養不熟的雪虎，而是懷念在世時疼愛她的父王。

姜桃伸手拍拍她的手背，陪著她安靜地坐了一會兒。

古麗從低落的心情中恢復過來，有些不好意思地說：「我不該說這些讓人傷心的話，但也不知怎的，對著夫人的時候，想到什麼就說出來了。」

「這有什麼？」姜桃拿帕子輕輕拭拭她濕潤的眼角。「在家裡就是這樣的，要是藏著掖著，反而不好。」

「在家裡？」古麗聽著這話，淚意又上湧了。

姜桃不想再惹她哭，沒再多說，只安撫地捋了捋她的後背。「天要黑了，等會兒該用晚飯了。這次，妳可得留下來吃飯。」

古麗感受到她發自內心的善意，吸著鼻子點點頭。

傍晚時，沈時恩他們回來，蕭玨也過來了。

古麗還是第一次在皇宮外頭見到蕭玨，驚訝之餘，更有些畏懼。

姜桃看她直接往自己身後躲，寬慰道：「在家裡不論外頭的身分，只是家人一起吃頓飯而已。」

古麗這才在姜桃手邊坐下，坐下後，另一邊還空著。她唯恐蕭玨坐在旁邊，就伸手拉住蕭世南，想讓他坐到她身邊。

蕭世南自打回來後，便一直用眼角餘光偷偷看古麗，但不好意思來搭話。

突然被古麗這麼一拉，他頓時樂開了花，覺得自己不能再這麼退縮，當即小聲問古麗。

「妳想和我坐在一塊兒嗎？」

古麗點頭如搗蒜。

在這個家裡，除了姜桃，她最熟悉的，就是見過好幾次的蕭世南。跟他一起坐，當然比別人好，尤其是跟蕭玨這個皇帝相比！

蕭世南笑著坐到古麗身邊，其他人見到他們這般甜蜜，都露出會心的笑容，但也怕他們害羞，是以都沒有說破。

眾人落坐之後，丫鬟呈上菜餚。

姜桃調整一下位置，將幾道肉菜放到古麗面前。

「我向人打聽才知道，夜明的吃食是以肉食為主，我就準備了幾道炙鹿肉、烤鴨，還有烤羊腿，不知道妳吃不吃得慣。」

古麗剛到中原時，驚嘆於中原人的食不厭精、膾不厭細，但到底離開家鄉三個月，說不思念家鄉的味道，是不可能的。

且不說姜桃這菜餚口味是否和夜明國一樣，光是這分心意，便足以讓人動容。

古麗拿著筷子挨個兒嚐過，感激地笑道：「中原做出來的味道，果然和我們那裡不同，但味道也很好！之前夫人親手幫我做衣裙還不算，現在又替我做菜，我實在……」

她一個激動，嘴裡迸出一串外邦話，眾人雖然聽不懂，卻都知道，肯定是感謝的話。

但大家的心思顯然不在她的家鄉話上，而是聽到前頭就開始悶笑。

古麗說完話，發現大家都在笑，小聲解釋道：「我不是故意要說夜明話的，實在是一時間不知道說什麼好了。」

蕭世南連忙止住笑，解釋道：「不是因為這個，而是這菜不是我嫂子做的！她的針線功夫出類拔萃，但廚藝就真的……一言難盡。」

古麗歉然地對姜桃笑笑。「夫人身分尊貴，就算不是您親手做的，我也會好好品嚐。」

這些年，因為廚藝，姜桃不知被這幾個小子嘲笑過多少回，起初還想著挽回顏面，後來被笑太多次，也就算了。

有姜桃在，蕭玨自然不會再提起他和古麗之間的不快，一頓飯吃得賓主盡歡。

膳食撤下去後，姜桃藉口說要幫古麗做新鞋，把她喊到內室，兩個人關起門說話。

她拿出短尺替古麗量腳，古麗毫不介意，把鞋襪脫了。

姜桃一邊記下尺寸、一邊閒話家常似的開口道：「聽說日前妳進宮和談並不順利？」

說起這個，古麗臊得垂下了眼睛。

她可以不在乎其他中原人怎麼想她，但國舅夫人對她這麼好，如果因為和談的事情，國舅夫人把她想成那種貪得無厭的小人，她的心就揪成了一團。

所以不等姜桃繼續問，古麗便解釋道：「關稅不是我訂的。我離開王都之前，王弟和我說的是一成。來了京城後，我收到太后的信，改口要三成，我只好照著她的要求去談。」

她說完，小心翼翼地打量姜桃的臉色，生怕她不信。

幸好，這結果和姜桃預想的差不多，所以她並不意外，只是凝眉道：「想來妳也知道，這關稅是談不攏的。若是別的，我還能幫妳爭取一二，但這涉及百姓的民生大事……」

古麗理解地點點頭。「只要夫人不把我想成那種壞人就好。」

「那這差事要是辦不好……」

「辦不好拉倒。」古麗把鞋襪穿好，不以為意地笑了笑。「反正我已經盡力談過了。我在夜明，只有父王一個親人，他去世之後，剩我自己了。與其回去處處被太后他們為難，不如就不回去了，過自己的！」

姜桃垂眸想了想，之前她還很詫異古麗怎麼突然送嫁妝來，但蕭世南和蕭玨都和她確認過了，她也沒說反悔。現在聽到這話，她越發確定，古麗應該在夜明處境艱難，又恰好對蕭世南有了好感，才做出那樣大膽的舉動。

她心下嘆息，摸了摸古麗的髮頂。

古麗覺得奇怪，眼前的國舅夫人雖然已經有了個四、五歲的女兒，但生產後保養得極好，看著沒比她大多少，但給人的感覺卻很親切、很溫柔，讓人對著她的時候，忍不住放下心裡的防備。

後來，姜桃又問了古麗喜歡的顏色和花樣。

兩人說著話，見外頭天色完全暗下去，古麗便帶著丫鬟起身告辭。

等古麗走後，姜桃把她的話告訴眾人，隨後看向蕭玨。

因為之前和談的事，蕭玨對古麗的印象有些不好，聽說是夜明國王和太后臨時變卦，面色緩和了一些。

「謝謝舅母特地幫我問了其中緣由，這次和談勢必不會成功，但不論成果如何，我都不會遷怒到古麗公主頭上。」

姜桃點點頭，轉頭不忘叮囑蕭世南。「古麗一個姑娘家在外不容易，往後她離鄉背井，你可不能覺得人家娘家沒人，就欺負人家。」

蕭世南立刻保證。「肯定不會！嫂子還不了解我？知道了這些，我只會待她更好。」

一家子說完話，便回宮的回宮、回屋的回屋了。

蕭世南回去後，想了又想，現在他是靠著嫂子才和未來媳婦兒說上話、吃上飯。現在知道她兩難的處境，要是再不做點什麼，那還算不算男人了？

隔天，蕭世南去了驛站，邀請古麗同遊。

古麗有些納悶，聽蕭世南說是姜桃讓他來的，便欣然同意了。

第一百一十一章

蕭世南帶著古麗，先去城外騎馬，而後又到城裡吃飯。

兩人都是陽光外向的性子，之前又見過好幾次，這趟玩下來，更是熟稔了。

飯桌上，蕭世南聽古麗抱怨，之前在一家成衣鋪子花了大錢置辦衣裙，但對方給的東西很不好，別說跟姜桃幫她做的那身相比，連和街上普通富人身上穿的都不能比。

「幸虧我後來認識了你們，不然真要以為中原人都是那樣奸猾狡詐的。」

聽到這裡，蕭世南哪裡還坐得住，吃完飯就帶著古麗去討公道了。

那成衣鋪子的掌櫃也是個有眼力的，看到和古麗同來的蕭世南氣度不凡，衣著華貴，不等他們開口，就搶著說話了。

「姑娘總算來了。之前姑娘您買的衣裙，被粗心的夥計弄錯了。我心裡過意不去好幾日，無奈不知姑娘在哪裡落腳，一直沒能把該給妳的衣裙送過去。」

掌櫃說著話，讓夥計呈上店內最華貴的衣裙。

古麗撓了撓頭，小聲同蕭世南道：「原來是誤會一場，真抱歉，我之前那樣說中原人。」

蕭世南當然看得出來，這是掌櫃耍的小聰明，但古麗剛到這裡不久，認識的人還不多，他不想因為眼前這個偷奸耍滑的掌櫃，讓古麗對大耀生出不好的印象，所以沒說什麼，只是警告掌櫃。

「這次的事就算了，要是再有下回，我肯定不會這麼簡單就善罷甘休！」

他說著話，亮出腰間的兵部腰牌，掌櫃嚇得冷汗都冒出來了，連忙保證不敢再有下回。

從成衣鋪子出來後，古麗對著蕭世南又是一通感謝。

蕭世南有些害羞地說沒什麼，是他應該做的。

下午，他又陪著古麗逛了逛，用完晚飯後，兩人本要分別了，蕭世南卻忽然面色發白，額頭沁出冷汗。

古麗忙問他是不是有什麼不舒服，他卻咬牙不肯說。

古麗嚇壞了，立刻把他送回沈家。

這天，姜桃聽說蕭世南約古麗出去玩，還挺高興，想著這小子總算開竅了，沒想到傍晚時，卻看到蕭世南被古麗攙扶著回來。

蕭世南在外頭還能死撐，眼下卻是面色慘白，大汗淋漓。

姜桃忙喚丫鬟去喊大夫，然後起身幫古麗攙著蕭世南，去窗邊的炕上躺下。

大夫過來，診斷後說，蕭世南犯了胃疾，先開湯藥催吐，把胃裡吐空了，再吃別的藥。

丫鬟去抓藥煎藥，姜桃看著痛得連話都說不出的蕭世南，又是心疼、又是無奈。

「你說說你，胃疾都多少年沒犯過了。一眼沒盯著你，就把自己弄成這樣！」

蕭世南擠出一個討好的笑，隨後胃又是一陣抽痛，他悶哼一聲，就顧不上說話了。

沒多久，丫鬟送來催吐湯藥，姜桃端著藥碗餵給他喝。

湯藥下肚，眨眼工夫，蕭世南便扶著炕沿，對著痰盂一通吐。

等他吐完，姜桃拿茶水給他漱口，而後讓丫鬟把痰盂端出去。

「我看到你吐出來的東西上飄著一層紅油。你都這麼大了，怎麼不把自己的身子當回事？等你哥回來，我肯定是要和他說的！」

蕭世南連忙告饒，古麗歉然地開口道：「這全怪我，是我提議要去辣味莊吃飯的。」

辣椒在夜明是稀罕的香料，就算是王公貴族，也只能在吃食裡加少許調味。所以經過辣味莊這專賣辛辣飯食的酒樓時，古麗聞到裡頭辛辣的味道，便提議去那裡吃飯。

「這哪能怪妳啊。」蕭世南吐了嘴裡漱口的茶水。「妳又不知道我有胃疾。是我太自大，想著胃疾許久沒犯，應該是已經好了。」

看蕭世南吐完後，不再接著冒冷汗，姜桃讓他乖乖躺著等喝第二服藥，而後把古麗拉到外間說話。

方才蕭世南吐得天昏地暗，屋裡的味道不算好聞，可古麗卻沒有半點嫌棄，只是關心他的身子。

姜桃越發喜歡她了，看她自責得眼眶都紅了，安慰她道：「妳不用怪自己，如他所說，是他自己不知道輕重，以為自己不會再犯病，才沒跟妳說。」
古麗還是自責不已。「蕭世子是不想讓我掃興才那樣的。我心裡實在過意不去，未來幾天，我想過來照顧他，夫人看方便嗎？」
兩人馬上就要訂下婚期成婚，姜桃自然說方便。
蕭世南服了第二服藥就睡著了，古麗便回去收拾行囊，準備搬過來照顧他。

等蕭世南一覺睡醒，外頭已經暮色四合。
沈時恩和姜楊都回來了，正和姜桃在屋裡小聲說話。
蕭世南撐起身子坐起來，眼神先在屋裡梭巡一會兒，沒找到古麗，有些灰心喪氣。
沈時恩看他起來了，止住面上的笑，看著他道：「你怎麼回事？好好地出去，卻橫著回來？都要成家的人了，還讓你嫂子操心。」
沈時恩當父親後，氣質越發沈穩，也更有威嚴了。
從前蕭世南就敬重他，眼下被他這麼一說，像個做錯事的孩子一般，低下了頭。
姜桃輕輕拉沈時恩一下，轉頭接著道：「就是你哥不說你，我也是要嘮叨你兩句的。之前確實是我說你該對古麗好些，但你再想討她歡心，也不該拿自己的身子開玩笑。」
她說得十分認真，畢竟這個時代醫療條件落後，真要弄出個胃潰瘍、胃穿孔的，也不知靠著湯藥能不能治好。

蕭世南連忙保證，再不敢拿身體開玩笑，隨後失落地道：「本來是想好好表現，才陪著古麗去吃辛辣菜，沒想到疼得不得了，還要讓古麗攙扶著我回來，她一定覺得我很沒用、很可笑。」

古麗恰好走進來，聽了這話立刻道：「你怎麼會這麼想我？你先帶我去討公道，又不顧身體陪我去吃飯。你們中原有句話叫『捨命陪君子』，說的大概就是蕭世子這樣的好人。」

蕭世南見了她，面上不由一喜，聽她一通誇，又有些不好意思，小聲道：「我沒有妳說的那樣好。不過妳放心，以後我肯定會對妳更好的。」

這讓古麗感動極了。她一個外邦人，和這些人非親非故，哪裡值得他們待她這麼好？換成別人，古麗或許會覺得事出反常必有妖，但眼前這幾位，隨便一個都是身分尊貴、地位尊崇，能圖她什麼呢？只是單純地對她好而已。

「我也會對你好的！」古麗立刻保證。

姜桃和沈時恩對視一眼，眼中都是難掩的笑意——蕭世南這傻小子，算是因禍得福了。

接下來的日子，古麗帶著幾個丫鬟在沈家住下。

起初丫鬟們還怕自己在沈家這樣的高門大戶裡被嫌棄，後來發現，姜桃的規矩氣度很好，卻不強求旁人，知道她們和古麗情同姊妹，也愛屋及烏地待她們，吃穿用度都沒有短了她們的不說，也不會拘著她們出門。

古麗則盡心盡力地照顧蕭世南，但她個性有些大大咧咧，有時候接過丫鬟呈上來的湯藥，沒先試過，就直接端給蕭世南喝。

蕭世南面不改色地喝下，古麗再拿回藥碗時才發現，湯碗熱得嚇人！摸著都覺得燙，那喝下去得多燙啊！

她自責地道歉，蕭世南燙得舌頭都麻了，還反過來安慰她，都說湯藥要趁熱喝嘛。

古麗每次都被他逗笑，下一次再照顧他的時候，也會更加小心。

兩人天天見面，又都是愛說愛笑的性子，沒兩天，就開始無拘無束地談天說地了。

古麗很喜歡聽他說以前的事情，聽他們那會兒在小縣城裡隱姓埋名，雖然不算大富大貴，卻很幸福和睦的小日子。

蕭世南最是閒不住的，但因為有了古麗的照顧和陪伴，一場胃疾足足養了半個月。

這半個月裡，夜明和大耀進行了第二次和談。

古麗索性不參與了。反正注定要談崩，她也沒想著再回夜明。退一萬步講，就算真的談成，她繼母和王弟也不會因為她立下功勞，就改變對她的態度。

力剛派人來請她，但古麗不願意去，姜桃自然護著她，外邦使團的人再大膽，也不敢擅闖國舅府，只好作罷。

半個月後，蕭世南完全好了，又成了生龍活虎的模樣。

這時，姜桃幫他做的喜服也完工了，因為家裡催著他成親，所以喜服早就做了個大概，只差繡紋而已。

古麗的喜服則要從頭開始準備，還沒做好。

姜桃讓人把喜服送去給蕭世南，還特地帶話，讓他親自問問，古麗是按著大耀的規矩，先走六禮訂親，還是像夜明那樣直接成親。小倆口有商有量，也能讓感情更和睦。

蕭世南樂呵呵試穿喜服，因為是姜桃特地親手做的，所以不論布料還是款式、繡紋，都格外合適討喜。

大紅色的喜服襯得蕭世南眉眼越發俊俏，古麗來尋他時，見了先是微微一愣，而後笑道：「你這新衣裳真好看！怎麼平時不見你穿這樣的？」

蕭世南羞澀地躲到屏風後頭，一邊換下喜服、一邊道：「這個是成親才能穿的！在我們大耀，一般男子只有成親時才會穿這種豔色，平時還是穿藍綠黑白幾色的多。」

「你……要成親了？」古麗的聲音忽然變得有些悶悶的。

「是啊。」蕭世南已經換上自己的衣裳，繫著外袍的衣帶。「妳覺得太快了嗎？其實我也不是很著急，還是看妳的意思……」

他說著話，走出屏風，發現屋裡已經空無一人。

果然是他太著急，嚇到古麗了？

蕭世南無奈地笑笑，想著還是和他嫂子說說，將婚期延後一段日子吧。

另一邊，古麗有些失魂落魄地回了自己的院子。

這個院子是姜桃收拾出來的，考慮到她帶的丫鬟多，格外寬敞，院子裡還特地放了個秋千架。

大丫鬟阿朵正帶著幾個小丫頭打秋千，看到古麗突然回來，年紀最小、性子也最跳脫的丫鬟從秋千上跳下來，笑著問：「公主今天怎麼回來得這麼早？是不是蕭世子又給您什麼好玩的東西，急著拿回來和我們一起玩？」

這段時日，蕭世南在屋裡養病，仍有心地讓小廝去外頭蒐集好吃的、好玩的，古麗每天都能得到新鮮玩意兒，丫鬟們也因為她的緣故，在這裡吃得好、玩得好，簡直樂不思蜀了。

古麗悶悶地坐到秋千上，阿朵見了，讓小丫頭自己玩去，又問她，是不是出了什麼事？

古麗蹙著眉搖搖頭，摸著心口沒說話。

阿朵急了，連忙蹲下身追問：「公主，是不是太后又讓力剛大人為難您了？」

聽到她語氣裡的焦急，古麗才抬起頭道：「力剛連國舅府的大門都進不來，怎麼為難我？不是這件事。」

「那到底出了什麼事？您這是要急死我嗎？」

古麗又捶了胸口兩下，才告訴她。「真的沒什麼事，就是我剛去找蕭世子，他說他要成親了。」

「他要娶妻了？」阿朵霍地站起身，氣道：「那為什麼還要和您走得那麼近？我去找他問問！」

古麗立刻拉住她。「是我害他病了，才說要照顧他的。而且我是他什麼人呢？憑什麼去質問他？」

「可他之前日日送東西給您，我們幾個私下都在說，他肯定是喜歡公主才那樣的。」

丫鬟們的議論調笑，古麗也聽過幾次，沒放在心上，只叮囑她們在自己院子裡說就好，不要當著別人的面說這些。

如今回想起來，只覺得諷刺。

「他不喜歡我就算了，我們夜明國的女兒，難道還愁沒人喜歡？」

古麗笑得十分勉強，半點兒都沒有從前的恣意瀟脫。

阿朵看著，心疼極了。「既然公主喜歡他，那乾脆趁著他還沒成親前，把他搶過來！」

夜明有搶親的習俗，大耀卻是沒有的。

而且，古麗住在沈家這段時日，姜桃是真把她當自家人，說話的時候並不避開她。她聽姜桃和人聊起過，某個伯爵府的姑娘因為太恨嫁，先後兩次在人前出醜，壞了名聲，連累一家子姊妹都嫁不出去了。

她要是搶了大耀姑娘的親事，對方不也就是這種下場？

古麗做不出這樣的事，只是搖搖頭。「我哪裡就喜歡他了？只是……」只是了半天，都沒說出後半句話。

之前古麗沒清楚感覺到自己對蕭世南的感情，但方才聽到他說要成親時，胸口的悶痛是騙不了人的。

而阿朵這樣的局外人就看得更清楚了，自從老國王去世後，古麗再沒有這麼快樂過。她們幾個丫鬟私下裡還說，蕭世南對她這麼好，國舅夫人又格外和善，如果古麗真嫁到這裡，以後肯定能這麼一直快樂下去。

「好了，不說這些。」古麗甩甩頭。「本來我們的計劃是等力剛回去覆命時，找藉口多留兩天，等他一走，就直接去找我外祖父。現在，我們早些走吧，反正力剛靠近不了國舅府，我們偷偷跑了，他也不知道。」

阿朵輕輕嘆了口氣，但她了解古麗的倔強和驕傲，所以沒再多說什麼。

這天吃午飯時，古麗找了個藉口，沒和國舅府的人一道吃。

姜桃讓人把飯食送到古麗的院子，轉頭問蕭世南。「你今天怎麼和她商量的？怎麼連飯都不過來一道用了？是不是你沒好好聽她的話？」

今天蕭世南才被解禁，可以吃肉了，一面埋頭挾菜、一面道：「我什麼都沒說，古麗看我試穿喜服，話都還沒說上，就直接跑了，可能是害羞了吧。」

姜桃一想還真是，古麗直接上門送嫁妝的方法雖然大膽，但到底是女兒家，真到了要嫁人的時候，肯定會害羞。

「不然你再過去問問她，或者我來和她商量一下？」

這日，曹氏來探了蕭世南的病，留下吃飯，聽姜桃說到這裡，打斷道：「古麗雖是夜明的公主，但往後嫁到我們這裡，得按著我們的規矩來。未婚夫妻哪有天天膩在一起的？小南在婚前不要再去見她。明天我和他爹，還有妳和時恩，一起去和古麗商量成婚的細節。」

蕭世南一迭連聲應好，回去歇下後，又覺得渾身不自在。

兩人朝夕相對好幾天，感情可說是發展得一日千里，這婚期短則三個月，長則半年，要是一直見不到人，豈不把他折磨死？

「現在婚期還沒訂，再見一見，應該沒事吧？」

蕭世南嘟囔著，去了古麗的院子。

古麗的院子沒有沈家的下人，但她丫鬟眾多，一直是很熱鬧的。

可今天這院子格外清靜，蕭世南喊了好幾聲，都沒人來應他。

等他進屋，才發現古麗和她的丫鬟們都消失了，桌上只留下一封信。

古麗的中原話說得很不錯，但漢字卻寫得很不好。

簡短的一封信，蕭世南看了好一會兒，才知道上頭寫的是她離開了，很感謝姜桃和蕭世南幾人這段時日對她的照拂。

他腦中空白一瞬，反應過來時，已經到了馬廄，隨即跨馬而上，勒緊轠繩縱馬而去。

第一百一十二章

古麗用過飯後，便帶著丫鬟離開國舅府。

因為她平常就會出門，這次離開也沒帶什麼行李，所以沈家下人並沒有攔著她們。

一路無言到城外，古麗勒緊韁繩停下，回望城門，似是透過這道門，想看到門裡的人與風景。

一刻鐘後，她狠狠眨了下眼，接著轉頭往前看，不再回頭。

優柔寡斷，可不是夜明女子該有的樣子！

「出發！」

她聲音落下的同時，一陣策馬聲由遠至近。

蕭世南一人一馬從城門中匆匆趕來。

古麗騎射功夫不差，也和蕭世南一道騎馬出過城，兩人表現得旗鼓相當。

如今看到他這縱馬狂奔的矯捷身姿，古麗才知道，之前他是讓著她的。

眨眼工夫，蕭世南已經橫在車隊之前。

「你還有臉來？」阿朵把他當成欺騙自家公主感情的負心漢，咬牙切齒，就要跳下車。

騎在馬上的古麗先一步止住了她的話，問蕭世南。「你的身子才剛好，怎麼突然騎馬出城了？」

這話問得蕭世南一窒，三分氣急，剩下七分是委屈。

他為什麼出城，當然是來追她啊！

「是我哪裡做得不好，惹妳生氣了？所以才這般突然留書出走？」

蕭世南定定地看著她，臉上泛紅，急促的呼吸使胸膛一陣起伏，宛若被遺棄的大狗。

古麗見他這麼著急，心裡似被攥緊般難受，眼眶也跟著發紅。

她強忍住淚意，撇過臉。「夜明，我回不去了。我外祖父是其他部族的首領，力量雖比不上夜明，更不能和大耀相提並論，但他和舅舅們十分疼愛我，護我平安不是難事。」

蕭世南心下微微一鬆，想著難道是自己會錯意，她並不是要離開，而是要去請能作主的長輩來確定兩人的婚期？

「那妳什麼時候回來？」

古麗的眼淚毫無防備地落下。強撐到現在，已經是她的極限。

「你問這些還有什麼意義？你已經是要成親的人了！我知道你們大耀沒有搶親的習俗，所以我自己提前走！你追過來還不算，還要問我這樣的話……難道你真是阿朵說的那種三心二意、薄情寡信的男人嗎？」

最後一句話，古麗是用夜明話說的，蕭世南沒聽懂，阿朵她們幾個卻是聽懂了。

幾個丫鬟哪裡能看到她哭，立即跳下馬車，用不熟練的中原話開始質問蕭世南。

「既然蕭世子要和別人成親了，就不該對我們公主那樣好。」
「我們夜明是一夫一妻，可不像中原男人三妻四妾。難道你想讓我們公主當妾嗎？」
蕭世南被她們圍著嘰嘰喳喳地罵了一通，頭大的同時，又很委屈。「我什麼時候說要娶別人了？我要娶的，不是只有妳們公主嗎？」
這下子輪到阿朵她們發愣了，齊刷刷地轉頭去看古麗。
古麗呆呆地問：「你要娶我？」
「那不然呢？」蕭世南隱隱察覺到不對勁。「早些時候，妳親自送嫁妝來，還口口聲聲說什麼『天定良緣』。在宮裡，小玨又親口問了妳，妳也答應。後來，我邀妳一同出遊，之後我病了，妳親自照顧，還住到我家……」
「不不不，嫁妝是送給母雪虎的，我說的天定良緣，是指母雪虎和你家雪團兒。大殿上，皇帝問的，是我送的嫁妝算不算數。你我相識一場，出去同遊很正常，也是因為我的緣故才生病，所以我應該照顧你。」
「這……」蕭世南尷尬地撓撓頭。「原來是因為兩國風俗不同，所以鬧了個大烏龍！」
古麗不理解鬧烏龍這個詞，歪了歪頭，沒接話。
蕭世南想了半晌又說：「那不對啊，既然這事只是誤會，妳不知道要跟我成親的是妳，不是更沒理由離開了嗎？」
阿朵在旁邊聽著，總算捋清了來龍去脈，無語地看蕭世南一眼。不過也沒多說什麼，只是不等古麗吩咐，便喊其他幾個丫鬟一道上車，然後掉轉了車頭。

古麗沒應他的話，只問他。「那如果是誤會，你的名聲會不會受到影響？」

蕭世南心裡空空落落的，還是強撐著笑，道：「沒關係，反正我也搞砸了兩門親事。蝨子多了不癢，債多了不愁嘛！哈哈。」

他乾笑兩聲，臉上的落寞更是騙不了人。這事他不怪古麗，要怪只怪大耀的風俗含蓄，而古麗是外邦人，沒弄懂他們的意思。

他怕古麗又自責，垂下眼睛藏起情緒，幫她牽馬。「婚事雖是誤會一場，但我嫂子對妳的喜歡卻是真的。她要是知道妳不辭而別，肯定要傷心的，妳和我回去解釋解釋。出關路途遙遠，也該備足乾糧和盤纏……」

聽著他滿是關心的嘮叨，古麗心頭一軟，腳步輕快地湊到他身邊，小聲道：「最近我學了一個成語，叫『將錯就錯』。你說，『將錯就錯』和『天定良緣』，這兩個詞矛盾嗎？」

「欸？」蕭世南微愣，難得很快地反應過來，立刻搖頭。「不矛盾，絕對不矛盾！」

最後，蕭世南和古麗還是訂了親。

不過，因為前頭是誤會一場，所以姜桃沒急著讓兩人訂下婚期，而是再培養一段時間的感情。

夜明使臣力剛，沒多久就離開了京城。

接著，夜明國王修書過來，問大耀扣下他們的公主是何用意？之前蕭玨忍了一肚子氣，無從發洩，正好趁著這個機會，寫信把夜明國王痛罵一頓，罵他貪得無厭，王位還沒坐穩，就這麼囂張，是不是想打仗？

還有，什麼叫大耀扣留夜明的公主，是夜明公主和大耀的國公世子情投意合，他給他們作主訂親，夜明國王這是不同意嗎?!

夜明國王還是王子時，就被古麗比下去，資質平庸的他，自然不敢輕易撕毀祖輩寫下的和平契約。

尤其，書信裡蕭玨提了打仗的事，可把他嚇壞了，當即回信，說關稅的事情可以再談，作為補償，最近這段時日夜明將無償保護大耀去往外邦通商的商人。另外，兩國聯姻當然是好事，他由衷感到高興，還隨信送上一份豐厚的嫁妝。

夜明國王對於兩國聯姻是真的高興，如果沒有古麗和蕭世南的這樁意外良緣，他都準備從幾個王妹裡選一個來大耀和親。

現下古麗嫁過來就正好了，一來解決掉這個眼中釘，二來他和古麗感情不好，卻算了解她，知道她不會不在意夜明百姓。有她從中調和，短時間內，兩國不擔心再燃烽煙。

而他送來的豐厚嫁妝，則是老國王還在世時幫古麗準備、過了明路的，他這當弟弟的，也不好貪姊姊的嫁妝。之前他母后想著，藉著這次和談不成，好把古麗許配給她娘家姪子，等於貪下了這份嫁妝。

如今嫁妝雖然沒了，但轉頭想想，如果換成別人去和親，還是得送上別的陪嫁，所以這樁親事怎麼想都不虧！

兩國書信來往，花費了快半年工夫。

這半年裡，古麗寫信請來外祖父，由他出面訂了她和蕭世南的婚期。

又是一年春天，蕭世南和古麗完婚一年有餘，窈窈也六歲了。

雪團兒和古麗帶來的那隻母雪虎成功配種，生下了一窩毛茸茸的小老虎。

母雪虎還是有些孤僻，不願意和人類相處，所以大部分時間，都在獨屬於牠的院子，或者待在花園裡。雪團兒便擔起父親的責任，每天帶著三隻小雪虎四處晃悠。

現在，窈窈每天跟在雪團兒和三隻小雪虎後頭跑，一玩就是一整天。

這天，黃氏帶著秦子玉來拜訪姜桃。

三年前的會試，秦子玉表現良好，雖不能和當年的姜楊、衛琅那樣位列三甲的相比，但好歹考上進士，還過了殿試，以庶起士的身分入職翰林院。

不久前，他入職三年期滿，正式被提拔為翰林院編修。

從前那麼性子跳脫、心比天高的一個人，這幾年讀書，把性子完全磨平了。

雖說他比姜楊多花了六年，才坐到翰林院編修的位置，但黃氏已經高興得不得了，拉著姜桃的手，千恩萬謝，直說如果沒有姜楊數年如一日的提點，她家子玉絕對不會有今天。

「阿楊的確有功勞，但也是妳家子玉踏實肯學。」
兩人聊了一會兒，沒多久，衛夫人也過來了。
衛夫人是來送紅蛋的。前一天，衛琅的妻子生下一個男嬰。
雖然現在各家身分都高了，不缺這麼幾個雞蛋吃，但到底是家鄉的習俗，按著習俗來，才顯得親近。
姜桃幫窈窈剝雞蛋，聽著黃氏豔羨衛夫人當上祖母，說眼下秦子玉的官位總算有品級，也該說親了。本來她還擔心自己家底薄、根基淺，怕在京城這樣的地方說不上好親事，沒想到這小子倒是兩不耽誤，已經有了心儀的姑娘。對方是老翰林家的孫女，偶然替祖父送飯時，和秦子玉見過兩回，暗生情愫。現在秦子玉正式成了編修，兩家也算是門當戶對。
聽著他們說話，姜桃也剝好蛋殼，喊窈窈進屋來吃雞蛋。
窈窈邁著小短腿跑進來，身後跟著雪團兒和三隻小傢伙。
沒多久，蕭世南也回來了，進了屋喊過人，坐到古麗身邊。
小夫妻倆感情好得蜜裡調油，一邊小聲說話、一邊笑。
屋裡氣氛格外和樂融洽，姜桃一會兒看看衛夫人和黃氏、一會兒又瞧瞧蕭世南和古麗，最終目光落在雪團兒父子上，無聲地嘆口氣。
眾人停住嘴，問她怎麼了？
姜桃搖搖頭。「還能怎麼了？就是忽然想到我家阿楊。」

姜楊二十多歲了，這個年紀，就算是現代，大部分人也經歷過心動、暗戀或者戀愛，更別說這個時代，都是幾個孩子的爹了。

之前相看兩次後，姜桃尋思著，難不成姜楊不喜歡勛貴家的姑娘？便拜託衛夫人尋來一些讀書人家閨女的畫像。

姜楊依舊沒有看上的，倒是衛夫人相中了自家的兒媳婦。

現在蕭世南、衛琅、秦子玉個個出雙入對，連雪團兒都有孩子了，姜楊還那麼無要無緊的，如何不讓姜桃憂心？

姜桃本就開明，現在越發什麼都不要求了，只要姜楊能尋個心儀的人，別說家世背景，即便是男子，她也能接受。

片刻後，姜楊和沈時恩前後腳回來了。

姜楊進屋時，臉上還帶著笑，心情很不錯，待看清屋裡的人和姜桃臉上的神情，腳步一頓，轉身就要開溜。

姜桃好笑地問他。「你跑什麼？你姊姊是老虎，要吃人啊？」

姜楊被她喊住，笑了笑。「當然不是，我姊姊最溫柔不過，就是突然想起來，還有差事沒辦。」

他執掌通政司那些年，替百姓申訴了不知道多少冤情，官聲很是不錯。

月前，蕭玨把他提拔到督察院，當都御史，正二品的大員，專事官吏的考察、舉劾。於是，姜楊的差事越發繁忙，躲避說親的理由更多了。

家裡還有客人在，姜桃不好說他什麼，只能無奈地瞪他一眼，放走了他。

衛夫人和黃氏見了姜楊，不免有些羨慕，尤其是衛夫人，他家衛琅是跟姜楊同屆的進士，還是那年的狀元郎。後來，兩人一道進了翰林院，衛琅的品級還比那時候的姜楊高些。後來，兩人都從翰林院出來，姜楊到了通政司，衛琅去了禮部，兩人依舊稱得上是旗鼓相當，不分伯仲。

這些年，姜楊辦事越發出挑得力，先做通政使，不過幾年，又升為都御史，而衛琅還是個五品郎中，他已經把衛琅遠遠地甩下了。

「妳家阿楊真是不錯，換成旁人升遷得這樣快，早抖起來了。二十出頭的正二品大員啊，我只在戲文裡聽說過！」

黃氏還是沒有心機，想到什麼就說什麼。

顧及到衛夫人在場，姜桃沒順著她的話說，而是道：「他仕途是順遂，再不用我操心半點，可這個年紀還打著光棍，就怕等阿霖要說親了，他還不急呢。」

姜霖已是十幾歲的少年，早些時候跟著衛常謙讀書，後來衛常謙上朝，閒暇時光沒那麼多，便跟著復職無望、閒散在家的衛老太爺上課，回來後則由姜楊親自督導他念書，防著他被衛老太爺養左了性子。

正提到他，姜霖斜挎著書袋回來了。

他已經完全瘦下來，五官輪廓明顯許多，修長的眼睛、挺拔的鼻子、薄薄的嘴唇，從前看著和姜楊還不怎麼相像，如今完全成了姜楊的翻版，就是不熟悉他們的人，一眼都能看出他倆是親兄弟。

「姊姊說哥哥便是，怎麼平白說到我了？」

姜霖喊過了人，又接著道：「先不說我現在才多大，只說我還未下場科考，連個童生都不是，怎麼就要說親了？」

現在這小子也是個促狹鬼，明知姜桃方才那話的主角不是他，卻把話往自己身上攬，傻子也知道他是為了幫他哥哥。

「去你哥書房寫功課去。」姜桃塞兩個紅蛋給他，便趕人了。

黃氏和衛夫人對視一眼，不再提姜桃的痛處，轉頭說起京城的八卦來。

幾人聊了一會兒，黃氏繪聲繪色道：「寧北侯府，妳們都知道吧？聽說這家出了件怪事。之前寧北侯夫人不是被送到郊外的庵堂清修嗎？聽說最近不知怎的，竟憑空消失！寧北侯府的下人和官差遍尋好久沒找到，百姓都在說，是狐仙鬼怪把她擄走了！」

這些年，寧北侯府在京城是出了名的倒楣，先是不知得罪了誰，生意做不下去，斷了進項。後來，寧北侯又因為五萬兩銀子和拍賣行的人起了衝突，被人打上門去，斷了唯一嫡子的一條腿。

後來更好笑了，寧北侯要請立世子，他那跛腳的嫡子自然坐不上世子之位，便想著從其他幾個庶子裡選。那些庶子早讓容氏養歪了，品性惡劣且不說，為了搶世子的位置，兄弟鬩牆、手足相殘。本來就沒活下來幾個，窩裡鬥毒死一個，又淹死了一個。

後來寧北侯去查，發現容氏從中挑撥，不然憑著那兩個庶子的本事，鬧不出這種慘烈的結果。最後，容氏去了城外庵堂，對外說是清修，但明眼人都知道，多半是寧北侯要休妻另娶了。

本就是個從根上爛透了的人家，淪落到這一步，誰都不奇怪。

這家子眼看要倒了，百姓們傳起閒話來，更是不留情面。黃氏說的狐仙擄人還是好聽的，難聽的是說容氏在外頭有了相好的，私奔了。

姜桃聽了，還覺得有些可惜，容氏最在意的是兒子的前程和寧北侯夫人的虛位，現在那些都成了泡影，她等著看容氏最後的結局呢！

尾聲

有句話叫「白天不能說人，晚上不能說鬼」，姜桃她們說完寧北侯府的事，黃氏和衛夫人前腳剛走，下人便來報，說姜萱來了。

姜桃已經有幾年沒見過姜萱，當年她仗著侯府嫡女和狀元夫人的身分，經常出來交際走動，但後來寧北侯府出事，她夫君應弈然一直在翰林院熬資歷、沒有實權，慢慢就從交際場合裡消失了。

姜桃擺擺手，讓下人把姜萱領進來。

姜萱大腹便便地扶著腰進來，見了姜桃，便撲通一聲跪下，開口求道：「過去得罪夫人，全是我的錯，還請夫人放過我娘！」

姜桃笑容不變，問她。「妳莫不是懷孕懷傻了？妳娘失蹤確實離奇，但關我什麼事？」

姜萱也說不出其中的緣由。

現在，她的日子過得苦不堪言，娘家倒了，和應弈然的感情也一直很差。而且，姜楊不是個大度的，閒著沒事，就在官場上給應弈然添添堵，最近升官之後，更別說了，參他們夫妻和寧北侯府的摺子像不要錢似的往上遞，擺明就是和他們過不去。

他彈劾的事情也很刁鑽，知道寧北侯和應弈然都不是會闖禍的性子，參的都是她和她娘。過去她們為了自家生意，確實做過欺壓百姓的事，但上層勛貴，哪個敢說自己的手是乾乾淨淨的？在姜萱看來，那不過是姜楊乘機報復罷了！

修身、齊家、治國、平天下，家不齊自然有礙官聲。為了這個，應弈然和她的感情越發差，要不是因為她好不容易懷了身孕，大概連翰林夫人的位置都保不住。

回想起來，她的日子一直算得上順風順水，所有的不順、不幸，是從認識姜桃開始——姜桃的到來像個徵兆，拉開了她人生不幸的序幕。

她娘的失蹤實在離奇，唯有沈家這樣位極人臣的人家，才有這樣的本事。

姜萱對著姜桃砰砰磕頭，姜桃面色不變地看著她。

最後，反倒是姜萱自己停下來了，不敢置信地看著姜桃，這女人居然對大著肚子的她沒有半分憐憫之心?!

姜萱怔忡時，姜桃覺得她提供不了更多可以八卦的內容了，便不耐煩地讓下人把她拉了出去。

怕姜萱在她跟前裝假，姜桃還特地讓人托著她的腰，讓她在出沈家大門前，連假摔都做不到。

不久，沈時恩也回來了，姜桃讓人準備開飯，飯食擺上桌後，卻看姜霖一個人從前院過來，說是去找姜楊時，發現姜楊出門去了。

「這小子！」姜桃失笑地搖搖頭。「大概是怕我嘮叨他的親事，又不知道藉著什麼事情躲出去。」

此時的姜楊已經出了城，到了城外一座莊子上。

前兩年，幫著百姓伸冤，鬥倒一個貪官後，蕭玨抄沒了那官員的私產，也犒賞他。

他什麼都沒要，只要了這麼個不起眼的莊子。

這莊子上的舊人，都被姜楊趕走了，只留下幾個信得過的小廝看顧。

他負著雙手，進了一座上鎖的院子，而後開啟了暗格裡的機關。

機關按下後，覆蓋一整面牆的書櫃移開，露出一間密室。

姜楊點了燭臺，拿在手中，閒庭信步般走了進去。

經過一條深達地底的隧道，姜楊面前出現一座鋼鐵澆鑄而成的牢房。

打開牢房，一個頭髮散亂的婦人半躺半坐著，手腳被焊死在牆上的鐵鍊鎖起來。

婦人見到姜楊，爆出一聲野獸般的低吼，手腳並用地，就要往他面前衝去。

無奈那鐵鍊並不長，她衝出去兩、三步，就被拉扯著跌坐在地。

姜楊並不看她，只是走到牢房另一頭的桌前，放下燭臺，而後拿出一方帕子捂住口鼻，掩住難聞的氣味，這才慢悠悠地開了口。

「今天，妳肯寫罪狀了嗎？」

婦人桀桀怪笑起來，撥開額前的亂髮，露出蒼老骯髒的臉，赫然正是月前失蹤的寧北侯夫人容氏。

容氏笑完，又用嘶啞的聲音吼道：「她是妖女！她這輩子也該被燒死！你明明知道現在國舅府裡那個不是你親姊姊，非但不弄死她，反倒來追問我上輩子是怎麼害死那妖女的，真是枉為人弟！」

姜楊聽著她一連串的咒罵，並不動怒，等到容氏吼不動了，才慢條斯理地站起身。

「等妳什麼時候認罪，什麼時候就能出去。這樣暗無天日、豬狗不如的日子，有什麼趣味呢？我勸妳，還是早日招認吧。」

容氏譏誚地扯了扯唇。

當年的侯府嫡女姜桃，是被她燒死的！

那場大火並不像外界傳的那樣，是沈國丈的政敵所放，而是容氏授意庵堂的住持放的。火從內部起，自然查無可查。

她和住持是舊友，但事發後沒再聯繫，是以多年來沒人懷疑到她頭上。

但不久前，她受寧北侯厭棄，被逐出府，娘家不肯收留她，只好投奔舊友，對外僅說是在庵堂清修，不知怎的，就讓姜楊盯上了。

庵堂日子清苦，她靜不下心禮佛，便讓人買了姜桃新開繡坊裡的十字繡品，把繡品穿在小人身上，藉此詛咒姜桃。

住持看到繡品，大驚失色，從箱籠裡找出一方看著有些年頭的帕子。那帕子也是用十字繡所繡出來的，但眾所周知，這技藝是國舅夫人微末時自創的。

容氏問這帕子從何而得，住持告訴她，是當年那個被大火燒死的繼女留下的。

電光石火間，容氏突然明白了！

就在她準備以此大作文章的當夜，忽然被人迷暈，再睜眼時，就出現在這暗牢裡。

容氏立刻和盤托出姜桃在別人身上起死回生的秘密，雖然眼下並沒有證據，但她絕對有信心可以查出真相！

本以為姜楊知道這件事，會和她站到同一邊，沒想到姜楊卻像早已洞察一切，不理會她不說，反而詰問當年庵堂那場大火的起因。

容氏當然不會認，本朝律法寫明殺人償命，這不是自找死路嗎？而且光她送命還不算完，罪狀一寫，她的兒女也會受到牽連，再無翻身的可能。傻子都知道姜楊不會放過她，何必認罪？

「你為什麼不直接殺了我？」容氏癲狂地看著他。「我被你關了這麼久，都沒人來救我，就算你直接殺了我，也沒人會知道。你位高權重，即便物證不足，也完全可以靠手段定我的罪，何必要我親手寫下罪狀？」

「這多沒意思？」姜楊摸著下巴笑了笑。「殺人誅心，自然誅心更有意思，不是嗎？」

容氏看著他意味不明的笑，忽然遍體生寒。

「你和那個妖女，早晚會遭報應的！」容氏恨得咬牙切齒。

姜楊無所謂地聳聳肩，走向門口。「對付妳這樣的人也會遭報應？這說法真新鮮。」

容氏見他要走，又是一陣咒罵。

姜楊頭也不回地離開了。

他是從什麼時候懷疑這些的呢？

可能是那一年他上山去尋她，她見了他，並沒有像過去那樣露出厭惡的表情，而是笑著問他冷不冷，手腳笨拙地幫他生火取暖。

或許是她後來性情大變，還突然學會精湛的刺繡手藝，卻說是在夢中得三霄娘娘教授。

或許是他中舉後，回去替父母修葺墳塋，卻發現墳旁埋著她過去愛不釋手的首飾。

抑或是到了京城後，將她愛若至寶的姊夫突然把已逝未婚妻的墳塋遷入沈家祖墳，而她卻沒有表現出半點不高興……

零零碎碎的事情太多，串起來，組成了事情的真相。

姜楊回到家時，時辰已經不早。

差事多了之後，他便習慣睡在書房。

書房留著燈火，姜桃趴在他書桌上睡著了，旁邊放著一只白瓷燉盅，顯然是來給他送補湯的，一直等到現在。

聽到開門的聲響，姜桃立刻醒了，揉著眼睛直起身，沒好氣地說他。「姜大人長本事了啊，在外頭一躲就是半宿。是不是我再多囉嗦你幾句，就敢夜不歸營了？」

姜楊被她說了也不惱，笑了笑，算是告饒。

他就是這樣，一說他便不吭聲。姜桃還有些懷念他小時候口是心非的模樣，起碼還能聊得有來有往。

正是因為他這樣，姜桃才對他的親事沒轍。

她無奈地斜他一眼，摸摸涼透的燉盅，喊來小廝端去灶房再熱過。

「最近天氣乾些，這湯水溫補降燥，睡前記得喝完，不然回頭又要流鼻血。」

姜楊笑起來。「還是姊姊知道疼我。」

「你啊……」姜桃又想說說他的親事，但是話到嘴邊又吞下去。「算了，你要是現在真不想成家，我也不勉強你了。唉，不知道得照顧你到幾時，才能等你未來媳婦兒接手。不過算了，誰叫你是我弟弟呢。」

「謝謝。」姜楊笑起來，認真地看著她。「真的謝謝妳，姊姊。」

月至中天，姜桃打著哈欠回到正院。

正院也是燈火通明，沈時恩同樣在等她。

「阿楊回來了？」

「剛回來，我本來還想再說說他的親事，但想到他現在一躲出去就是半個晚上，再多說一些，豈不是連家都不敢回了？就歇了說他的心思，讓他自己拿主意吧。」

「本來就是。妳看，之前小南也對這件事不上心，遇到古麗之後，便水到渠成地成家了，阿楊只是緣分還沒到而已。」

兩人說著話，洗漱上了床榻。

姜桃習慣地窩到沈時恩懷裡，沈時恩也照舊輕輕捋著她的後背。

「別操心了。先是小南的親事，又是阿楊的親事，後頭又要操心阿霖科考、我們窈窈擇婿……人生短短幾十年，哪裡操心得過來呢？」

說到這個，姜桃便有些愧疚。他們倆從成親到現在，獨處的時間一直不多，本來兩人計劃好，等窈窈大一些，能脫開手了，便去遊山玩水，把那些年缺的獨處時光補回來。

可是姜桃操心這個、操心那個的，計劃就被擱置到現在。

「擇期不如撞日，我們天亮就出發！」姜桃抱歉地親了親沈時恩的嘴角。「回來的時候，順便去皇陵，不然拖下去，不知道什麼時候能再想起來。」

沈時恩一直是依著她的，聞言便立刻起來收拾行囊。

兩人過慣了普通百姓的生活，只收拾兩身換洗衣裳，再準備一疊銀票，便收拾妥當了。

天亮時，夫妻倆留下書信，離開了京城。

姜楊和蕭世南等人發現他們出京時，並不吃驚，畢竟兩年前，姜桃就在說這件事了。難以接受這件事的，只有窈窈，爹娘出門，居然沒有帶她?! 雖然爹娘在信上說，兩、三個月就回來，家裡還有蘇婆婆、舅舅們跟皇帝表哥照顧她，但她也想出去玩啊，好生氣！

看到小丫頭氣呼呼地紅了眼睛，嘴翹得能掛油瓶，姜楊兄弟和蕭世南連忙哄她。

蘇如是也過來了，把窈窈摟進懷裡搖了搖，道：「是誰昨天說自己已經是大孩子了？大孩子可不好這樣一直生氣、哭鼻子的。」

窈窈把臉埋進蘇如是懷裡，抽泣道：「可是爹娘出去玩不帶我，好壞！」

「窈窈不是一直說想要個小弟弟嗎？妳爹娘這趟出去回來，窈窈就可以有弟弟了。」看小丫頭真的生氣了，蘇如是便把話岔開。

果然，窈窈一聽會有弟弟，立刻不哭了。其實，她不很明白弟弟的意義，在她眼裡，弟弟就是別人都有、光她沒有的新奇玩意兒。

她止住淚，蕭世南和姜楊都鬆了一口氣。

後來，蕭珏忙完政事後，也來了沈家，跟姜楊兄弟等人輪番陪窈窈玩。

小丫頭玩著玩著，累得睡著了，被抱上床時，還在夢裡呢喃著——

「爹爹、娘親，一定要記得把窈窈的小弟弟帶回來啊！」

——全書完

2020年7月出版

小黃豆大發家

文創風 861～863

爺爺找人算過的，說她命裡帶福，還旺家，
這話確實不假，她自小聰慧，連私塾先生都是見一次誇一次，
如果不是身為女娃兒，她覺得他們黃家說不定都能出個狀元了，
不過她懶，志不在此，且眼前她可是有更重要的事要做——
有了一筆意外之財當本錢，她準備帶著一家人發家致富啦！

風煙綠水青山國　籬落紫茄黃豆家／雲也

她黃豆是個有大福氣的，就連跟著一群孩子去河灘上撿東西都能撿到寶，
一個比臉盆還大、臭得沒人肯靠近的死河蚌裡，被她挖出了五顆珍珠！
靠著賣珍珠的錢，她讓爺爺買地，率先試行插秧種植法，提高稻產量，
府衙命黃家不得出售，除留部分做為日後種糧外，餘均收購留作良種，
眼見機不可失，爺爺慷慨地把這能救活無數百姓的插秧法上呈官府推廣，
自此後，黃家再不是單純的泥腿子了，他們有錢有地有名聲，還有官護著，
也因此，她心中計劃已久的建碼頭一事終於能提上日程了！
日夜期盼下，建好的黃家碼頭真的來船隻了，且日益繁榮，聲勢漸起，
然而，她擔心的問題也來了——碼頭生意原是一手獨攬的錢家出手了！
有官府護著，錢家不至於來硬的，走的是說親一途，說的正是她黃豆，
可她不願意啊，因為她心中有人了，便是小時候救她一命的恩人趙大山！
那會兒她年紀小，當然沒啥以身相許的想法，只把他當哥哥看，
但他出海跑船經商五年歸來後，卻不把她當妹妹看了，還跟她告白，
於是她不淡定了，心頭小鹿撞得快內傷，連終身大事都私下跟他訂好，
豈料，她對錢家的拒婚，卻害得至親喪命，甚至她自己都因此而毀容……

2020年6月出版

正妻無雙

文創風 858～860

選夫是門技術活！這一世究竟誰才是容辭的真命天子——
是英挺出色卻無心於她、多情寡斷的顧家無緣夫？
還是貴氣天成又渾身是謎、隱隱和她有著莫名牽連的陌生男子謝睦？

人生狂開掛 花式寵妻贏面大／含舟

新婚之夜乍聽到夫婿坦承另有所愛，許容辭卻出奇淡定，
只因嫁進恭毅侯府後會面臨的一切，重生歸來的她已瞭若指掌！
她知道自己確實嫁了個好夫婿——英挺出色、前程似錦，還很專情，
可惜這份專情屬於他的青梅竹馬，而她這有名無實之妻最終仍孤單病逝……
這憋屈的人生令她覺悟，有緣無分何必強求？不合則分方為上策！
她本有帶孕而嫁的秘密，縱然此事緣由是她不願再提起的惡夢，
可上一世為了圓滿親事而選擇落胎以致遺憾至今，這回她決意生子相伴！
無意和無緣夫多糾纏，變得果決的她時機一到便包袱款款隱居待產去～～
豈料新改變牽起了新緣分，她因而結識隔鄰的神秘男子「謝睦」——
這位俊朗儒雅、款款溫柔的貴公子，寡言沈默卻細心，一路伴她遷入新居至平安生子，
兩人結為至交，卻又極有默契不問彼此避世原因，只是他謎樣的背景頗讓人好奇，
畢竟皇族姓氏加上天生貴氣顯然非泛泛之輩，可為何眉間輕愁總揮之不去？
明明是早該成家的年紀，對她兒又百般疼愛，卻自陳無妻無兒，這可不合常理呀……

文創風
886

聚福妻 5 完

國家圖書館出版品預行編目資料

聚福妻 / 踏枝著. --
初版. -- 臺北市 : 狗屋, 2020.09
冊 ; 公分. --（文創風）
ISBN 978-986-509-143-9（第5冊：平裝）. --

857.7　　109010466

著作者　踏枝
編輯　安愉
校對　黃薇霓
發行所　狗屋出版社有限公司
地址　台北市104中山區龍江路71巷15號1樓
電話　02-2776-5889～0
發行字號　局版台業字845號
法律顧問　蕭雄淋律師
總經銷　知遠文化事業有限公司
電話　02-2664-8800
初版　2020年9月
國際書碼　ISBN-13　978-986-509-143-9

本著作物由北京晉江原創網絡科技有限公司授權出版

定價260元
狗屋劃撥帳號：19001626
網址：love.doghouse.com.tw　E-mail：love@doghouse.com.tw